KB044059

팽

팽

초판 1쇄 발행 | 2015년 2월 2일
초판 3쇄 발행 | 2015년 2월 11일

지은이 백시종
발행인 이대식

책임편집 김화영 **편집** 나은심 차소연
마케팅 김혜진 배성진 지다영 박중혁 **관리** 홍필례
디자인 모리스

주소 서울시 종로구 평창길 329(우편번호 110-848)
문의전화 02-394-1037(편집) 02-394-1047(마케팅)
팩스 02-394-1029
홈페이지 www.saeumbook.co.kr
전자우편 saeum98@hanmail.net
블로그 saeumbook.tistory.com
페이스북 facebook.com/saeumbooks

발행처 (주)새움출판사
출판등록 1998년 8월 28일(제10-1633호)

ⓒ 백시종, 2015
ISBN 978-89-93964-92-9 03810

팽

백시종 장편소설

새롬

0

버르장머리 고쳐주겠다고 벼르고 있었던 대통령 당선자 YS에게 진짜 혼쭐나게 보복을 당하고 1년쯤 흘렀을까. 어떤 자리에서 모 신문기자가 왕득구 회장에게 질문을 던졌다.

"회장님, 대선 치르느라 돈 많이 쓰셨지요?"

"뭐, 많이 썼다기보다 쓸 만큼 썼지."

"돈 없애고, 스타일 구기고, 보복당하고…… 후회하지 않습니까?"

"후회를 내가 왜 해?"

"그래도 많은 표 차이로 낙선했으니까요."

"후회는 내가 아니라 잘못 뽑은 국민들이 해야지. 만약 투표만 잘했더라면 아이엠에프 사태는 절대로 일어나지 않았을 테니까."

1

  내가 문제의 장편소설 『돈황제』를 집필한 것은 들불처럼 번지던 민주화 운동도 시들해지기 시작했던 세기말 어느 해 초봄이었다. 정확히 벚꽃이 만발했던 4월쯤이었다. 지금은 폐간되고 없지만, 꽤나 명성을 떨치던 모 여성지가 내 소설을 연재하기로 하고 1회분 3백 장을 내보냈는데, 잡지가 나오자마자 그만 세상이 발칵 뒤집혔다.

  무엇보다 명광그룹이 거세게 항의를 하고 나섰다. 지금이야 업계 2위 자리를 어찌어찌 지켜가고 있다고는 하지만 그즈음만 해도 명광은 매출규모로나 사세로나 S그룹을 따돌리고 혼자 독주하던 시절이다.

  명광그룹은 내가 석 달 전만 해도 근무하던 직장이었다. 내 직책은 명광그룹 홍보실 제3차장이었고, 그날 아침 나는 당당히 홍보부장으로 승진한 몸이었다. 하늘이 내려준다는 부장에서 이사 자리에 올라서는 별 달기에 어찌 비할까마는, 그래도 차장에서 부장 되는 것도 샐러리맨들에게는 그 못지않은 황홀한 로망이었다.

그것도 그냥 부장이 아닌 재벌그룹 홍보부장이라니……. 대기업일수록 홍보 업무에 주력하기 마련인데, 회사 이미지가 그만큼 중차대한 탓이었다. 게다가 그 무렵 경쟁사인 S그룹이나 L그룹만 해도 오리콤이니 제일기획이니 하는 광고 전문회사를 만들어 따로 운영하고 있었지만, 유독 명광그룹만 광고 업무를 회장 직속인 통합홍보실에서 일괄 관리하고 있어서 그 규모가 방대하지 않을 수 없었다. 그래서 부서원도 다른 파트보다 많았다. 당시 명광그룹 홍보실 요원은 총 70여 명에 달할 정도였다. 그런 이유로 우리는 홍보부장을 직장의 꽃이라고 불러 마지않았다.

무엇보다 그룹 차원의 언론 창구 역할이 그러했다. 요즘이야 반공일로 알던 토요일을 통째 휴일로 삼아 주말여행이 생활화되었지만, 그 시절만 해도 대기업은 일요일도 반납하고 일에 열중하는 곳으로 당연시되던 때다.

그러다 보니 일간신문 지면의 절반이 경제와 관련된 기사로 채워졌다 해도 과언이 아니다. 이른바 경제제일주의 사회다. 예컨대 해외 건설 수주 동향이며, 월간 자동차 수출 상승폭이며, 중공업 플랜트 수주 실적이며, 반도체 기술 개발이며, 아파트

청약 소식이며, 상반기 국가 경제 전망이며 그 모든 기사가 홍보부에서 생산, 기안되어 언론사에 제공되었던 것이다.

어디 그뿐인가. 텔레비전 인기 탤런트보다 더 주목받는 재벌 총수 일가의 일상사도 신문기자들이 죽고 못 사는 인기 메뉴였다. 걸려온 전화 수화기를 들었다 하면 재벌 총수에 대한 스케줄 점검이고, 인터뷰 요청이고, 기획기사 확인이었다. 그런 상황이었으니 홍보부장 집무실이 늘 출입기자들로 법석댈 수밖에 없었다.

만일 홍보부장실이 시장바닥처럼 법석대지 않고 늘 썰렁하다면 그것은 홍보부장이 자신에게 주어진 임무를 다하지 않았다는 증거일 터고, 반대로 담당 여직원이 인삼차를 타기에 바쁠 정도로 정신없을 지경이면 아주 유능한 홍보부장으로 간주되기 십상이었다. 다시 말해 일선기자들과의 끈적끈적하고 화끈한 접촉이 곧 홍보부장의 능력인 셈이었다.

무엇보다 그 모든 능력 자체를 대기업 총수를 하늘처럼 떠받드는 업무에 집중시킬 수 있어야 한다. 그래야 진정한 능력자이고, 인정받는 유능한 일꾼인 것이다. 태산보다 높은 자리에 앉아 있으므로 무서울 것이 없어 보이지만 기실 재벌 총수에게도 천적이 있기 마련인데, 그들이 바로 일선기자들인 것이다.

까딱 잘못 펜대를 돌렸다 하면 하루아침에 잘 닦아 빛이 번쩍번쩍한 총수의 이미지에 똥물이 튀겨 장안의 웃음거리가 되기 다반사이기 때문이다. 그래서 더욱 혼사를 성사시키는 중신아비처럼 총수와 신문기자 사이를 아주 부드럽게, 그리고 매끄럽게 연결시킬 줄 알아야 하는 것이다. 그 메신저가 바로 홍보부장인 것이다.

그러다 보니 그룹 총수를 자주 알현하지 않을 수 없다. 계열사 사장들도 일주일에 한 번 만나기 어려운 총수를 어떤 때는 하루에 서너 차례 마주 앉는 경우가 셀 수 없을 정도였다. 물론 홍보부장 위에 이사라는 중역이 버티고 있어 총수의 일거수일투족을 눈 부릅뜨고 관리하고 있는 터지만, 일단 일이 터졌다 하면 이사가 아니라 홍보부장부터 호출하는 것이 관례인 터다.

그렇다고 홍보부장 업무가 총수의 이미지 관리에만 집중되는 것은 아니었다. 개인 이미지가 아니라 회사가 생산해 내는 제품 이미지도 관리해야 했다. 자동차며 전자제품이며 신상품 출시나 백화점 특별행사 따위 영업용 광고는 말할 것도 없고, 광복절이나 삼일절 같은 국경일을 비롯하여 어린이날·어버이날·추석·설날 등의 광고. 그리고 명광그룹 소속 씨름단이나 남녀 배구팀이 전국대회 우승이라도 할라치면 어김없이 시행되는 제패 축하 전면광고 배정 역시 홍보부장 손을 거쳐 일선 신문사나 방송국에 전달되게 되어 있었으므로 광고 영업 담당 직원들의 홍보실 방문 또한 출입기자 못지않게 문전성시를 이

루곤 하는 것이었다.

썩은 음식에 마구잡이로 달려드는 파리 떼처럼 자고로 돈 있는 곳에 사람이 꼬이기 마련이다. 말 그대로 자극적인 돈 냄새가 진동하는 곳이 재벌그룹 광고 부서다. 돈 놓고 돈 먹기 게임이다. 돈이 흥청망청 쏟아진다고 해도 과언이 아니다. 하긴 광고예산으로 1년 집행되는 액수가 무려 5천억 원을 호가했으니 일일이 열거해서 뭐하랴.

그중 7할이 자동차 티브이 광고예산이긴 하지만, 그래서 자동차 홍보 파트만 떼어 따로 운영되고 있었지만, 어찌 되었건 간에 서른두 개 계열사를 거느리는 총수의 관할 아래 있는 통합홍보실은 보유한 예산으로나 사업 권한으로나 말 그대로 막강, 그 자체였다.

그처럼 막대한 예산을 차질 없이 고루고루 집행하기 위해서는 1년 365일을 눈코 뜰 새 없이 마냥 뛰고 또 뛰어야 한다.

업무의 종류만 해도 거론하기 힘들 정도로 다양하고 개성적이다. 쉬운 예로 신문광고 한 가지만 짚어 보자. 먼저 회사 이미지를 보다 효율적으로 드러내기 위한 상큼한 카피 만들기가 그러하고, 그 카피에 어울리는 사진은 어떻게 쓸 것인가, 그리고 그것을 배열하는 디자인은 어떤 스타일을 선택할 것인가…… 거기까지는 전담요원이 있으므로 일사천리로 시안이 만들어진다 해도, 일단 그다음이 문제다.

이름 하여 산 너머 산이다. 총수의 결재과정 탓이다. 어디까지나 개인취향으로 돌리면 그만이지만, 그 많은 광고기획안을 광고전문가도 아닌 총수가 직접 잘라내고 뜯어내고 통째 가져다 붙이는 결재형식을 취하는 곳은, 내가 아는 한 명광그룹이 유일했다.

　그것도 단번에 끝나는 적이 없었다. 두 번 세 번 바꾸고 또 바꿨다. 그룹 총수가 광고기획안 한 가지만 쳐다보고 있을 수 없었으므로 밀려드는 차례를 기다리다 보면 더 바쁜 일로 외출해 버리고, 더 긴급한 사안이 생겨 집무실을 떠나버리고 마는 것이었다. 똥줄 타는 쪽은 담당부서일 수밖에 없다.

　오죽하면 통광고 지면을 잡아 놓고 회장 결재가 떨어지지 않아 윤전기를 돌리지 못하는 경우가 다 생겼겠는가. 바로 거기에 홍보부장의 능력 발휘가 검증되게 되어 있는 것이다. 총수의 결재가 홍보부장의 몫이기 때문이다. 홍보부장이 광고기획안을 들고 알현하면, 회장은 일단 짜증부터 내기 일쑤다. 그것이 일꾼을 부리는 노하우이므로.

　"이것 봐!"

　"예, 회장님."

　"왜 이렇게 휑하게 비워 놓은 거야!"

　"회장님, 그건……."

　"여백을 비워야 광고 효과가 있다, 그 말 할려고 그러지?"

"예, 회장님. 그건……"

"시꺼! 구렁이알 같은 돈 내고 산 비싼 지면을 왜 이렇게 텅 비워버리냐구! 이거 다 채워서 다시 가져와!"

신문지면 통광고가 그 지경이니 목돈 들어가는 TV 광고용 모델 선정이며 CF 광고 시놉시스며 시나리오며 건당 억대가 넘는 방송스케줄 따위는 어떻겠는가. 어쩌면 일일이 열거하는 그 자체가 난센스인지도 모른다.

하지만 그 과정만 잘 넘기면 뒤따라 주렁주렁 열리는 과실 또한 그만큼 탐스럽기 마련이다. 명광그룹 최고 총수의 결재를 얻은 광고안을 이곳저곳에 배정하는 업무가 그러하고, 광고료 청구서를 분류하여 지출 순서를 정하는 업무 따위가 홍보부장의 고유 권한이기 때문이다.

생각해 보라. 수십억씩 수금하는 광고료를 한 달만 먼저 입금시켜도 신문 방송 잡지 운영이 얼마나 부드럽고 수월한지. 다행히 대한민국은 한쪽만 배불리 먹고 입 싹 씻는 풍조가 아니다. 음식이 생기면 고루고루 나눠 먹는 것을 미덕으로 안다. 홍보이사에게도 한 입, 홍보부장에게도 한 입, 담당 과장에게도 한 입……. 물론 그 행위 일체가 비공식으로 이뤄지는 기밀사항이다. 이른바 뇌물이다.

문제는 그 뇌물 창구가 홍보부장이라는 사실이다. 홍보부장을 통해 위아래로 나눠지도록 하는 것이 그즈음 언론사들이 정한 내규인 것이다. 홍보부장의 인품에 따라 골고루 나눠지느냐 중간착취로 독점되느냐가 결정되는데, 대체로 정직하다고 평판이 난 홍보부장일지라도 2년만 근속하면 아파트가 한 채씩 뚝 떨어졌다고 하니 떡고물이 얼마나 푸짐하게 널린 곳인지 짐작되고도 남는다.

그처럼 은밀히 전해지는 뇌물 말고도 공식적으로 택배를 통해 배달되는 선물세트만 해도 그러했다. 추석이며 설날이며 신정이며 그때그때 홍보실에 도착하는 갈비, 굴비, 과일, 생과자, 인삼세트 따위가 차고 넘쳐 복도에까지 차곡차곡 쌓아 둘 정도였다면 말해서 뭐하랴.

그런 판국이니 어찌 재벌그룹 홍보부장이 직장의 꽃이 아닐 수 있는가. 홍보부장을 꽃으로 비유한다면 그 밑에서 일하는 요원들 또한 봉오리들이 아닐 수 없다. 활짝 피기만 기다리는 예비 꽃송이……. 한마디로 여간 빠릿빠릿하지 않으면 안 된다. 머리회전도 빨라야 하고 판단도 정확해야 한다. 그래서 광고디자인 파트를 제외하고는 거의가 명문대학 출신이다. 평상시에도 동창회를 여는 것 같다. 똘똘 잘도 뭉친다.

아침마다 만나는 사무실 직원들 모두가 특정 대학 출신인 경우 그러지 못한 사람은 자연 뒷전으로 밀리기 마련이다. 바로 내가 그런 케이스였다. 나는 특정 대학도 아닌 데다 영문학과도 법학과도 경영학과도 아니었다. 더욱이나 4년제도 아닌

단과 전문예술대학, 그것도 서양화과 출신이었다. 그즈음 명광 그룹 2만여 직원을 통틀어 내가 나온 학교 출신은 눈을 씻고 봐도 없었다.

다행히 나는 내 자신을 잘 알고 있었다. 처음부터 승진 같은 것에는 신경조차 쓰지 않았다고 해야 옳았다. 그런 표현은 써 보지 않았지만, 차장 자리에까지 오른 것만도 기적에 가깝다고 생각하는 편이었다. 말 그대로 직장의 꽃인 홍보부장은 언감생심 꿈도 꿔보지 않은 높고 높은 태산 같은 자리였다.

나는 경쟁자 대열에 설 입장이 아니었다. 실제 경쟁자는 참 많았다. 그중의 영순위는 홍보부에서 언론 섭외 업무만 9년째인 K대학 영문학과 출신의 홍태찬 차장이었고, 그다음이 모 일간지 해직기자 출신으로 임시방편으로 잡은 직장에 우물우물 눌러앉아 버린 김병호 차장이었다. 아니, 해직기자 출신의 똑똑한 인재는 김병호 차장 말고도 얼마든지 있었다. 이번 참에 창간하게 된 새로운 일간지 H신문으로 세 명이나 빠져나가지 않았다면, 홍태찬 차장도 김병호 차장도 부장 후보에 끼지 못할 뻔했다.

그것도 C일보, J일보, D방송에서 중추적 역할을 담당했던 그야말로 인재 중의 인재들이었다. 하룻밤 사이에 지각변동을 일삼는 격변하는 80년대를 신문 방송의 일선기자로 맹활약했다면 얼마나 부대끼며 그 식견을 갈고닦았는지 대충 짐작되고 남는 일이었다.

　명색이 일간지라 해도 H신문은 재정적으로 탄탄한 오너를 가진 신문이 아니었다. 오너는커녕 주인조차 없는 떠돌이 신문이었다. 오랜 군사독재 치하에서 민주화를 갈망하던 민주인사들과 그들과 맥을 같이하는 떼거지 민초들이 담뱃값을 줄여가며 모금한 돈으로 가까스로 창간에 돌입한, 이른바 시민운동의 산물이 바로 H신문이었다. 그래서 월급은 아예 없다시피했다. 있다 해도 쥐꼬리에도 비견하기 힘든 수준이었다.

　그럼에도 불구하고 대기업 간부자리를 과감히 박차고 바람불어 흙먼지로 뒤덮인 스산한 황야로 보무도 당당히 발걸음을 옮겨 나간 것인데, 그러고 나니 명광그룹 홍보실이 갑자기 텅 비다시피 했던 것이다. 참신한 인재는 몽땅 빠져나가고 빈껍데기들만 남아 홍보부장 자리를 놓고 경합을 벌인 셈이랄까? 그래도 가장 유력한 후보는 홍태찬 차장이었다. 홍보 전문 업무에 관한 특출한 능력도 능력이지만, K라인이라는 막강한 배경을 업고 있다는 점이 무엇보다 큰 이점이었다. K라인은 K대학 출신으로 똘똘 뭉친 저력의 조직이다. 우연의 일치라기보다 미리 터 잡고 기다리던 K대학 출신 선배들이 기왕이면 다홍치마라고 직계 후배들을 집중적으로 선발, 요소요소에 배치하고 그 위력을 만방에 고하고 있는 중이다.

　기실 명광그룹의 1만여 종사원 중 K라인을 모르는 직원은 없었다. 그만큼 숫자도 많은 데다 맡고 있는 직무도 핵심부서의 책임 팀장인 경우가 대부분이었다. 뭐랄까, 명광을 움직이는 동맥 역할을 담당하고 있었다고나 할까. 아니, 동맥뿐 아니다. 명광의 방향타를 쥐고 있는 뇌 조직 또한 K라인이 차지하고 있었다고 해야 옳았다.

예컨대 창업자 왕 회장의 친동생이며 명광자동차 대표이사인 왕순구 회장이 K대학 출신이고, 명실 공히 샐러리맨의 신화로 명광그룹 2인자로 정평이 나 있는 유문봉 명광건설 회장이 대표주자 중 한 사람이었다.

물론 본인이 굳이 나서려고 하지 않는 겸양의 미덕 탓도 있지만, 그보다 총수와 혈연관계라는 이유로 왕순구 회장은 명광그룹 내 K라인에서의 영향력이 미미한 편이었다. 설사 활동적으로 관여한다 해도 유문봉 회장의 조직적이고 위력적인 리더십의 그늘에 가려 그 세를 발휘하기는 역부족이었다.

하여 K라인의 실질적인 리더는 왕순구가 아니라 사원에서 대리로, 대리에서 과장으로, 과장에서 부장으로 순전히 제 능력으로 숨 가쁘게 내달려 최고경영자 자리까지 올라앉은 유문봉의 몫인 셈이었다.

그런 이유로 명광그룹 내 K대학 출신 직원들은 K라인보다 엠비유로 호칭하기를 즐겨 했다(엠비유는 유문봉의 이니셜 호칭이다). 그러니까 K대학 명칭보다 개인 대표주자의 이름을 더 선호

한다고나 할까. 그만큼 엠비유의 위세가 대단했던 것이다.

어쨌거나 홍태찬은 엠비유 라인의 적극적인 비호를 한 몸에 받고 있는 가장 유력한 홍보부장 영순위 후보였다. 실제로 홍태찬 차장 밑에서 일하는 과장 대리 사원들은 모두가 뽑아다 놓은 듯 죄다 엠비유 라인이다. 그래서 더 일사분란하게 홍보 섭외 업무가 착착 잘 돌아가는지도 몰랐다.

그런 홍태찬 차장이나 해직기자 출신의 김병호 차장 말고, 그 자리에 순전히 들러리 격으로 한 명 더 세운다면 간부사원으로 특채되어 어언 10년 세월을 보낸 나라는 존재가 있는 듯 없는 듯 도사리고 있었던 것이다.

한데 막상 뚜껑을 열고 보니 그야말로 천지가 개벽할 일이 벌어졌던 것이다. 엉뚱하게도 가장 확률이 떨어지는, 있어도 그만 없어도 그만인 내가 직장의 꽃인 홍보부장에 임명되었던 것이었다. 모두는 절대로 믿을 수 없다는 듯이 한동안 입을 열지 못했다. 어안이 벙벙하여 서로의 얼굴만 쳐다볼 따름이었다. 조심스러워하는 중간간부들과는 달리 일선요원들은 표현 방법이 보다 노골적이었다. 홍보부장 승진 영순위였던 홍 차장 직계로 맹위를 떨치던 오 대리 같은 경우는,

"뭐 이런 개 같은 경우가 다 있어!"

책상다리를 소리 나게 차며,

"에잇, 빌어먹을……."

공공연히 욕설과 탄식을 한꺼번에 내뱉는 것이었다. 밑에 사람들이 그처럼 탄식하거나 말거나 나는 어엿한 홍보부장이었다. 비록 칸막이로 막긴 했지만 어제까지 쓰던 차장용보다 두 배나 큰 부장 책상이 길게 놓여 있고, 어느새 준비했는지 내 이름이 박힌 홍보부장 명패가 명문가의 장식인 듯 눈부시게 자리 잡고 있었다. 집무책상 옆에 따로 마련된 손님 접대 전용 소파도 비치되어 있었는데, 보기만 해도 힘과 권위가 뚝뚝 떨어지는 위치였다. 그러니까 2백 평도 넘는 대형 사무실을 한눈에 휘어잡을 수 있는 포인트에 홍보부장 책상이 놓여 있는 셈이었다. 처음에는 조금 어색하고 황망했지만, 나는 보란 듯이 집무책상에 당당히 주저앉아 허리를 좌악 소리 나게 펴고 빌어먹을, 젠장, 에잇 씹할 따위 욕설을 퍼붓고 있는 것이 분명한 부하 직원들을 그윽이 내려다보는 여유를 즐겨 마지않았다.

나의 홍보부장 승진은 사내뿐 아니라 사외에서도 의외의 결과라는 반응이었다. 잘못 발표된 인사발령이 아니냐는 전화가 걸려 올 지경이었다. 하나 조간신문 인사동정 난에 내 이름이 붙박이로 박혔고 이미 명패까지 새겨 책상 위에 놓인 뒤 아닌가. 그러니 어느 누가 그것을 부인할 수 있단 말인가.

아무리 억울하고 분하다 해도 일단은 수용하고 주어진 업무에 몰두하는 것이 직장인의 도리일 터다. 나는 미주알고주알 일갈하지 않았지만, 마치 전쟁터에서 병사를 바라보는 장교처럼 아주 위엄 어린 표정으로 그때까지 웅성거려 쌓는 아랫것들을 휘 훑었다. 그것은 확실히 효과가 있었다. 잡담도 웅성거림도 일순 멎었고, 홍보부장 쪽으로 감히 고개조차 돌리지 못하는 것이었다.

굴욕적이긴 하지만 결국 인정하지 않을 수 없다는 일종의 항복 표시였다.

외부 쪽 반응은 더 구체적이었다. 벌써 축하 분위기로 돌아서 들썩거리고 있을 정도였다. 약삭빠른 일간지 광고 파트며 방송국이며 잡지사며 CF 제작사며, 인쇄소며 홍보실의 주요 거래처가 동시다발적으로 축하 전화를 걸어 오기 시작하는 것이었다.

"아이쿠 부장님, 축하합니다."

"누구시죠?"

"나 조 국장입니다. C일보."

"아, 광고국장님?"

"맞습니다."

"아니, 국장님께서 직접……."

"당연히 직접 인사드려야지요. 소문으로 크게 일낼 분이라는 걸 알고 있었지만, 이렇게 빨리 등장하실 줄은 몰랐습니다. 재삼 축하합니다."

"감사합니다. 아무것도 모릅니다. 지도편달 부탁드립니다."

"웬걸요. 부장님만 믿습니다. 그리고 언제 점심도 좋고 저녁도 좋고, 시간 한번 잡아 주십시오."

"당연히 그렇게 해야지요."

그렇게 호들갑을 떨긴 했지만 기실 C일보 조 국장과 나는 일면식도 없었다. 얼굴도, 서로의 취향도 모르면서 마치 수십 년 교우를 지속했던 사람처럼 행세하다 보니 내 이마에 땀방울이 송송 맺힐 지경이었다.

전화는 계속 걸려 왔다. 그즈음에는 핸드폰이 없던 시절이었으므로 홍보부장 전용 일반전화에 불이 활활 붙고 있었다. 통화를 끝내고 수화기를 놓기 바쁘게 찌르릉찌르릉 마구잡이로 울려 대는 것이었다.

비단 전화뿐 아니었다. 어떻게 그처럼 재빠르게 주선하여 승진 축하, 취임 축하 난초화분이 줄줄이 배달되는지 홍보부장 집무책상 위에는 물론이고 그 넓은 창턱까지 차지하고도 모자라 맨땅에 그냥 놓이는 것들이 부지기수였다.

2

어쨌거나 첫날은 하루 종일 수화기만 붙들고 있었고, 그래도 틈틈이 시간을 내어 통합홍보실과 관련이 많은 계열사 담당 중역들이며 대표이사를 찾아다니며 승진 인사하느라 눈코 뜰 새 없는 하루를 보냈다.

어떻게 이런 일이 일어날 수 있단 말인가. 엠비유 라인도 아닌, 어중떼기인 내가 어떻게 막강한 홍태찬을 누르고 홍보부장 자리를 차지할 수 있단 말인가. 아무리 생각해도 확고하게 이것이다, 라고 붙잡을 것이 없는 오리무중 속이었지만, 혹여 내가 홍태찬을 조금이라도 압도할 수 있는 부분이 있다면 명광그룹 총수 왕 회장의 인지력이 아닌가 싶을 따름이었다. 다시 말해 홍태찬 차장은 엠비유가 직접 점찍어 키우는 엠비유 사관학교의 우등생이긴 해도 그 위에 군림하는 최고통치자 왕 회장이 이름과 얼굴까지 기억하는 사람은 아니었다.

왕 회장이 기억하고 때때로 불러주는 이름은 오히려 내 쪽이었다. 바로 그 점이 나를 홍보부장에 올려놓게 된 유일한 이유일지도 모른다. 절대로 믿을 수 없다는 듯이 한동안 아무도 입을 열지 못했지만, 어찌 됐건 나는 홍보부장이 확실했다. 그 사실에 나는 충실하기로 마음을 다잡아먹었다. 어깨도 추스르고, 옷매무새도 다듬었다. 어험, 기침도 했다.

물론 엠비유 라인의 최고 리더 방도 찾아갔다. 명광건설 회장 집무실이었다. 명광건설은 명광그룹의 본산이고, 세계적인 규모로 알려진 중공업이며, 자동차 등을 키운 모기업이다. 그런 이유로 그 무렵까지만 해도 그룹 차원의 자금 배정이나 자금 지출은 명광건설을 통해 이뤄지던 시절이다. 그러니까 그룹 차원의 자금 관리를 명광건설 대표이사인 엠비유가 관장한다 해도 그리 틀린 이야기가 아닌 셈이었다. 그래서 엠비유가 막강하다는 소문이 자자한지도 모른다. 당연히 왕 회장의 총애와 신뢰를 한 몸에 받고 있다는 증거이기도 했다. 엠비유 집무실이 왕 회장 집무실만큼 붐비는 이유도 바로 거기 있었다.

그날 나는 엠비유에게 홍보부장 승진 인사를 하지 못했다. 엠비유가 바쁘다는 핑계로 나와의 면담을 허락하지 않았기 때문이었다. 확인할 수는 없었지만, 본인이 내정한 홍태찬이 낙방하고 엉뚱한 내가 픽업되었다는 사실에 대한 화풀이가 아닌가 싶었다.

그날은 술 한 잔 마시지 않고 늦은 시간 퇴근했다. 홍보부장으로서의 새로운 업무지침을 만들기 위해서였다. 그랬는데……

밤을 새우다시피 하여 각종 사업별 업무현황과 활동범위, 목표 달성, 평가 등등을 도표로 만들어 새롭게 개발한 신무기 설계도인 양 가방에 넣고 아내가 빳빳이 다림질한 흰 와이셔츠에 화려한 넥타이 차림을 하고 보란 듯이 당당히 출근을 했는데, 아니 이게 웬 날벼락인가.

그룹 총수 집무실과 같은 층에 있는 그룹 통합홍보실 문을 열고 들어서는 순간, 내 앞에 펼쳐진 광경은 너무나 황당하고 경악스러운 것이었다. 내 집무책상이 없어진 것이었다. 어젯밤 늦은 시간 사무실을 나올 때만 해도 삐까번쩍 자리를 지키던 내 이름이 새겨진 홍보부장 명패도 마찬가지였다. 승진 축하 리본을 단 쉰 개가 넘는 춘란, 양란 따위 화분들이 한쪽 구석에 함부로 밀쳐져 있었다. 얼마나 급하게 밀어버렸는지 그 아름답고 영롱한 꽃대가 꺾인 것도 있었고, 꽃봉오리가 끊어져 구르는 것도 있었다. 숫제 넘어져 희고 작은 돌조각을 내장처럼 쏟아 놓은 화분도 있었다.

어떻게 된 영문인지 물어볼 겨를도 없었다. 나는 그냥 어어하고 마냥 서 있기만 했다. 이른 시간인데도 벌써 홍보실 직원들이 사무실을 그득 채우고 있었다. 그들도 나처럼 놀란 나머지 벌린 입을 다물지 못하고 있었다. 어제 아침 책상을 발로 차며 뭐 이런 개 같은 경우가 있어! 포효했던 오 대리가 내 앞으로 다가와 서며 말했다.

"회장님 지시랍니다!"

"뭐라구?"

"회장님 지시로 책상이 없어졌다고 하네요."

"회장님 지시로 왜 책상이 없어져?"

아니, 엠비유라면 몰라도…… 내가 어이없다는 듯이 계속했다.

"회장님 지시로 책상 없앴다는 말, 당신 책임질 수 있어?"

"책임이라뇨? 난 들었던 얘기를 전할 뿐인데……."

그가 의기양양하게 비아냥거리듯 되레 반문했다.

"정말 모르는 거예요, 모르는 척하는 거예요?"

"모르긴 뭘 몰라?"

"본인이 파면당했다는 사실 말예요."

"본인이라면……."

나는 내 손으로 나를 가리키며 되물었다.

"나를 말하는 거야?"

"그럼, 옆에 또 누가 있습니까?"

그리고 오 대리는 피식 웃었다. 다른 직원 몇몇도 따라 웃었다. 그러나 차마 내 앞에 웃음을 보일 수 없다는 듯이 저마다 돌아서기도 하고 손으로 입술을 가리기도 하며, 그러면 그렇지…… 쌤통이다 식의 야릇하고 요상한 웃음을 풀풀 날리는 것이었다.

나는 뭐라고 말할 수 없는 수모를 꾹꾹 눌러 삼켰다. 그리고 나에게 말했다. 기죽지 말자, 기죽지 말자. 아직 아무것도 확인된 것이 없지 않은가. 나를 조롱하는 녀석을 향해 나는 거칠게 포문을 열었다.

"오 대리! 지금 뭐라고 그랬어? 파면이라고 했어?"

"예, 파면이라고 했는데요. 왜요? 뭐가 잘못됐습니까?"

오 대리는 여차하면 육탄전도 불사하겠다는 듯이 난폭한 몸짓을 구사했다. 아직도 지워지지 않는 입술의 그것은 미소가 아니라 비수였다. 그는 그것을 마침내 푹 소리 나게 내 가슴팍에 꽂았다.

"책상이 없어졌길래 알아봤더니 회장님 지시로 인사부 직원들이 올라와서 치워버렸다고 하더라구요."

그는 숨도 쉬지 않고 의기양양하게 다시 말을 이었다.

"더 자세히 설명해 드릴까요?"

"회장님이라면……."

벌써 내 목소리는 기어들어가고 있었다.

"왕 회장님이요. 왕 회장님이 아니시면…… 왕 회장님이시니까 하실 수 있는 용단 아니겠어요?"

나는 더 이상 오 대리의 설명을 듣지 않았다. 도망치듯 홍보실 문을 열고 복도로 나왔다. 창밖을 보았다. 아직도 잔설이 드문드문 남아 있는 전형적인 겨울 풍경이었다. 음지에만 남아 있어서 그런지 눈이 눈 같지 않았다. 흰빛이 아니라 지저분한 잿빛이었다. 잿빛 같은 기분이었다. 더러웠다. 죽고 싶었다. 기분대로라면 이대로 14층에서 뛰어내리고 싶었다. 나는 고개를 흔들었다.

정녕 그랬을까? 정말 회장이, 아니 왕 회장이 직접 나서서 나를 파면시키고 책상을 빼버리라고 명령했을까. 장본인이 출근하기 전에 바로 옮기라고, 그것도 새벽같이 지시했을까. 아무렴…… 그럴 리가? 하지만 그것도 현실이었다.

나는 가뭄 만난 미꾸라지처럼 꾸물거리는 걸음으로 회장 비서실 문을 노크했다. 굳이 따지자면, 내 상전들인 이사나 상무나 전무를 먼저 찾아가 읍소해야 옳았지만, 어디까지나 왕 회장이 직접 칼을 뽑아 휘둘러 회칠을 한 사실이 분명한 터였으므로 도리어 그들 앞에 설 면목이 없었기 때문이었다.

비서실 분위기는 예상대로 무거웠다. 그토록 상냥하고 부드럽던 비서들이 어느 누구도 나와 눈을 마주치려고 하지 않았다. 대화가 그런대로 통했던 비서실 팀장은 자리를 비우고 없었다. 왕 회장의 외출을 수행한 모양이었다. 차장 격인 박 과장 앞에 가 섰다. 마지못해 그가 벌떡 일어서며 말했다.

"부장님, 어서 오세요. 차 한 잔 하실래요?"

"아니, 이 마당에 차는 무슨……."

"일단, 앉으세요."

나는 박 과장 안내로 작은 대기실 소파에 마주 앉았다. 그가 목소리를 죽여 가며 침착하게 잔뜩 흥분되어 있는 나를 어떻게 위로할 것인가 궁리하다가 입을 열었다.

"이거 뭐라고 말씀드려야 할지…… 승진 축하 인사를 드려야 할지……."

막상 시작은 했지만, 엉거주춤 말끝을 맺지 못하다가 갑자기 생각났다는 듯이 말머리를 돌렸다.

"참, 그거부터 말씀드려야겠네요. 어제 인사 발표 말입니다. 어떻게 그런 결과가 나왔는지 아시죠?"

"인사 결과? 글쎄…… 이제 와서……."

나 역시 산산조각으로 작파된 마당에 그게 무슨 대수냐는 표정으로 그를 바라봤다. 박 과장이 말을 이었다.

"원래 엠비유 쪽에서 회장님 최종결재를 받기 위해 올라온 명단은 홍태찬이었거든요. 한데, 우리 회장님이 그것을 지우고 부장님 이름을 대신 써 넣었다구요. 그것도 자필로. 좀체 없던 일이 일어난 겁니다. ……그런데, 세상이 왜 그렇죠? 잘 되는 사람 밀어주는 것이 아니라 끌어내리는 데 더 급급한…… 한데 부장님은 특별히 적이 많은가 봐요. 승진에 앙심을 품고 고

자질하는 거 보면⋯⋯."

"아니, 누가 그랬지요! 어떤 놈이 회장님께!"

나는 무서운 힘으로 벌떡 일어서고 있었다.

"아니, 왜 이러세요? 이럴 때일수록 침착하셔야죠. 앉으세요."

힘없이 다시 주저앉는 것을 기다렸다가 그가 더욱 천천히 계속했다.

"누가 앙심을 먹고 일을 벌인 줄은 모르지만, 대체로 그런 과정 끝에 일어난 해프닝 아니겠어요? 안 그렇습니까? 부장님은 짐작 가는 사람 없습니까?"

"짐작이야⋯⋯."

실제로 짐작 가는 사람은 한둘이 아니었다. 그러나 결정적으로 누구라고 정확히 짚어 낼 수는 없었다. 그래서 우물우물 말끝을 흐릴 수밖에 없었다.

"워낙 경쟁이 심했으니까⋯⋯."

"바로 그겁니다. 회장님께서 뭘 그렇게 세세히 다 아시겠습니까. 누군가 그렇게 고자질하는 마당이니 울컥하실 수밖에⋯⋯ 하지만 진실이 밝혀지면 상황이 달라지게 되어 있습니다. 실장님께서도 진위를 조사 중이시고, 이사님도 다시 한 번 재고해 주시라는 진언을 드릴 예정이니까요. 그러니 일단은 집에 가셔서 기다리시는 게 좋을 거 같습니다. 아시다시피 우리

28

회장님 성품이 워낙 불같으셔서 설령 잘못 판단하셨다는 사실을 당신이 아셔도 곧바로 바로잡는 분이 아니시잖아요. 저번에 주택사업부 공 상무 건도 그랬잖습니까. 순전히 음해성 밀고에 의해 억울하게 조처되었고, 그것이 잘못되었다는 사실이 백일하에 밝혀졌는데도…… 복직이 반년씩이나 걸렸잖습니까."

하지만 나는 잠자코 고개를 끄덕일 수 없었다.

"공 상무는 하도급업체 뇌물수수라는 혐의라도 있었는데…… 내 경우는 무슨 하자 때문인지…… 도무지 수긍이 안 가서요. 무슨 끔찍한 혐의길래 이렇게 새벽같이 파면을 단행하신 것인지, 그 이유라도 좀 알면 안 되겠습니까?"

실제 아무 실권도 갖고 있지 않은 비서 나부랭이에게 하소연하는 내 목소리는 부들부들 떨고 있었다. 쉰 살도 넘는 사내가 삼십대 초반의 후배 앞에서 금방이라도 울음보를 터뜨릴 것처럼 주책을 떨고 있었으니, 내가 생각해도 내 꼬락서니는 한심 그 자체였다. 그럴 수밖에 없는 것이, 세상에 이토록 억울하고 참담하고 황당할 수 있는 일이 또 있을까 싶었기 때문이었다. 박 과장도 물러서지 않았다.

"글쎄요. 회장님이 하시는 일이어서…… 어떻게 감히…… 방법이 없네요. 말씀드렸다시피, 넉넉잡고 한 달이니까, 한 달쯤 휴가라고 생각하시고 집에서 편히 쉬고 계시는 게 가장 현명한 판단인 것 같습니다."

하도 정색을 하고 권면해 마지않았으므로, 아, 그럴 수도 있겠구나, 적어도 이 순간에 선택할 수 있는 최선의 것은 그 방법밖에 없겠구나. 그것이 최대공약수이겠구나. 그렇게 판단 아닌 판단을 하고 일어서는데 박 비서가 그때야 생각났다는 듯이 불쑥 말하는 것이었다.

　"참, 조애자하고는 어떻습니까, 요즘?"

　"어떻다니요?"

　"한참 불편했잖습니까? 저한테도 여러 번 하소연한 적이 있었으니까요."

　"조애자하고는 누구나 다 불편하죠. 그동안 정상적인 교우를 가진 사람이 홍보실 안에서는 없었거든요."

　"하지만 부장님하고는 각별히 좋았잖습니까."

　"그야…… 박 비서님도 조애자 잘 아시잖아요? 뭔가 한번 틀어지면 쉽게 마음 돌리고 그러는 성격 아니라는 사실."

　"그건 그렇죠."

　"한데, 왜 조애자 얘기는?"

　"회장님하고 면담했거든요."

　"면담이라구요? 그게 언젭니까?"

　"어제 오후쯤 찾아왔더라구요."

　"그래서, 무슨 얘기를 한 거죠?"

　"그거야…… 회장님과 독대했으니까, 우리야 알 수 없지요."

아, 그렇구나. 순간 내 입에서 튀어나온 것은 탄식이었다. 그래, 그래서 그렇게 되었구나. 결국 거기가 화약고였구나. 거기서 펑하고 터져버린 거구나. 엠비유 라인의 홍보부장 영순위 예정자였던 홍 차장이 기어코 조애자를 무기로 활용했구나. 결국 한통속이 되고 말았구나. 나를 끌어내리고 제 놈이 올라서는 역전극을 펼치기 위해 조애자를 교묘하게 이용했구나. 두 다리가 휘청거렸다. 근육에 힘이 좌악 소리를 내며 빠져나가는 느낌이었다.

3

조애자. 내가 그녀를 처음 대면한 것은 꼭 3년 전 이른 봄이었다. 당시 나는 명광그룹 사내 홍보를 책임지고 있었다. 사내 홍보는 크게 두 가지 업무 파트가 있었는데, 그 한 가지가 그룹 사보 출판이고, 또 한 가지가 사내 방송이었다. 그룹 사보는 사륙배판 200페이지짜리 잡지로 그룹 본사는 말할 것도 없고, 40여 개 계열사 사원까지 1인당 1권씩 골고루 나누어 주었는데, 그러다 보니 매월 4만여 부씩 발행하지 않으면 안 되었다. 방송 역시 출근시간 전인 오전 7시에 시작하여 8시에 끝나는 아침 프로, 그리고 점심시간인 12시에 시작하여 1시에 끝나는 정오 프로, 마지막 퇴근시간 6시에 시작 30분간 진행하는 저녁 프로, 그렇게 매일매일 방송했는데, 얼핏 다 합해야 2시간 30분이 고작인 터에 무슨 업무가 그리 복잡한가 싶지만, 웬걸 장비도 그러하고 투입 인원도 그러하고 일반 방송국 뺨치는 시

32

설을 두루 갖추지 않으면 안 되었다.

명색이 TV 방송인 탓이었다. 그룹 왕 회장 훈시며, 사내 뉴스며, 의학상식이며, 에티켓이며, 문화 게시판이며, 임원 및 사원 길흉사 따위 지상파 방송 흉내를 내다 보니 아나운서도 그러하고, 촬영감독도 그러하고, 고정 프로를 책임제작하는 피디도 그러하고, 고루고루 인원을 비치할 수밖에 없는 상황인 것이었다.

이름하여 MKS 명광방송이었다. 그러니까 내 직책은 MKS 국장쯤 되는 셈이었다. 방송국 녹음실은 14층 그룹 회장실과 붙어 있는 통합홍보실이 아니라 5층 외딴 방에 따로 설치 운영되었으므로 나는 하루에도 수십 차례 14층에서 5층으로, 다시 5층에서 14층으로 다람쥐 쳇바퀴 돌듯 오르내리곤 했다.

내가 왕 회장 비서실 전화를 받은 것은 그 무렵이었다. 박비서였다. 사내 방송국 체제를 갖추고 1년쯤 지난 어느 봄날이었다.

"박 차장님, 회장님이 찾으십니다."

"지금 말입니까?"

"한 이십 분쯤 후에 오시죠. 에너지 정 사장님하고 건설 서전무님하고 면담만 끝나면 바로 차장님 차례니까요."

나는 부랴부랴 필기도구를 챙겨 들고 화장실 대형거울 앞에 섰다. 머리도 다시 빗고, 구두에 먼지도 털고, 유니폼 점퍼에 묻은 작은 얼룩도 손수건에 물을 묻혀 꼼꼼히 지워 없앤 다음, 왕 회장 집무실 문을 열고 들어섰다. 순번을 기다리는 사람들로 꽉 차 있었다. 모두가 계열사 사장 아니면 전무 상무였다. 방 안의 시선들이 일제히 나에게 모아졌다. 여기가 어디라고 임원도 아닌 평사원 주제에 고개 빳빳이 세우고 들어올 수 있느냐 그런 눈빛이었다. 하지만 나는 주눅 들지 않았다. 비서들이 먼저 알고 나를 융숭하게 대기실 의자로 안내했다. 하긴 그럴 만도 했다. 사장 부사장도 아닌, 발길에 널린 차장 계급장 따위가 어찌 왕 회장님의 부름을 직접 받을 수 있단 말인가. 그것도 여럿이 만나는 그룹 면담이라면 또 몰라도 단 두 사람만 마주 앉게 된 독대라니. 비서들이 생각해도 이건 예외적인 일이 아닐 수 없는 것이었다.

그래서일까. 왕 회장은 처음부터 자애로운 미소를 가득 머금고 나를 맞았다.

"그래, 잘 왔어. 아니, 거기 말고 여기 와서 앉아."

당신에게 처음 부름을 받았을 때처럼 왕 회장은 바로 옆자리에 나를 앉혔으며, 인삼차 심부름하는 여비서에게,

"내가 연락할 때까지 아무도 들여보내지 마, 알겠어?"

라고 특별당부까지 하는 것이었다.

나는 잔뜩 긴장하지 않을 수 없었다. 내가 들어올 때 벌써 대기실이 가득 차 있지 않았던가. 그 모두가 왕 회장을 알현하

기 위해 순번을 기다리는 사람들 아닌가. 얼핏 훑어도 결재판이며 공사도면이며 자동차 디자인 따위를 휴대한 사장, 전무, 상무도 있고, 중동본부에서 온 공무팀장도 있고⋯⋯. 한데 홍보실 차장 나부랭이를 달랑 불러 놓고 아무도 들여보내지 말라니, 이게 무슨 해괴한 상황이란 말인가. 장본인인 내가 놀라기보다 교통 정리하는 비서실 요원들이 더 의아해하는 눈치였다.

"이것 봐."

왕 회장은 잔뜩 긴장해 있는 나에게 탁상을 가리키며,

"차 마셔."

라고 말했다. 그래도 나는 찻잔을 덥석 쥐지 못했다. 이상하게 더 긴장이 되는 것이었다. 근육이 조여들고 있었다. 왕 회장은 만면에 머금었던 미소를 천천히 풀며 말을 이었다.

"어때, 할 만해?"

"예, 열심히 하고 있습니다."

나는 영락없는 육군 훈련병이었다. 기합이 잔뜩 들어가 있었다. 왕 회장이 더욱 부드럽게 입을 열었다.

"그래도 일손이 부족하지?"

일손이라니? 나는 엉겁결에,

"아닙니다. 부족하지 않습니다."

라고 대답했다.

"부족하지 않다구?"

"예, 지금 인원으로도 얼마든지 잘해 나갈 수 있습니다."

내가 그렇게 대응한 것은 홍보실 인원 감축 문제로 늘 분위기가 뒤숭숭했던 일을 기억해 낸 탓이었다. 그래, 지금이야. 이런 자리에서 못을 박지 않으면 언제 박아? 나는 터무니없는 용기를 내고 있었던 것이었다.

한데 왕 회장은 그것이 아니었다. 왕 회장이 계속했다.

"내가 말이야, 아주 일 잘하는 일꾼을 당신한테 붙여주려고 그래. 내 말 알겠어?"

"예, 회장님."

나는 그제야 휴 한숨을 쉬고, 두 손을 모아 깍지를 꼈다. 그리고 몸을 굽히는 시늉을 했다.

"방송국 아나운서 자리에 배치할 일꾼이야. 내 말 무슨 뜻인지 알겠어?"

"예, 알겠습니다."

"홍보실장도 있고 부장도 있는데, 왜 내가 당신을 부른 줄 알아? 당신 입이 무겁잖아? 믿음직허구 말이야."

"감사합니다."

"그러니까 책임지고 소리 소문 없이 잘 키우란 뜻이야. 아주 크게 될 여자니까."

"그렇게 하겠습니다."

"그럼, 나가 봐."

그 여자가 바로 조애자였다. 나중에 알게 된 사실이지만, 조애자는 그해 신입사원 공모에 자원하여 16대 1의 경쟁을 뚫고 당당히 합격, 4주간의 연수과정까지 수료한, 그야말로 장래가 촉망되는 공채사원이었다. 적어도 그녀가 내 휘하에 있는 MKS 방송요원으로 배치되어 그 시끄러운 3개월을 보내는 동안에는 그렇게 알고 있었다.

하나 그녀가 신입사원 공모에 지원한 적도 없고, 시험을 치른 적도 없으며, 더구나 명광그룹 인사부가 집계한 최종합격자 명단에도 끼어 있지 않았다는 사실을 내가 알게 되었을 때의 그 헛헛한 낭패감을 어떻게 설명할 수 있단 말인가.

놀랍게도 그녀는 내가 왕 회장의 파격적인 초청으로 두 번인가 참석한 바 있는 종로2가 '반줄' 출신이었다. 그 아방궁에 술 마시러 온 왕 회장의 눈에 띄어 수청을 들었고, 아무리 뛰어난 미모라 해도 한 번 이상 반복된 적이 없는 관례를 깨고 세 번씩이나 연거푸 간택된 신데렐라로 주변의 부러움을 한 몸에 받았던 터다.

조애자는 선천적으로 교태가 간드러진 여자였다. 그 방면으로 닳고 닳아 도의 경지까지 올랐다는 왕 회장이 한때 얼마나 흠뻑 빠졌으면 반줄로 가지 않고 당신 아지트인 성북동 영빈관으로 따로 불러 은밀한 수청을 들게 했겠는가.

그런 유의 여자들이 거의 다 그렇듯 조애자도 넉넉하고 평온한 가정에서 자란 처녀가 아니다. 허덕허덕 늘 쫓기는 형편에 부모까지 이혼을 하고 갈라선 마당이라 정상적으로 성장했을 리 만무하다. 생활력 없는 건달 출신 계부 밑에서 처신하다 보니, 느는 게 눈치뿐이다. 그래서 눈치가 8단 실력이다. 왕 회장에게 자신이 처한 기구한 형편을 장장의 편지로 써서 보내고 그 해결책의 처방전까지 받았는데, 그중의 하나가 새 아파트 도배권이다.

500세대가 넘는 개포동 명광아파트 도배를 조애자 어머니 손에 몽땅 쥐여 준 것이었다. 물론 조애자 어머니가 도배회사를 갖고 있거나 도배전문가로 일했던 사람은 아니다. 하지만 새 아파트 도배는 명광주택산업이 직접 공사를 할 수 없는 분야이므로 어차피 하청을 줘야 하는 상황이어서 경륜이 있건 없건 개인적인 계약이 가능한 터다.

그러니까 조애자 어머니 쪽이 도배공사권을 따내 전문업체에 재하청을 주는 형식이다. 일테면 한 세대에 20만 원씩만 붙여도 500세대면 순이익이 1억 원이다. 1억 원의 공돈을 오롯이 손 안에 쥘 수가 있다. 그 무렵 현찰 1억 원이면 신분이 상승되는 정도는 아니더라도 일부 구겨졌던 팔자를 펼 수 있는 액수다.

얘기가 났으니 말이지만, 왕 회장은 의외로 그런 쪽으로 후한 편이다. 쩨쩨하지 않다. 일단 움직였다 하면 손이 크다. 당신에게 몸을 맡겨 봉사해 준 여자에게 절대로 서운하게 하는 경우가 없다. 당신이 점찍어서 인연을 맺게 된 탤런트나 가수치고 한몫 단단히 챙기지 않은 사람이 없을 정도다.

물론 항간에 떠돌았던 백지수표 사건도 그러하지만, 대체로 아파트 도배권이나 울산공단에서 소모품으로 사용하는 실장갑 납품권이 왕 회장의 사사로운 개인사에 쓰이는 품위 유지용으로 활용되고 있다는 사실을 모르는 사람이 없다. 예컨대 공원들에게 매일 지급되는 장갑만 해도 하루 5만 개가 넘었으니, 한 달 납품권만 얻어도 월수입이 기천만 원에 이른다. 모 여가수는 무려 1년 7개월을 계속했고, 모 탤런트는 9개월, 뮤지컬배우 아무개는 한 달도 못 채우고 중도에서 납품 취소를 당한 케이스도 있던 터다.

조애자는 탤런트도 여가수도 뮤지컬배우도 아니다. 흔한 술집 접대부다. 한데도 아파트 도배권을 얻어 내고, 내친김에 소형 아파트까지 단숨에 챙길 수 있었으니, 여러모로 보통내기는 넘는다고 해야 옳다. 확실히 그녀는 독특하다. 상식을 뛰어넘어 어디로 튈지 아무도 예측할 수 없는 별난 여자인 것이다. 그날도 그녀는 왕 회장의 가슴을 구구구 파고들며 암비둘기처럼,

"회장님, 나 회장님 한 분만 모시고 싶어요."

라고 말했고,

"그거야…… 본인이 원하면 그렇게 해."

순순히 승낙을 받았으며,

"하지만 밤줄에는 더 이상 나가고 싶지 않거든요."

몸을 비비 꼬며 속마음을 은근슬쩍 드러낸 것이었다.

"그럼, 뭘 하고 싶은데?"

"회장님 가까운 데 있고 싶어요."

"가까운 데라니?"

"저, 명광그룹에 취직시켜 주세요. 정식직원으로요."

"정식직원? 하지만 일 안 하고 월급 줄 수는 없어. 왜냐면 다른 직원들 눈이 있으니까."

"저, 일 잘해요, 회장님."

"무슨 일을 잘하는데?"

"저 대학 다닐 때 국문학 전공한 거 아시잖아요? 졸업은 못했지만 서클 활동으로 교내방송국 아나운서도 해봤구요……그리고 저 글 쓰는 거 좋아해요. 회장님도 제가 쓴 편지 읽으시고 잘 썼다고 칭찬하셨잖아요."

하지만 왕 회장은 그쪽에는 관심이 없다는 듯,

"아나운서를 했다구?"

의외의 질문을 던진다.

"예, 회장님. 교내방송 아나운서로 활약했어요. 집안형편으로 그만두지 않았다면 저도 시험 봐 가지고 방송국 아나운서로 입사하고 말았을 거예요."

언제나처럼 왕 회장의 머리회전은 빠르다. 오래 숙고할 것도 없다. 속전속결이다. 왕 회장이 삽시에 결론을 내린다.

"그러면 말이야, 이력서 한 장 만들어서 낼 아침에 갖다 뵈."

"어머, 고마워요, 회장님!"

"한데 이력서 말이야, 대학교 중퇴로 하지 말고 졸업이라고 써. 알겠어?"

이튿날 오후 왕 회장은 신입사원 연수 때문에 강릉에 출장 가 있는 그룹 인사부장을 긴급호출, 예의 이력서를 건넨 다음 위엄 있는 목소리로 지시하는 것이었다.

"이봐, 이거 말이야 어디다 적당히 끼워 넣어 봐."

"어디다 끼워 넣으란 말씀이신지……"

"합격자 명단도 몰라? 합격자 명단에 넣으란 말이야!"

눈이 휘둥그레진 인사부장이 이게 무슨 망발인가 싶어 왕 회장을 힐끔 올려다봤지만 소신에 찬 일당 독재군주처럼 더 당당히 일갈하는 것이었다.

"내 말뜻 아직 모르겠어?"

"알겠습니다. 그렇게 시행하겠습니다."

"이력서 비치하고…… 그 명단에 이름 넣고……"

"하지만…… 회장님, 시험에 응시하지 않았는데, 시험점수 는 어떻게……"

"그런 건 당신이 알아서 적당히 할 일이야. 대신 등수는 너무 높이지 마. 중간점수보다 조금 더 내려잡아. 그리고 말이야, 사원연수 언제 시작했지?"

"이제 삼 일째입니다."

"그래? 삼 일이면 아직 괜찮구먼. 이력서에 있는 전화로 급히 불러 가지구 말이야, 지금 당장 합류시켜. 알겠어!"

아무리 원리원칙을 충직하게 지켜 온 인사부장이라 해도 이쯤 되면 앞발뒷발 다 들 수밖에 없다. 왕 회장이 한 말씀 더 첨언한다.

"교육은 말이야, 차별 두지 말고 혹독하게 시켜. 혹독하게!"

그처럼 야릇한 입사과정을 치러서 그랬을까. 조애자의 기상이 왕 회장 못지않은 것이었다. 너무도 자신만만하고 당당하고 거침이 없었다. 뭐라고 할까, 꼿꼿이 치켜든 여름 한낮의 벼이삭이라고나 할까. 도무지 고개를 숙일 줄 몰랐다. 무서운 사람이 없었다. 홍보부장도 담당 상무도 통합홍보실장도 여타 사람들도 하나같이 반줄에 술 마시러 와서 왕 회장 눈치 보며 아부나 하는 졸개 부류로 간주해 마지않는 것이었다.

그러니 누가 조애자를 품행 방정한 창의적인 일꾼으로 바라봐 줄 수 있겠는가. 하지만 직속상관인 나는 달랐다. 언감생심 왕 회장이 표현한 그대로 입이 무거운 믿음직한 중견간부로 평가받았다는 사실 하나만으로 우쭐해진 나는 오로지 한 사람의 충직한 하수인이 되고 싶었으므로 조애자의 후견인 역할을 기꺼이, 그리고 자랑스럽게 감당해 마지않았던 것이었다.

실제가 그러했다. 왕 회장과 내가 쥐도 새도 모르는 비밀을 공유했다는 사실이 그렇게 뿌듯할 수 없는 것이었다. 그런 수준에 이를 수 있도록 나를 선택해 준 왕 회장에게 그저 감동할 따름이었다.

내가 공식적으로 조애자를 처음 만난 것은 인사부 직원들이 교육을 이수한 신입사원들을 앞세우고 근무할 부서를 찾아다녔던 그해 2월이었지만, 나는 그 전날 밤에 먼저 그녀와 마주 앉을 수 있었던 것이었다.

물론 왕 회장도 함께한 자리였다. 조애자에 대한 당신의 각별한 배려였다. 나에게 비공식적인 만남을 주선함으로써 앞으로 내가 맡아야 할 임무에 대해 더 신중하게 처신하라는 일종의 압력이었고 은밀한 부탁이었다.

로맨틱한 조명 탓인지 조애자의 미모가 유난히 돋보이는 자리였는데, 그녀는 왕 회장 옆자리에 앉아 잘 닦여진 커다란 유리잔을 품위 있게 돌려 가며 포도주를 홀짝였고, 버젓이 앞에 앉아 있는 나에게는 전혀 관심이 없다는 듯이 그 숱 많은 머리를 무엄하게도 왕 회장 어깨에 살포시 얹곤 하는 것이었다. 왕 회장이 싫은 기색 없이 나를 향해 입을 열었다.

"이것 봐."

"예, 회장님."

"미스 조 잘 지도해 줘."

"알겠습니다."

"본인이야 자신이 붙어서 잘하겠다고 나설지 모르지만, 그래도 업무는 업무니까 당신이 알아서 적절히 가르쳐주란 말이야."

"그렇게 하겠습니다."

"미스 조도 내 말 들어."

"말씀하세요, 회장님."

"이제부터 박 차장에게 잘 배워. 무슨 일이 있으면 먼저 상의하고……. 알겠어?"

그녀가 시큰둥하게 대답했다.

"그렇게 할게요."

나는 바로 그다음 날 기존의 아나운서를 맡고 있던 오미숙을 자료실로 돌리고 조애자를 그 자리에 박아 넣었는데, 웬걸 주변의 반대가 빗발치는 것이었다. 오미숙은 종합기획실 유 전무가 소개한 재능 있는 일꾼이었다. 그러나 유 전무의 배경 때문이 아니었다. 한마디로 조애자가 아나운서의 자질이 없다는 것이었다. 원고 자체를 제대로 소화하지 못한 탓인지, 내용 전달능력이 부족하다는 것이었다. 목소리도 카랑카랑 한곳에 모이지 않고 사방팔방 흩어져 버리는 음색인 데다, '아'와 '야'의 구분이 정확하지 못해 아나운서인지 연기하는 성우의 넋두리

인지 그 경계가 모호하다는 것이었다.

주변 제작진의 전문평가뿐 아니었다. 첫 방송이 나간 그날로 몇 안 되는 열렬 시청자 중의 하나인 수위실 특정직 항의도 마찬가지였다. 왜 잘하는 기존의 아나운서를 빼고 전혀 어울리지 않는 꾸어다 놓은 보릿자루 같은 여자를 내세우느냐고 핏대를 올려 마지않는 것이었다.

"차장님, 이건 아무래도 아닌 것 같은데요. 철회하시죠."

매사에 균형 감각이 남다른 내 오른팔 격인 조삼규 과장까지 나의 느닷없는 인사에 대해 반대의사를 표명하고 나섰다. 나는 뭐라고 설명할 방도를 찾지 못했다. 아무리 가까운 조삼규라 해도 예외일 수 없었다. 최고통치자인 왕 회장과 은밀하게 공유한 기밀상황을 어찌 함부로 발설할 수 있단 말인가. 이건 보통 신사협정 차원이 아니라 남자와 남자 사이의 당연한 예절이고 신의이며 약속이었다.

나는 모든 것을 기꺼이 뒤집어썼다. 조삼규뿐 아니라 손위 상사인 부장에게도 상무이사에게도 왕 회장에 대해서는 입도 벙긋하지 않았고, 모든 것을 내 재량으로 처리한 일처럼 행동했으며, 수많은 반대의사를 서슴없이 묵살해 버렸다.

나의 태도가 하도 강경한 바람에 처음에는 긴가민가하다가 나중에는 조애자와 나 사이에 개운치 못한 관계가 이뤄진 게 아닌가, 듣기 거북한 스캔들을 공공연하게 유포하는 부류가 생겨날 정도였다. 그래도 나는 눈 하나 깜짝하지 않았다. 기실 두려울 것이 없었다. 그렇게 지탄을 받으면 받을수록 나에 대한 왕 회장의 신뢰가 높아 갈 뿐이라고 지레 해석했기 때문이었다.

나는 그때까지도 왕득구 교주의 가장 충실하고 충직한 신도였다. 부끄러운 고백이지만, 내 초등학교 때부터 지금까지 유일한 멘토였던 미국 16대 대통령 링컨보다 그를 더 많이 존경했던 것은 사실이었다. 그러나 그 존경심은 내가 속한 일터에서의 생사여탈권을 쥔 주권자여서라기보다 나를 감동시킨 모종의 사건이 빌미가 되었기 때문이다.

모종의 사건을 운운하다 보니 무슨 대단한 문제에 연루된 것처럼 여겨지지만, 기실 왕득구에게는 일상적인 업무에 불과했을 따름이다.

나는 그날 일을 결코 잊지 못한다. 내가 홍보실 출판과장 직함을 달고 있었으니까 6년 전이던가. 사장 지위를 가진 종합기획실장이 세 명의 낯선 남자들을 앞세우고 우리 방으로 들어섰다.

"인사들 해. 오늘부터 함께 일할 분들이니까."

그들이 바로 C일보, J일보, D방송 해직기자들이었다. 신문방송사에서 쫓겨나 2년여 백수시절을 보내며 반정부 투쟁운동에 앞장서 오다 생활고에 지치기도 하고 수사기관의 집요한 추적과 감시에 넌더리가 나기도 해서 에이, 이제 잠시 눈 붙이고 발 한번 뻗어 보자 식으로 못 이긴 척 취업문을 두들긴 것이었다.

그 대상 중의 하나가 대기업이었는데, 대학 동아리 선배들이 하필 그곳에 가장 많이 포진해 있었기 때문이었다. 그러니까 종합기획실장도 대학 직계선배 중의 한 사람이었던 셈이다. 세 명 똑같이 차장 직함을 달고 해외 홍보 조사 업무, 언론 섭외 업무 등을 전담하게 된 터였다.

한데 문제가 생긴 것은 그다음이었다. 골치 아픈 세 명의 반정부 투사들의 뒤를 맹렬히 쫓던 수사관들이 갑자기 브레이크를 밟은 자동차처럼 끼익, 멈춰 서지 않으면 안 되었는데, 바로 그곳이 명광그룹이었다. 옳다구나! 그들은 점령군인 양 곧바로 명광그룹 본사 출입문을 열고 돌진해 들어왔다.

당연히 총무부나 인사부서를 노크하는 것이 상식이고 예의일진대도 그들은 배짱 좋게 왕득구 회장실 문을 탕탕 소리 나게 두들긴 것이었다. 물론 개중에는 왕득구와 이리저리 얽혀 안면이 있는 수사관이 한 명 끼었던 탓도 있었다. 수사관들은 기회다 싶었는지, 왕득구 회장을 닦아 잡듯 했다.

"나라 기강을 흔드는 원흉들을 어찌 직원으로 채용할 수 있단 말입니까? 혹시 회장님도 반정부 인사 지지명단에 자진해서 서명하신 거 아닙니까?"

"무슨 그런 서운한 말을…… 나야말로 정부의 혜택을 가장 많이 받는 사람이고, 전두환 각하의 영도력에 찬사와 찬양을 함께 보내는 사람인데…… 그럴 리가……"

"그렇다면 이 문제를 어떻게 조처하시겠습니까?"

"어떻게 조처했으면 좋겠소?"

"이 사람들 발령을 취소해야죠."

"당연히 그렇게 하겠소. 아니, 나도 모르게 이런 망나니들을 채용한 사람도 발본색출해서 그 간부 목부터 잘라버리겠소."

왕득구가 손가락을 칼처럼 세워 목을 치는 시늉을 했다.

"그러니까 회장님께서는…… 이번 인사 서류에 최종 사인을 하지 않았다 그 말씀이군요."

"나는 같은 말을 두 번 반복하지 않는 성미요."

"알겠습니다. 저희 상관께 그렇게 보고하겠습니다만, 저희 정보보고서가 청와대로 바로 올라간다는 사실, 아시지요?"

"알다마다요. 우리가 하루 이틀 같은 밥 먹은 것도 아니고……"

"좋습니다. 차후에 문제가 생겨 수상한 보고서가 높은 데로 올라가지 않도록 아주 확실하게, 그리고 깔끔하게 처리해 주시기 바랍니다."

수사관들이 일어설 차비를 하자 왕득구가,

"잠깐 기다리시지요."

라고 말한 뒤 비서를 불러 손님이 신경 쓰지 않도록 은밀히 지시했으며, 제법 두둑한 봉투 3개가 수사관 손에 각각 들리어지게 하는 것이었다. 엘리베이터까지 따라 나가 배웅을 하고 돌아온 왕득구 회장이 관련자들을 호출했을 때만 해도 세 명의 해직기자들은 물론이고 그들을 채용한 종합기획실장 역시 사시나무처럼 부들부들 떨고 있던 터였다.

　그런데 그게 아니었다. 종합기획실장이 회장실에 들어섰을 때, 왕득구는 손을 씻고 있었다.

　"어서 와."

　생각 외로 목소리는 부드러웠다.

　"에잇! 더러운 자식들!"

　왕 회장이 그렇게 말머리를 욕설로 장식했다. 그가 계속했다.

　"제깟 놈들이 뭔데 감 놔라 배 놔라 지랄들이야!"

　왕득구가 비누칠했던 손을 헹구어 내고 타월로 닦으며 여전히 상스러운 어휘를 구사했다.

　"저런 우라질 놈들하고 악수 안 하고 살 수는 없나? 그러면 적어도 이 바쁜 시간을 손 씻는 데 허비할 일은 없잖아?"

　그뿐이었다. 왕득구 회장은 단 한마디도 세 명의 해직기자를 왜 중견간부로 채용했느냐고 추궁하지도 닦달하지도 않았다. 물론 장본인인 세 명의 해직기자도 해고되지 않았으며, 그들에게 발령장을 수여했던 종합기획실장 또한 그 어떤 불리한 인사 조처도 받지 않았다.

나는 그날 있었던 그 일을 목격하고 나서부터 왕득구를 맹목에 가까울 정도로 존경하기 시작했다. 그는 나에게 있어서 가장 멋진 멘토였다. 한마디로 자랑스러웠다. 주변 사람 모두가 왕득구를 상하 구분하지 않고 조인트를 까는 무식한 폭군이며 턱도 없는 외고집쟁이며 지나치게 여색을 밝히는 의뭉스러운 노인네라고 형편없이 폄하했지만, 나는 결단코 그렇게 생각하지 않았다.

설사 그러그러한 결점을 갖고 있다 해도 부상당한 산짐승을 사냥꾼으로부터 지켜준 선량한 나무꾼처럼 세 명의 해직기자를 보호할 줄 아는 인간적인 따스한 면모는 그 모든 것을 충분히 상쇄하고도 남는다고 나는 믿어 마지않았던 것이었다.

조애자는 내가 그처럼 존경하는 멘토의 여자였다. 그래서 나는 그녀를 보호해야 할 가치가 있다고 믿고 있다. 한데도 조애자는 내 보호를 감당할 만큼의 자질을 갖추고 있지 못했다. 더 상세히 말해, 그녀 자신이 주어진 아나운서 직책을 오래 유지하지 못한 것이었다.

조애자는 스스로 주변의 평판을 견딜 수 없었던지, 자진해서 카메라 앵글 안에서 걸어 나와 사보 편집팀에 안주할 것을 제안했고, 나는 그 제안 역시 기꺼이 수용했다. 하나 그 수용이 얼마나 나를 황당하게 했는지는 간단한 말로 표현하기가 어쭙잖을 따름이었다.

우선 편집팀 부원들이 그녀의 합류를 극성스럽게 반대해 마지않는 것이었다. 조애자의 오만함과 거친 매너 때문이었다. 아무도 조애자에게 호감을 갖는 사람이 없었다. 그녀는 늘 혼자였다. 그래도 불편해하지 않았고, 가까이 다가서서 소통하려고 하지 않았다.

게다가 그녀는 여러모로 실력이 못 미치는 여자였다. 그녀가 자신 있게 내세울 수 있는 것은 오로지 미모, 한 가지뿐이었다. 한마디로 조애자는 편집팀에 합류할 수 없는 수준이었다. 왕 회장에게 보낸 편지는 어떻게 썼는지 알 수 없지만, 그녀는 아예 글을 쓸 줄 몰랐다. 기본적인 문장력조차 갖추지 못한 수준이었다.

몇 날 며칠 취재해서 써 온 기사를 그대로 내놓고 읽을 수가 없었다. 다른 직원에게 내보이기가 창피했기 때문이었다. 나는 조애자의 원고를 집으로 가져가 밤잠을 줄여 가며 가필했고, 그녀는 내가 출근과 함께 은밀히 전해준 것을 제가 쓴 원고처럼 큰소리치며 내놓곤 했다.

그러면서도 도통 미안한 줄 몰랐다. 너무도 거침없는 태도였다. 왕 회장이 그렇게 지시했으므로 그녀는 당연히 그것을 누려도 된다는 식이었다. 어쩌면 조애자는 왕후쯤 되고 나는 그녀의 일거수일투족을 보좌하는 비서이거나 경호원 따위로 착

각하고 있는지도 몰랐다.

그러지 않고서야 거지발싸개같이 써 갈긴 원고를 그럴싸하게 만들어 몰래몰래 전해주는 나에게 어찌 감사의 뜻 한 번 표명해 주지 않겠는가. 주변 동료들 말대로 그녀는 성품에 문제가 있는 정신파탄자인지도 모른다는 지적에 내 고개가 절로 끄덕여지는 대목이었다.

어찌 됐건, 한 달 두 달도 아니고 매달 그 같은 일이 반복되었으므로 아무리 작심했다 해도 피곤하고 짜증스러운 일이 아닐 수 없었다. 정말 대책이 무대책이었다. 업무뿐 아니었다. 조애자는 매사가 우리에서 잘못 빠져나온 망아지 격이었다. 앞뒤 보지 않고 마구잡이로 펄쩍펄쩍 뛰기부터 했다.

잡지 제작을 위해 매달 열리는 편집회의에서도 조애자는 쓸데없는 말로 좌중을 압도하곤 해서 내 간담을 서늘하게 만들었다. 자신의 입장을 생각하면 입 닫고 눈치껏 처신해야 함에도 불구하고 밑도 끝도 없는 제안을 하는가 하면, 말도 안 되는 트집을 잡곤 해서 부원들을 어리둥절하게 했고, 결국 함량 부족이니 럭비공이니 하는 민망스러운 별명을 스스로 자초해서 얻게 된 것이었다.

그런 판국이니 후견인이며 보호자 격인 나는 조애자가 발언을 하려고 목을 빼기만 해도 벌써 등줄기에서 땀방울이 또르르 굴러떨어질 지경이었다.

어디 그뿐인가. 조애자는 근본적으로 파악이 안 되는 홍보실 업무와는 달리 왕 회장 스케줄에는 웬 관심이 그리 많은지 수화기를 들었다 하면 수행비서 호출이고, 그것이 여의치 않으면 회장 직통전화도 거침없이 꽉꽉 찍어 대는 것이었다. 그렇게 해서 어찌어찌 통화가 될라치면 다짜고짜,

"저, 회장님. 저 데리고 가시면 안 돼요?"

라고 갖은 아양을 다 떨어 댔다. 쓸개도 없이 아무거나 핥아 대는 강아지 같았다. 그러다가 뭔가 맞아떨어지기라도 하면 중대한 취재 약속 같은 것도 헌신짝 버리듯 내팽개치고 바람처럼 사라졌다가 이틀도 좋고 사흘도 좋고 무단결근을 해버리곤 했다. 물론 팀장인 나에게 전화를 걸어 사전에 양해를 구하는 경우가 전혀 없는 것은 아니었다. 문제는 조애자의 태도였다. 이건 부탁을 하는 것인지 지시를 하는 것인지 도무지 구분이 안 될 지경이었다.

"차장님, 나 울산 가거든요. 알아서 처리해 주세요."

하면 그만이었다. 말투로 봐서는 부탁 같지만, 기실은 지시에 가까웠다. 아니, 실제로 그녀는 나에게 노골적인 지시를 하고 있었다. 그래서 언제 출근하겠다는 예정도 없었고, 무슨 일 때문에 하던 업무를 도둑고양이 쓰레기봉투 찢어 놓듯 깡그리 헤집어 버리고 어히야 둥둥, 서울을 떠나는지도 일체 밝히지 않는 터다. 그러니까 왕 회장 스케줄이 곧 조애자의 스케줄인

셈이었다.

한데 그 일방적인 스케줄에도 변화가 오기 시작했다. 주어진 업무고 뭐고, 우리에서 뛰쳐나온 망아지인 양 뒷발길질만 해 쌌던 조애자가 어느 정도 업무에 적응했을 무렵이니까, 아마도 입사 후 2년차 되던 초여름이 아닌가 싶다. 매사를 종횡무진하던 그녀가 갑자기 입을 봉하고 비 맞은 장닭처럼 어깻죽지를 축 늘어뜨리기 시작한 것이었다.

눈치로 보아 왕 회장과의 소통이 원만하지 않은 모양이었다. 아니, 직통전화를 찍어 대도 왕 회장이 동요하지 않게 되었다고 해야 옳았다. 늘 그랬듯이 그 어른의 입맛이 다른 곳으로 옮겨간 탓이다. 언제 그랬느냐 식으로 그토록 냉담할 수가 없다. 숫제 비서에게 조애자 전화는 바꾸지 말라는 엄명을, 그것도 신경질적으로 내렸다는 소문이다.

미꾸라지 한 마리가 한강물 흐린다는 속담이 절대로 근거없이 만들어진 것 같지 않다. 100여 명 가까운 통합홍보실 분위기가 그녀 한 사람 때문에 완전히 뒤틀어지고 망가지는 수준에 왔다고 하면 지나친 표현일까.

하나 그것은 과장이 아니었다. 나는 조애자가 스스로 회사를 그만둘 것을 바라 마지않았다. 굳이 왕 회장에게 보고하고 말 것도 없었다. 미련 없이 물러나 제 갈 길을 가면 그만이었다. 그것이 그동안 베풀어 준 어른에 대한 최상의 보답인 것이다.

내가 보기에 왕 회장은 조애자의 존재를 완전히 잊어버린 것 같았다. 어쩌면 그녀를 나에게 부탁했다는 그 사실조차 인지하지 못하는지도 몰랐다. 내가 조애자를 은밀히 불러 스스로 사직하는 문제에 대해 진지하게 의견을 나눈 것은 그 이듬해 겨울이었다. 그녀는 내 얘기를 다 듣기도 전에 방방 뛰기부터 했다. 그리고 눈이 펑펑 내리기 시작하는 거리로 뛰어나가 버렸다. 나는 카페 창문을 통해 헝클어진 머리를 손질하지도 않은 채 횡단보도 위를 뒹구는 뭔가를 멀리 차내는 그녀의 우스꽝스러운 모습을 무슨 영상 화면처럼 오래오래 바라보았다.

4

나는 조애자가 나의 승진에 앙심을 품은 것인지, 아니면 영순위 후보자였던 엠비유 라인의 홍태찬 차장이 나 때문에 미역국을 먹고 분개하여 그녀를 매수, 훼방을 놓은 것인지 확실히 알 수가 없다.

하지만 이미 배는 떠났고, 그 불상사가 왜 비롯되었는지 시시콜콜 따져 봐야 원상복구될 가능성이 전혀 없었으므로 나는 조애자에게 따로 기별하여 만나지 않았고, 왜 그런 일을 벌였느냐고 따지지도 않았다. 나는 박 비서의 충고대로 일단은 조용히 기다리는 것이 최선의 선택이라고 생각했으며, 그 생각을 철저하게 행동으로 옮겼다.

한데 알고 보니 그게 아니었다. 어디까지나 조용하게 나를 집으로 보내기 위한 회유책일 뿐이었다. 어떤 확실한 언약도 없이 임시방편으로다가 슬슬 무마하려는 술수……. 아니, 비서실 직원들을 탓할 것도 없었다. 어쩌면 아무 책임 없는 박 과장 말만 믿고 한 달씩이나 집에 틀어박혀, 기껏해야 나의 억울함과 그동안의 충성심을 근거 있게 기록한 장장의 편지를 써서 왕 회장 앞으로 우송한 일 말고는 아무런 행동 없이 옴짝하지 않았던 나의 무모함이 더 어리석었는지도 몰랐다.

좋은 소식이 오리라고 믿어 의심치 않고 한 달여를 손꼽아 기다렸다가 전화를 걸었는데, 비서실 팀장 왈,

"무슨 잠꼬대하는 거예요? 회장님은 그에 관해 어떤 조처도 내린 적 없는데요."

말본새 자체가 날카로웠다.

"아니, 그럴 리가요? 박 과장이 분명히……"

"박 과장이라고 했어요?"

"예, 박영호 과장요."

"그 사람 미국지사로 발령 난 지가 언젠데요……. 박 과장이 어떻게 그런 말을……. 박 과장을 내가 잘 아는데, 절대로 책임질 수 없는 말 할 친구 아니거든요."

"아니, 그럼 내가 거짓말이라도 한다는 얘깁니까?"

"글쎄…… 꼭 그렇다기보다 경우를 따지자면……. 어쨌든 그건 그렇고요, 미안하지만 지금 몹시 바쁘거든요. 그만 전화를 끊어야겠네요."

"잠깐만요!"

나는 수화기를 붙들고 늘어졌다.

"설마 이대로 파면 조치하겠다는 얘기는 아니겠죠? 확실한 사유도 없이 새벽에 목을 자르고, 회장님 불같은 성품이 그러시니 한 달만 기다리라 해놓고서는…… 갑자기 우리가 언제 그랬느냐 하는 개 같은 경우도 경우입니까!"

"이것 보세요."

팀장이 불쾌하다는 음성으로 내 말을 자르고 나섰다.

"지금 그 일로 왈가왈부할 겨를이 없네요. 회장님께 중요한 손님이 오셔서 이만!"

철컥 전화가 끊겼다. 아랫도리로 전신의 힘이 소나기 빗물처럼 빠져나갔다. 나는 억울했다. 박영호 과장 말만 믿고 한 달 동안 군말 없이 근신하긴 했지만, 만약 이대로 종지부가 찍힌다면 정말 어디다 하소연할 곳이 없었다. 최고통치권자인 왕회장이 직접 내린 명령이라 더욱이나 그러했다. 그것을 번복시킬 상위기구가 없었다. 그것으로 끝이었다.

직위해제도 아니고, 사표를 내게 하는 의원면직(依願免職)도 아니고 말 그대로 파면이면 규정상 퇴직금도 없었다. 아무리 나를 시기했던 동료 직원의 읍소에 의한 결정이라 하더라도 이쪽 사정이나 주장 한번 들어 보는 법 없이, 사실인지 음해인지 현장조사 한번 제대로 시행해 보지도 않고 그렇게 일방적으로 참혹하게 자를 수 있단 말인가.

아무리 생각해도 10년을 열과 성을 다해 충성했던 직장에서, 그것도 부장 승진 하루 만에 인사위원회 소집 형식도 밟지 않고 즉결처분당해 물러앉을 수는 없었다. 무엇보다 부하 직원들 보기 민망했다. 그래도 나를 따르는 직원들이 아주 없는 것이 아니었다. 숫자로야 홍 차장이나 김 차장에 비교될 수 없지만, 특히 조삼규 과장 같은 경우는 나의 심복이나 다름없는 사람이었다.

　과묵한 데다 일처리가 꼼꼼하여 위아래로 인정받는 터라 그렇게 미더울 수가 없었다. 더구나 출신학교가 지방 국립대학이라서 그랬는지 모르지만, 대다수 명문대학 동창회와는 확실히 다른 노선을 걸었고, 시작부터 두리번거리지 않고 내 편에 와서 서 주었다. 나에게는 든든하다 못해 일당백으로 간주되던 사람이었다.

　나는 조삼규 과장과 은밀히 마주 앉아 비서실 박 과장의 뜻을 전하고 앞으로의 대책을 의논했는데, 조삼규도 비서실 의견에 따르는 것이 좋을 듯싶다고 말했다. 나는 두말도 하지 않고 주섬주섬 사물함을 챙겨 들고 나에게 미련을 갖는 몇몇 직원들과 악수를 나누고 사무실을 빠져나왔었다. 나의 부끄러운 뒷모습을 보는 지지자들은 그처럼 어이없는 파면 조치가 바야흐로 해프닝으로 끝나고 보무도 당당히 복귀하고 말리라 믿어 의심치 않고 있었는데……. 그래서 부적절한 방법으로 홍보부장 책상을 도둑질한 홍태찬을 보기 좋게 밀어내고 왕권을 재탈환한 페르시아 왕자처럼 내가 그 자리를 차지하고 앉아 눈빛을 반짝이며 사무실을 휘 훑어 내기를 기대해 마지않았는데…… 한마디로 불명예스러웠다. 죽고 싶었다.

5

내가 왕 회장을 직접 상대하기로 마음먹은 것은 비서실 팀
장과의 그 통화가 끝난 다음이었다. 아무래도 비서실 직원들
은 내 억울함을 풀어줄 적절한 아군 병력이 아니었다. 그들은
벌써 내 존재를 잊고 있거나, 홍보부장 자리에 앉아 그 세를 넓
혀 가는 홍태찬에게 포섭당해 나를 명광그룹 소속 정예요원으
로서 자질을 갖추지 못한, 이른바 자격 미달의 어설픈 존재로
인식하고 있는지도 몰랐다. 한때 나를 지지하고 나의 억울함
을 안타까워하고, 빠른 시일에 복귀할 것을 기대했던 중역들
도 일부 사장들도 한 달이 지나고 두 달이 가까워지자 언제 그
런 일이 있었느냐는 식으로 나 몰라라 저마다 제 갈 길로 뿔뿔
이 흩어져 버린 뒤였다.

나의 심복이라고 단단히 믿고 있던 조삼규 과장도 마찬가지
였다. 이제 정적을 몰아내고 완벽한 태평성세를 누리는 홍 부

장 조직원들이 조삼규 과장을 자유롭게 방치할 리 만무했다. 시시콜콜 간섭하고 감시하는 통에 사무실 전화로는 나와 통화도 삼갈 지경이었다.

그래도 한 달이 지나기 전까지는 회사 가까운 찻집이나 식당에 마주 앉아 대책을 의논하기도 하고 사무실의 변화를 그때그때 알려주기도 했지만, 웬걸 한 달이 지나 두 달이 가까워오도록 기대해 마지않았던 왕 회장으로부터의 어떤 조처도 내려지지 않는 데다. 아예 그런 반전은 물 건너간 지 오래라는 절망적인 전망이 분분해지자 의리 하나로 똘똘 뭉쳤던 조삼규 과장도 드디어 몸을 사리기 시작한 것이었다.

"앞으로 부장님을 근무시간에 만나는 것은 어려워질 거 같습니다. 제 뜻이 아니라 주어진 상황이 그러니 어쩌는 수 없네요."

어느 날 조삼규 과장이 그렇게 말했고, 나 역시,

"암, 그래야지. 상황이 달라졌으니 조심해야지. 그들 눈에 나서 좋을 게 뭐 있겠어요."

동조해 마지않았던 것이다. 이제 세상에 나를 편들어 줄 사람은 눈을 씻고 봐도 찾을 수 없게 된 것이었다. 그렇다고 손을 놓고 마냥 늘어져 있을 수는 없었다. 방법을 강구해야 했다. 단숨에 해결할 수 있는 기막힌 묘안……

그 묘안이 바로 왕 회장이었다. 흡사 헝클어진 실타래같이

얽히고설킨 답답한 상황을 단 한 방에 시원하게 해결해 줄 사람은 오로지 장본인인 왕 회장밖에 없는 것이다.

하지만 왕 회장을 직접 만나는 일은 거의 불가능에 가까웠다.

우선 비서실이 용납할 리 없기 때문이다. 비서실을 통하지 않고 만날 수 있는 다른 길이 없을까. 그러다가 나는 무릎을 쳤다. 왕 회장의 자택이 있는 성북동 집을 겨냥한 것이었다.

저녁에 퇴근할 때, 아니면 아침에 출근할 때 대문 근처에 서 있다가 회장님 접니다. 하고 꾸벅 인사를 하고 나서면, 제아무리 명광그룹 최고경영인이 아니라 대한민국에서 제일가는 존경받는 기업인이라 하더라도 어쩌겠는가. 무슨 일이야? 할 것이고, 제 파면 조치 때문에 드릴 말씀이 있습니다. 또록또록 내 뜻을 밝힐 것이고, 왕 회장 또한 지금 말인가? 아니면 꼭 할 말 있으면 이따 사무실로 나와. 길가에서 그러지 말고! 기분 나쁘지만 수용하지 않을 수 없을 터다.

일단 그렇게 마주 앉기만 하면 일은 얼추 해결되었다 해도 과언이 아닐 것이다.

한데 그 계획 역시 수포로 돌아가고 만 것이었다. 첫날 새벽 대문 앞에서 얼쩡거리는 내 모습을 시시티브이로 지켜본 경호 담당 총무부 직원들이 무더기로 몰려나와 똥개 내쫓듯 대문 근처 접근을 원천적으로 차단해 버린 탓이었다. 그런 과정이 왕 회장에게 보고되었는지 혹은 보고조차 되지 않았는지 모르지만, 만약 보고가 되었는데도 시답잖게 고개를 돌렸다든가 저 고얀 놈 얼씬도 못하게 해! 라고 따로 지시했다면 정말 왕 회장은 인간도 아니다, 라고 나는 서슴없이 그를 지탄해 마지 않았던 것이다.

다른 사람들이 다 그렇다 해도 왕 회장은 그래서 안 돼! 암, 안 되고말고……. 나는 입술을 앙다물었다. 내 입술 주변이 찝 찔했다. 나도 모르게 주르르 흘러내린 눈물 때문이었다.

6

　왕 회장을 처음 만난 것은 10·26사태로 세상이 시끄러웠던 그해 초겨울이었다. 아마도 12월 하순쯤이 아니었는가 싶다. 군부정권의 상징인 무장탱크가 서울 시가지 요소요소에 버젓이 서 있던 살벌한 겨울……. 그때 왕 회장은 기가 많이 죽어 있었다. 신군부 세력과 손을 잡지 못해 우왕좌왕한다는 소리도 있었고, 잘못하면 자동차 사업권을 빼앗기게 될지도 모른다는 소문도 있었고, 술자리에서 신군부 대령급에게 뺨을 맞았다는 확인되지 않는 황당한 유언비어가 꼬리에 꼬리를 물었던…… 마치 끝이 보이지 않는 캄캄한 터널 속 같았던 그해따라 너무 깊어 속이 들여다보이지 않았던 겨울.

　그때 왕 회장은 외출도 자제하고 온종일 사무실을 지키고 있었다. 그래서 회의가 자주 열렸다. 매주 한 번씩 개최되던 그룹 사장단회의를 시도 때도 없이 소집한 것도, 지방에 근무하는 사람들까지 불러올리는 사업별 전문가 모임을 갖게 한 것도 모두 그런 분위기 때문이었다.

그러나 막상 회의 때는 제정신이 아니었다.

그냥 멍히 허공을 바라볼 따름이었다. 누구에게 발언을 시켜 놓고도 언제 그랬냐는 듯 딴청을 부려 마지않았다. 갈팡질팡했다. 꼭 정신 나간 사람 같았다. 평소 왕득구와는 전혀 다른 사람이었다.

실제상황이 그러했다. 신군부가 들어서면서 새 시대 새 혁명을 공표했고, 구시대를 풍미했던 기존 수구세력들을 쓰레기 쳐내듯 과감히 쓸어 내겠다고 서슬 퍼런 으름장을 놓았던 터였다. 30여 개 대표그룹 재벌들이 거의 다 경험했던 것처럼 왕득구도 정권을 틀어쥔 신군부 핵심 조직에 불려갔고, 걸핏하면 허리에 찬 권총부터 함부로 빼들곤 하는 위험천만의 젊은 군인들 앞에 호출당한 불량학생들처럼 우뚝 세워졌다.

어찌 보면 자식보다 어린, 고작해야 중령 소령 계급장이 전부인 새파란 장교들이었다. 그들은 불려나온 아버지 같은 재벌 총수들을 완전히 범죄인 취급했다. 아니, 그렇게 함부로 다루도록 특별한 교육을 받았다고 해야 옳았다. 그러지 않고서야 어찌 그토록 방약무인한 태도를 보일 수 있겠는가.

그들은 예절이나 예의를 갖추지 않았다. 일단 그 문을 들어섰다 하면 누구 할 것 없이 국민의 피를 빨아 배를 불린 모리

배로 간주하는 듯했다.

"당신이 왕득구요?"

"그렇소만."

"그런데, 누가 그렇게 삐딱하게 앉으라고 했소!"

"네?"

"일어나 서시오!"

어칠어칠 다리를 펴고 서자, 젊은 장교가 갑자기 목소리를 세차게 바꿔 구령을 했다.

"열중쉬엇!"

어쩌는 수 없이 반사적으로 구령에 맞춰 행동하는 자신이 스스로 생각해도 한심스러울 뿐이었다. 하지만 목구멍까지 넘어온 수치감과 모욕감은 참기가 힘들었다. 그래도 꾹꾹 눌러 견딜 수밖에 없었다. 한 손으로 권총을 만지작거리며, 위험천만의 장교가 구령을 계속했다.

"쉬엇, 차렷!"

"열중쉬엇!"

"차렷!"

그때서야 별을 단 키 작은 장군이 방 안을 들어섰다.

"어허! 니들 이게 무슨 짓들이야? 귀하신 분을 어떻게…… 아니, 명광그룹 왕득구 회장님이시죠? 이거 죄송합니다. 아랫것들이 사리판단을 못해서…… 정말 큰 실수 했습니다."

구십 도로 허리 굽혀 절까지 한 뒤, 장군은 젊은 장교들에게 엄한 목소리로 지시했다.

"뭐하고 섰나? 빨리 내 방으로 모시지 않고!"

그러나 실제로는 그놈이 그놈이었다. 짜고 치는 고스톱이었다. 자기들끼리는 고도의 전술인 줄 몰라도 왕득구 눈에는 눈 가리고 아웅 식의 유치하고 치졸한 작전이었다. 어쩌면 장군이 란 놈이 더 교활한지도 몰랐다.

"회장님, 자동차는 포기하셔야겠습니다."

첫마디가 그러했다. 이번 신군부 산업조정위원회에서 그렇게 결정했다는 것이었다. 명광그룹에서 자동차 분야를 떼 내고, 대신 발전설비 중공업 분야를 붙여 주겠다고 말한 뒤, 몽블랑 만년필을 손에 쥐여 주며,

"이 서류에 사인하십시오. 사인만 끝내면 곧바로 집으로 돌아가셔도 좋습니다."

그렇게 말한 뒤, 느닷없이 헛헛헛 웃었다.

"신문이나 방송에서 뵈었을 때보다 조금은 초췌해 보이십니다만, 그래도 우리나라 재계 원로다운 풍모이십니다. 재계 원로이시니까, 이제 모범을 보일 때가 됐습니다. 개인적으로 이것도 가지고 저것도 가지고 다 소유해야겠다는 문어발 욕심을 버리시고, 어디까지나 국가와 민족을 위해 솔선수범하십시오. 그만큼 오래 누렸으면 그만 내놓을 줄도 알아야 하지 않겠습니

까? 안 그렇습니까?"

왕득구는 대답하지 않았다. 그가 말했다.

"근데, 왜 사인을 안 하시죠?"

"미안하오만…… 여기서는 할 수가 없소. 꼭 해야 된다면 전두환 장군을 만나게 해주시오. 그 사람하고 담판 짓고, 그리고……."

"전두환 장군이 아니고…… 앞으로 각하라고 호칭하시는 게 여러모로 유리할 겁니다. 근데…… 각하와 독대하겠다니, 나는 회장님 파트너 자격이 없다 그 말입니까?"

"그런 뜻이 아니라는 거 당신이 더 잘 알고 있잖소?"

"내가 알고 있다구요?"

"그렇소. 당신도 대한민국 사람이라면 명광자동차가 이렇게 사인 한 번으로 이리저리 넘겨질 만큼 허술한 회사가 아니라는 거 충분히 알리라 믿소. 명광자동차는 국민기업이오. 국운을 이끌어 가고, 국운과 함께하는 회사란 말이오. 명광자동차가 성공하는 만큼 대한민국도 성장하는…… 나는 그런 각오로 자동차를 만들었고, 죽을힘을 다해 회사를 키워 왔소. 그냥 돈으로만 만든 기업이 아니란 말이오. 아시겠소!"

키 작은 장군은 고개를 끄덕이는 대신 아까처럼 히죽히죽 웃기만 했다. 그가 말했다.

"여기 오신 재벌 총수들이 사인 전에 하신 말씀이 바로 그 말이었습니다. 오기 전에 서로들 그렇게 입을 맞춘 것일까요? 모두가 국민기업이고, 민족기업이고…… 모두가…… 그래서 왕득구 회장님께서는 결국 사인을 못하시겠다 그 말씀이시죠?"

"그렇소!"

"좋습니다. 어쩔 수 없네요. 아랫것들에게 시킬 도리밖에요. 아까도 보셨지만, 그 아이들 거칠고 흉포하거든요. 보이는 게 없는 부류들이니까요. 실은 S기업도 아랫것들한테 수모를 당하고 결국 사인을 했는데…… 나갈 때 제 발로 못 걸어가고, 앰뷸런스에 실려 갔습니다. 왕득구 회장님께서는 그 일로 몸 다쳐 수명을 단축하는 불상사는 없었으면 좋겠습니다."

그런 우려에도 불구하고 왕득구는 앰뷸런스 신세를 지지 않았다. 당당히 걸어서 나왔다. 물론 끝까지 사인도 하지 않았다. 대신 이틀 밤을 꼬박 조사실에 갇혀 위험천만한 아랫것들에게 시달림을 당했다.

굴욕과 수치와 모욕으로 말한다면 혀를 깨물어도 모자랄 지경이었다. 그만큼 그들은 집요했다. 그래도 왕득구는 묵비권을 행사하며 끝까지 그 개 같은 상황을 이겨 냈다. 뺨도 몇 차례 맞았고, 조인트도 까였고 머리를 쥐어박히기도 했다. 아니, 정말 섬뜩했던 것은 권총 총구로 아마를 찌를 때였다. 놈들에게서 술냄새만 나지 않았어도 그렇게 긴장하지 않았을 터다.

대한민국은 법치국가인데. 제아무리 신군부라 해도 설마 생사람을…… 그냥 눈을 질끈 감고 있었다. 숨도 쉬지 않고 있었다. 그 순간을 떠올리면 이마가 서늘하다.

7

그런 와중에 왕 회장이 특별히 나를 지목하게 된 것도 그 살벌한 분위기와 무관하지 않았다. 비록 과장 직급에 불과했지만, 왕 회장의 관심은 지대한 편이었다. 구구하게 설명할 것도 없이, 내가 소설 쓰는 작가라는 또 다른 직업을 갖고 있지 않았다면 당신이 나에게 관심을 기울일 턱이 없었다.

왕득구 회장이 한순간에 반전을 꾀해 기사회생할 수 있었던 과정에 엠비유의 활약을 배제할 수 없다. 10·26으로 정권을 찬탈한 신군부의 전두환 장군의 부관으로 허 아무개 대령이 있었는데, 그가 바로 재계 총괄혁신개편 중책을 맡은 실력자였다.

비록 짧은 기간이긴 해도 그즈음 허 아무개 대령의 권력은 하늘의 별도 마음먹었다 하면 따 내릴 정도의 힘을 소지하고 있었다. 어쩌면 전두환 장군보다 허 아무개 대령을 면담하기 위해 대기한 줄이 더 길게 늘어서 있었는지도 몰랐다.

그것도 예사 사람들이 아니다. 모두가 재계의 오너들이다. 평소에는 접근조차 할 수 없는 귀족 중의 귀족들이 마치 입영을 앞둔 예비 병사들처럼 저마다 서류 한 장씩을 휴대하고 초조하게 차례를 기다리는 것이었다.

명광그룹 왕 회장이 보안사에서 조사를 받고 있는 동안 엠비유도 번호표를 받고 그 면담줄에 서 있었다. 그러나 엠비유는 다른 오너들처럼 와들와들 떨지도 않았고, 주눅이 들지도 않았다. 그는 자신만만했다. 허 대령이 그의 고향 선배였기 때문이었다.

같은 학교 선후배는 아니었지만, 이미 대한민국 수백만 직장인들 중 가장 화려한 성공 케이스의 주인공으로 선망의 대상이 된 인물이 같은 고향 출신이라는 사실을 진작 인지하고 있었으므로 허 대령도 엠비유를 함부로 박대할 수 없는 입장이었다. 들리는 말로는 그날 천문학적인 정치자금이 엠비유를 통해 10·26 신군부 세력에 유입되었다는 설이 난무했다.

어쨌거나 그 두 사람의 면담은 성공적이었고, 왕 회장은 그날로 풀려났으며, 그다음다음 날인가 전두환 각하의 특별초청으로 모처 요정에 마주 앉을 수 있었던 것이다.

진짜로 무릎 꿇고 전두환 각하에게 두 손 비비며 큰 아량 베풀기를 간구했는지 그 자리에서 새파란 보좌관급 어린 장교에게 뺨을 얻어맞았는지 확인할 길 없었지만, 실제로 신군부 세력에 혼쭐이 난 것만은 확실했고, 그때부터 위기감에 사로잡힌 왕 회장은 이크 안 되겠다, 언제 어떻게 될지 모르는 판세니 슬슬 자서전 준비라도 해야겠다……. 그러던 차에 통합홍보실에 중견사원으로 소설가 한 명이 입사했다는 보고를 받은 왕회장의 눈이 번쩍 뜨인 것이었다.

왕 회장은 성질이 얼마나 급했던지 사장단회의 중에 나를 호출하게 했다. 영문도 모르고 불려간 내가 엉거주춤 몸 둘 바 모르고 허둥대자,

"이봐, 여기 와서 앉아."

당신 옆자리를 가리키는 것이었다. 대한민국 1위 기업 명광그룹을 움직이는 실세들인 사장단, 특히 K대학 엠비유 라인의 대부이며 명광그룹 제2인자 건설 대표이사 엠비유 회장이 다보는 앞에서, 나를 그들보다 높은 상석에 앉게 하고,

"그래, 소설을 쓴다구?"

아주 부드럽게 말문을 여는 것이었다.

"예, 회장님."

"소설책을 몇 권이나 썼나?"

"많이 썼습니다."

"많이라니?"

"열 권도 넘습니다."

"열 권도 넘게 썼으면 소설이 훤히 보이겠구먼."

"뭐, 그렇지는 않습니다만……."

"내가 말이야, 얼마나 소설을 좋아하는 줄 아나? 아버지 대를 이을 농사꾼으로 통천에서 똥장군 지고 다니던 때, 이장 집에 동아일보가 배달되었는데 꼴을 베다가도, 논물을 대다가도, 동아일보가 배달되는 기미가 보이면 만사 작파하고 이장 집으로 내달리고는 했어. 왜 그랬냐 하면 그 신문에 연재하던 소설이 이광수의 『흙』이었거든. 나는 주인보다 먼저 『흙』을 읽고 혼자 웃고 울었어."

왕 회장은 당신이 언급하는 얘기를 놓칠세라 메모에 열중하는 수하의 사장들을 휘 훑고 나서,

"당신 말이야, 앞으로 나하고 친하게 지내자구. 내 출장 갈 때도 가능하면 동행하구 말이야."

나는 어안이 벙벙했다. 전혀 예상하지 못한 뜻밖의 제안이었기 때문이었다. 어찌할 바 몰라 멀뚱멀뚱하자 왕 회장이 다시 한 번 못을 박았다.

"내 말뜻 알겠나?"

"예. 알겠습니다. 회장님."

내 몸이 하늘로 둥둥 뜨는 느낌이었다. 하늘보다 높은 사람들이 나를 부럽다는 듯이 바라봐 주었고, 왕 회장은 그들에게 보여주기라도 하듯 내 어깨를 토닥이며,

"그래. 나가 봐."

라고 마치 혈육에게 하는 듯이 자애로운 목소리로,

"내가 찾으면 곧바로 달려오라구."

한마디 더 첨가해 주는 것이었다.

나의 존재는 그날로 유명해졌다. 나를 기억하지 못하는 사장이 없었기 때문이었다. 사장단회의에 참석하러 14층에 왔다가는 길에 홍보실을 방문하는 사장도 더러 있었다. 물론 나를 만나기 위해서였다. 내가 쓴 책 제목이 뭐냐, 어디 가면 구할 수 있느냐 각별한 관심을 표명해 주곤 하는 것이었다.

그러나 내 직계상사이기도 한 엠비유 회장은 달랐다. 별반 관심을 보이지 않았다. 본체만체했다고 해야 옳았다. 네놈의 수준을 내가 훤히 꿰고 있다 식이었다. 자신이 처해진 입장에만 급급하여 자서전 운운한 왕 회장에게 너무 성급하신 겁니다. 왜냐하면 저 사람 3류급이니까요, 라고 차마 직언할 수 없어 입을 닫고 있을 뿐이지, 여차하면 끌어내리고 말겠어 하는 경계의 눈빛이 역력했다. 그럼에도 불구하고 왕 회장은 달랐다. 나를 자서전 파트너로 아예 결정해 버린 눈치였다. 그러지 않고서야 어찌 술자리에까지 나를 초대했겠는가.

내가 두 번째 부름을 받고 왕 회장과 마주 앉은 곳은 종로 2가 반줄이었다. 왕 회장의 단골 술집이었다. 소문만 듣다가 햐, 이런 곳도 있구나 싶으리만큼 호사스러운 술자리였다. 아

76

늑한 아방궁인데도 불구하고 계단식 스테이지가 있었고, 여차하면 달려 나와 금세 연주를 시작할 수 있게끔 피아노, 기타, 바이올린, 첼로 따위 악기가 가지런히 놓여 있었다. 악기뿐 아니었다.

참석자들도 그처럼 특별할 수 없었다. 텔레비전에서만 봤던 인기 여가수의 얼굴도 얼핏 보였고, 왕 회장의 특별초청손님 격인 모 일간신문에 기획 연재되고 있던 '거탑의 비화'를 집필하던 경제부장 겸 편집부국장 Y씨하며, 그 무렵 유행했던 텔레비전 기업드라마에 왕 회장 역할을 단골로 맡아 출연하는 탤런트 C씨하며, 왕 회장 어록을 정리 중이던 E대학 교수하며, 모두가 왕 회장 이미지 관리에 지대한 영향을 끼치는 분야별 전문가들이었다.

영광스럽게도 그 대열에 나 같은 삼류 소설가도 끼게 된 것이었다. 그날따라 왕 회장은 기분이 좋았다. 따돌림 받던 신군부 세력과 관계 개선의 문이 열리기 시작했다는 풍문 탓인 것 같았다. 왕 회장은 호기 어린 음성으로 나이 듬직한 나비넥타이 차림의 지배인 사내에게 지시했다.

"이 집에서 말이야, 일급인 아이들만 골라 와."

"알겠습니다, 회장님."

"나는 말이야……."

"알고 있습니다, 회장님. 안 그래도 진물 나게 기다리고 있었습니다."

왕 회장에게 먼저 눈부신 자태의 젊은 여자가 나비처럼 나
풀나풀 날아와,

"회장니임—."

하고 찰싹 붙어버리는 것이었다.

그러나 당신 혼자만 미인을 꿰차지 않았다. 그 점에 있어서
왕 회장은 그럴 수 없이 공평했다. 흡사 미녀사절단이라도 되
는 듯이 미스코리아 후보들은 저리 가라 할 정도로 죽죽 뻗은,
그야말로 신선하고 깔끔한 일급 미인들이 사뿐사뿐 들어왔고,
왕 회장이 노련한 교통경찰처럼 한 명 한 명 지명하여 둥지 틀
곳을 알려주는 것이었다. 그렇게 배치가 끝나자, 여자들을 안
내한 한복 마담에게 말하는 것이었다.

"무슨 방법으로든 손님을 기쁘게 해주시 않으면 팁은커녕
되레 벌금 받아 내는 우리 규정, 마담은 잊지 않았겠지?"

"그럼은요, 누구 엄명이신데……. 절대로 걱정하지 마세요,
회장님."

"그래, 그래. 우리 한번 열정 속에 빠져 보자구. 대신 마지못
해 대충대충 하면 당장 감점 들어가는 줄 알아!"

이번에는 마담에게가 아니라 직접 한 명씩 남자를 끼고 앉
는 미인들을 향해,

"내 말 알아들었어?"

라고 한 명 한 명 다짐이라도 받아 내겠다는 듯이 강조해 마지않는 것이었다.

곧바로 폭탄주가 만들어졌다. 세 차례나 단숨에 들이켜게 한 다음, 마치 우리에게 보여주기 위해서라는 듯이 왕 회장은 당신 파트너 치마 속으로 두꺼비 같은 큰 손을 푹 소리 나게 집어넣는 것이었다.

얼큰해진 취기 탓이었을까. 아니면 왕 회장이 의도적으로 만들어 낸 열정적인 분위기에 압도된 탓이었을까. 참석자들도 왕 회장처럼 미인들의 치마를 예사로 들치기 시작했고, 몇몇 여자들이 손님의 손을 잡아 자신의 치마 속으로 밀어 넣기도 했다.

그러나 나는 달랐다. 나는 감히 왕 회장 앞에서 그런 추태를 부릴 수가 없었다. 나는 작가이기 전에 하늘 같은 왕 회장 수하에서 월급 받는, 이름 그대로 샐러리맨이었다. 다른 손님들과는 다른 입장이었다. 나는 정신을 바짝 차리고 꼿꼿이 앉아 있었다.

내 옆에는 왕 회장의 일거수일투족을 영상에 옮기듯 그때그때 쓸어 담아 그에 걸맞은 아부성 발언을 따발총처럼 토해 내곤 하는 유명 탤런트가 자리 잡고 있었다. 때마침 폭탄주가 또 한 차례 돌고 난 뒤 권주가 조로 정치문제가 화제에 올라 있던 터다.

진달래 군락지에서 벌겋게 피어나듯 한 민주화가 전두환 정권의 총칼 앞에 서리 맞은 파충류처럼 맥없이 널브러지고, 그 후유증으로 슬며시 일어난 노동쟁의로 나라가 시끄러웠던 그 해 봄.

군대를 지휘하던 사람보다 경제를 아는 사람이 정치 일선에 나설 때가 되었다는 소리를 누군가 내비쳤다. 그 순간 무슨 망령이 들었을까. 나는 정녕 제정신이 아니었다. 어떻게 그런 말이 내 입에서 불쑥 튀어나왔을까.

"대통령은 왕득구 회장이 적격인데……."

내가 혼잣말처럼 지껄인 소리였다. 물론 내 음성이 멀리까지 퍼져 나갈 정도로 크지 않았다. 그러나 아부성 발언의 꼬투리를 찾고 있던 유명 탤런트에겐 더없는 소재였다. 그가 좌중을 압도하는 얼큰한 목소리로 입을 열었다.

"회장님이 대한민국 대통령이 되어야 한다는데요!"

갑자기 술자리가 찬물 끼얹은 듯 조용해졌다.

"뭐라구?"

"회장님께서 대통령으로 출마하셔야 나라가 잘될 거랍니다."

"누가 그런 소리를 해!"

유명 탤런트가 나를 가리키며 더 큰 소리로 말했다.

"이 사람이요."

"아니, 홍보실…… 이것 봐!"

"예, 회장님."

나는 어쩔 줄 몰라 몸을 비비 꼬며 대답했다.

"당신이 진짜 그랬어?"

왕득구 회장이 재차 물었다. 목소리가 지엄했다. 나는 잔뜩 졸아든 자세로,

"죄송합니다."

라고 얼버무릴 수밖에 없었다.

"이것 봐!"

"예, 회장님!"

"당신 이쪽으로 와 봐!"

나는 엉거주춤 왕득구 회장 옆으로 기어갔다. 무슨 벼락이 떨어질 줄 몰랐다. 갑자기 빈 폭탄주 잔을 내 앞에 불쑥 내밀며 말했다.

"당신이 날 알아?"

"네?"

"내 맘속을 아느냐구?"

"죄송합니다."

"죄송할 거까지는 없고……. 암튼 당신, 너무 경솔해! 이 술 잔 받아 마시고 이제 수양 좀 해야겠어!"

왕 회장이 직접 비싼 양주를 물 따르듯 쿨쿨 부었다. 그가 말을 이었다.

"자고로 남자는 입이 무거워야지……. 안 그렇습니까, 여러분!"

좌중의 사람들이 와 함성을 질렀다.

"자, 우리 건배 한번 합시다. 홍보실 소설가 과장이 경거망동한 발언을 했습니다마는 너그러이 용서하기로 하고……. 그런 의미에서 원샷으로다가 주욱."

나도 그 많은 양주를 꾸역꾸역 단숨에 비우고 말았다. 그러는 내 손을 왕 회장이 잡은 뒤 지그시 힘을 주고 있었다. 나는 오리무중이었다. 머리가 아련했다. 정신을 바짝 차리면 차릴수록 갑자기 찡하는 울림과 함께 뭔가 회오리 같은 움직임이 일어나 나의 교감신경을 뒤죽박죽으로 만들어버리는 것이었다. 솔직히 나는 폭탄주 네 잔째까지만 생생하고 그다음은 칙칙한 안개 속이다.

술이라면 남 못지않아서 소주 세 병은 거뜬히 처리하는 주량인데, 웬일인지 그날은 제정신이 아니었다. 흐물흐물, 아슴아슴이 아니라 삽시에 의식이 뚝 소리 나게 끊겨버린 것이다. 흡사 번갯불에 드러났다 금세 꺼져버리는 흰 빛살처럼 얼핏얼핏 떠오르는 기억으로는 인기 여자가수가 통기타를 치며 간드러지게 노래를 불렀던 것 같고, 불콰해진 손님들 역시 차례차례 스테이지에 올라 가요를 열창했던 것 같다.

아, 그렇구나. 내 차례도 있었구나. 왕 회장이 나를 호명했

고, 나는 비칠비칠 일어나 뭔가 불렀던 것 같은데, 왕 회장이 신경질적으로 연주를 멈추게 하고,

"이것 봐! 경솔하지만 패기는 있는 것 같았는데…… 그래도 노래는 아니야!"

고개를 절레절레 흔들었지만 나는 죽기 아니면 살기로 코를 불며 내달리는 산돼지처럼 그대로 노래를 계속했고, 보다 못한 젊은 연주자가 나에게서 마이크를 빼앗았고, 나는 그제야 사태를 파악했다는 듯이 비척비척, 실제로 두 번씩이나 넘어졌다가 일어서며 제자리에 돌아와 앉았다는 것이다.

"이상하지? 술 마시면 말이야 못생긴 여자도 이쁘게 보이는 법인데, 왜 돼지 멱따는 소리는 술을 마셔도 그대로인 줄 몰라."

왕 회장의 그 명품 코멘트는 내가 기억해 낸 것이 아니라, 그날 참석자가 전해준 상황 설명 중 한 대목이다.

그날 이후 왕 회장은 나를 따로 불러 술자리에 참석시키는 특혜를 더 이상 베풀지 않았다. 그것이 끝이었다. 대신 열흘이 멀다고 박영호 비서를 통해 일거리가 전해져 내려오곤 했다. 왕 회장 이름으로 신문잡지에 실릴 칼럼 비슷한 원고청탁서가 그것이었다. 박영호 비서는 나에게 그것을 전하며 아주 정중하게 말하는 것이었다.

"다 알고 계시겠지만, 회장님 원고 집필은 가능한 혼자만 아

는 일로 해주시는 것이 좋을 듯싶습니다. 안팎으로 알려지면 장본인도 그러시고, 회장님께도 아무런 도움이 안 되기 때문입니다."

"당연히 그래야지요. 그건 걱정 마세요. ……상식이니까요."

"그래서 얘깁니다만, 회사에서 근무 중에 집필하는 건 삼가 주시고, 어디까지나 퇴근 후에……."

말이 쉬워 귀가 후 집필이지, 이미 회사 업무로 곤죽이 된 몸을 억지로 일으켜 책상에 앉아 자료 들추고 전문서적을 독파해 가며 소설 아닌 경영이며 노동이며 스포츠며 교육이며 기업철학 같은 전문칼럼을, 되도록 왕 회장이 평소 즐겨 사용하는 어휘를 골라 가며 나름대로의 식견과 지성에 걸맞은 문장을 만들어야 했으니, 정말 난해한 수수께끼보다 어려운 집필이 아닐 수 없었다.

그처럼 날밤을 새워 완성한 원고를 왕 회장이 출근하기 전에 박 비서에게 전해줘야 비로소 임무가 완수되는 것이었다. 그러나 나중에 신문이나 잡지에 실리는 글을 보면 내가 써서 올렸던 원고가 아닌 경우가 태반이었다.

그러니까 똑같은 원고청탁서를 카피해서 대학교수급에게 하나, 신문사 논설위원급에 하나, 그리고 작가 계급장을 붙인 당신의 부하 직원에게 하나, 그렇게 세 군데 나눠주어 수거한 원고 중 마음에 드는 것을 선택하여 신문이나 잡지사로 보내는 형식을 취하고 있었다.

결국 나는 원고 대필 후보자인 셈이었다. 물론 내가 쓴 원고가 경쟁을 뚫고 채택된 경우가 전혀 없었던 것은 아니었다. 무슨 비밀활동이나 하듯, 밤을 꼬박 새워 쓴 내 원고가 왕 회장 이름으로 신문 잡지에 발표되었을 때 나는 두근두근 성취감을 느꼈다기보다 나 같은 입장의 다른 대필 후보자들이 겪을 허망감과 상실감에 대한 생각으로 찌르르 가슴이 저미곤 했다.

하지만 어쩌랴. 어차피 무한경쟁 시대 아닌가. 삼류작가 주제에 전문가 중의 전문가인 신문사 논설위원과 유명대학 교수를 제쳤다는 그 사실 하나만으로 나는 얼마든지 승리감에 도취할 자격이 있는 것이었다.

하나, 내가 모르는 부분이 있었다. 다른 두 명에게는 채택 여부와 관계없이 적절한 보수가 지급된다는 사실이 그것이었다.

그러니까 돈을 주고 원고를 사는 셈이었다. 그런데 나는 아니었다. 채택이 되어도, 그냥 휴지통에 버려져도 나에게는 아무런 보상이 주어지지 않는 것이었다. 단돈 한 푼 지불받지 못하는 것이었다. 왜랄까. 다른 두 사람에게는 채택이 되든 안 되든 상관없이 넉넉한 원고료를, 그것도 정기적으로 지급하면서 왜 나에게는 모르는 척 쓱싹 입술을 씻어버리는 것일까.

처음 그 사실을 알았을 때, 무시당한 것 같은 모멸감에 한동안 괴로워했지만 나는 곧 마음을 고쳐먹었다. 되레 내 노력에 대한 보상을 금세 소멸해 버리고 마는 현금으로 지불하지 않는다는 사실이 나를 들뜨게 하는 것이었다.

뭐라고 할까. 끈끈한 유대감이라고나 할까. 만약 그것을 그때그때 돈으로 계산해 버린다면 얼마나 하찮은 거래인가. 그렇다. 왕 회장이 나를 울타리 밖의 사람으로 간주하지 않는다는 증거다. 울타리 안쪽에 사는 사람을 흔히 패밀리로 구분 짓던가. 왕 회장이 그렇게 표현한 적도, 호칭한 적도 없지만 나를 신뢰하고 있는 것은 거의 확실한 것 같았다.

게다가 나는 대통령 운운하는 허드렛소리 덕분에 초청된 명사들 앞에서 왕 회장이 따라주는 술잔을 받았었다. 왕 회장은 자, 건배, 건배합시다! 라고 말했고, 원샷으로 단숨에 처리하는 내 손을 슬며시 잡았으며, 무슨 기이한 암시라도 전하듯 지그시 억센 힘으로 아귀를 조이는 것이었다. 아전인수 격인지 몰라도 나는 그것을 신뢰의 증표라고 확신하고 있다.

그래서 돈 안 받는 원고를 밤새워 쓰면서도 그렇게 자랑스러울 수가 없었다. 일테면 왕 회장에게 나는 이만큼 인정받고 있다. 왕 회장의 특별부탁을 받고 당신 이름으로 나가는 칼럼을 쓰고 있다. 그것도 비공식적으로 은밀히……

얼마든지 자랑하고 뻐길 수 있는 위셋거리였지만, 나는 그것조차 절제하고 있다. 누구보다 왕 회장의 수족이나 다름없는 박 비서가 나의 그런 신사도를 꿰뚫고 있고, 왕 회장도 보고를 통해 인지하고 있을 터다. 어찌 그것이 자랑거리가 아닐 수 있으며, 나의 미래에 대한 보장성 예금통장이 되지 않을 수 있는가.

그때만 해도 나의 자부심은 하늘을 찌를 정도였다. 그럴 수밖에 없는 것이, 나는 이미 어떤 조직의 일원으로 선택되었음을 믿고 있었기 때문이었다. 어쩌면 그날, 사장단회의에 나를 불러 당신의 옆자리에 앉게 한 그 순간으로 나의 신분이 결정되었는지도 모르는 것이었다. 세상에는 돈으로 계산할 수 없는 고귀한 거래도 있다는 사실을 증명해 보인 그 유대감, 패밀리 안쪽에 서 있는 사람만이 누리는 끈끈한 결속력⋯⋯. 내가 그 패밀리의 일원이라는 사실이 시시때때로 증명되는 케이스는 그 뒤 빈번히 일어나곤 했다. 나에게 주어진 평상업무를 진행하면서 그때그때 경험했던 사건들, 가령 방송국 드라마 협찬사업 업무가 그러했다.

그 무렵 내가 맡은 일거리는 사내 홍보출판물 제작이었고, 대외홍보 중 드라마나 특집 다큐멘터리 촬영 협조 업무였다. 200페이지짜리 월간 그룹사보 편집은 내 전문업종이고, 여타 것들은 덤으로 맡아 그때그때 메우기 식의 잡무형식이었다.

'불타는 바다'라는 특집 기업드라마 촬영이 명광그룹 협찬으로 제작되고 있었다. 왕 회장이 드라마 광이라는 사실은 더러 알려진 바다. 마음에 쏙 드는 새 드라마가 방영되면 주저하지 않고 스태프 게스트 전원을 초청, 화려하고 실속 있고 성대한 파티를 열어주기도 하고, 선물 공세를 퍼붓기도 해서 '명광그룹 왕 회장한테 초청받지 못한 드라마는 드라마도 아니다'라는 자책성 코멘트가 방송가의 유행어로 떠올랐을 정도다.

하나 예의 '불타는 바다'는 그런 식의 홈드라마가 아니라 본격적인 기업 활동을 테마로 한, 그것도 글로벌 기업으로서 발돋움하는 명광그룹의 활약상을 홍보하는 1시간짜리 5부작이었다.

울산공단에서 촬영이 이뤄지고 있었다. 출연 배우들인 송승환, 이경진, 문오장, 주현 등이 밤새워 카메라 앞에 섰는데, 그 배경은 석유시추선 건조 현장이었다. 조선소 도크에서 2킬로쯤 떨어진 바다 한가운데 서 있는 시추선으로 다크보트를 타고 들어갔다가 나와야 하는 스케줄이었는데, 갑자기 비가 퍼붓고 폭풍이 몰아치는 바람에 시추선에 갇힐 수밖에 없었다.

시추선 대기실에서 밤을 꼬박 새운 출연진 가운데 제때 나가지 못해 발을 동동 구르는 배우가 있었다. 지금은 저세상 사람이 된 문오장 씨였다. 다음 날이 일요일이었으므로 문오장은 촬영이 끝나는 토요일 밤 10시에 울산을 출발하여 경기도 안성 변두리지역에 도착하지 않으면 안 되는 아주 중요한 약속을 앞두고 있었다. 그러니까 늦어도 오전 10시까지는 안성에 도착해 있어야 하는 스케줄이었다. 요즘처럼 고속도로가 뻥 뚫리지 않아서 울산 안성 간을 전속력으로 달려도 4시간이 소요되므로 최소한 새벽 5시에 출발해야 함에도 불구하고 아침 7시까지 시추선에 갇혀 있었으니 문오장 씨의 애간장이 시커멓게 타들어가지 않을 수 없는 상황이었다.

다름 아닌 교회와의 약속이었다. 그때 문오장 씨는 탤런트이면서 목사 직업을 겸하고 있었다. 물론 자기 교회를 갖고 목회하는 오리지널 목사가 아니라, 얼굴이 많이 알려졌으므로 그때그때 초청받아 설교하는 부흥강사로서 타의 추종을 불허할 만큼 그 인기가 하늘을 찔렀던 목회자였다. 7시가 지나고 8시가 가까워질 때까지 파고가 잦아들지 않자, 문오장 씨는 명광그룹 안내 겸 대변자인 나를 붙들고 하소연하기 시작했다.

"이것 봐요, 박 과장! 당신 말만 믿고 철석같이 기다렸는데 이젠 영 끝나버렸어! 이걸 어쩌면 좋지!"

"제가 거짓말한 게 아니라 태풍이……."

"그거야 누가 몰라? 문제는 개척교회라 아직 전화도 가설되지 않았단 말이야. 그래서 연락이 안 되는 거야. 이 문오장을 보기 위해 찾아올 주변 부락민들이 삼백 명이 넘을 거라고 했는데……. 그래서 문오장 목사 초청설교 현수막을 국도변에 열 개나 매달았다는데……. 정말 낭패로구만, 낭패!"

"그러니까 교회 신도들이 아니라 죄 구경꾼들인 셈이네요."

"그렇다니까. 개척교회를 세우고 새 교인들을 모으고 있는 중이거든. 그 젊은 목사가 내 고등학교 후배라구. 선배님, 절 좀 도와주세요. 해서 내가 말했어. 걱정 마, 걱정 마. 내가 해결해 줄게. 그 녀석 등까지 토닥토닥 두들겨 주었는데……."

같은 기독교 신앙을 가진 사람으로서 나도 뭔가 기여해야겠 다는 생각으로 시추선 전용 무전기로 서울 왕 회장 비서실과 연결을 시도했다. 박 비서가 전화를 받았다. 나는 시추선에 갇 혀 밤을 새운 일과 문오장 목사의 개척교회 부흥설교 때문에 낭패에 부딪쳤다는 상황을 설명했다.

"잠깐만요, 팀장님 바꿔 드릴게요. 팀장님이 해결하실 문제 라서……."

나는 팀장에게 똑같은 설명을 쏟아 냈다.

"아니, 문오장이란 배우 한 사람 약속 때문에 회장님 전용 헬기를 띄우잔 말이오? 그게 말이나 되는 소리요?"

"글쎄…… 가부간에 회장님께 여쭤주시면 어떨까요? 회장 님께서 허락하시면 성사되는 거고, 안 그러면……."

한데 5분도 안 되어 무전기로 연락이 온 것이었다. 회장님의 승낙이 떨어졌다는 것이었다. 마침 삼랑진 양수발전소 현장에 가 있어서 곧바로 헬기를 울산으로 돌릴 수 있게 되었다는 것 이다. 장거리 헬기 한 번 운항하는 데 연료만 한 트럭분이고, 제반경비를 통틀어 수백만 원이 소요되는 마당에 참으로 대단 한 배려가 아닐 수 없었다.

정말 10분도 안 되어 하나님의 계시인 양 헬기가 시추선에 도착했고, 벌써 목사님 복장으로 깔끔히 갈아입은 문오장 씨가 성경 찬송 가방을 옆구리에 끼고 헬기에 올라앉았다. 동료 탤런트들도 촬영 스태프들도 모두가 손을 흔들어 문오장 씨의 장도를 기원해 마지않았다.

"박 과장, 정말 고맙소. 박 과장 덕분에 나는 엘리야가 구름 타고 승천하듯 하늘로 날아올라서 안성 개척교회 상공에 정시에 도착했소. 부락 사람들이 얼마나 놀라워하고 신기해하고 감동하는지……. 생각해 보시오. 시간은 되어 가는데 승용차는 기미가 없고, 애간장을 녹이는 판에…… 느닷없이 하늘이 진동하면서 헬리콥터가 교회 마당에 내리고, 문오장 목사가 활짝 웃으며 성큼성큼 걸어 나왔으니……. 그날 예수 믿겠다고 등록한 사람이 무려 쉰두 사람이었소. 다 박 과장 덕분이오. 아니, 하나님이 박 과장을 들어 쓰신 결과요. 그래서 믿지 않았던 미신자(未信者)들을 단숨에 믿게 만드는 기적을 연출하셨단 말이오."

나중 문오장 씨가 나에게 전화를 걸어 전해준 후일담이다. 나는 그 일을 들어, 왕 회장이 나에게 보여준 신뢰의 증거라고 믿어 의심치 않는다. 돈으로 환산하지 않는 거래, 일테면 같은 패밀리 울타리가 아니면 감히 생각도 할 수 없는 끈끈한 유대감…….

그렇다. 내가 아니라 다른 직원이 그런 요청을 했어도 헬기를 내줄 수 있었을까. 어림 반 푼어치도 없을 것 같다. 나의 어깨가 치켜 올라가는 대목이다.

8

그런 유의 어깨 추김은 또 있다. 왕 회장의 나에 대한 관심이 그러하다. 한동안 잊은 듯이 내팽개칠 때도 많았지만, 마치 소중한 사람이라도 되는 듯이 불현듯, 그것도 숨 가쁘게 찾을 때가 종종 있다. 다시 말해 천하의 왕 회장이지만, 내 존재를 아예 무시하거나 경시하는 것 같지 않았다.

월급에 목이 매인 당신의 하수인이기 전에 작가라는 전혀 다른 모양의 계급장 때문이 아닌가 싶다. 삽질을 하다가도, 쟁기질을 하다가도 동아일보가 배달되는 시간이면 만사 작파하고 이장 집으로 내달리던 청년시절의 왕득구…… 이광수의 연재소설 『흙』을 그토록 열독했으므로 자신도 모르게 소설가를 무시하거나 천대할 수 없게 된 것은 아닐까.

비록 당신이 생각했던 그 수준에 미달된다 하더라도 작가이기 때문에 일단 경외감부터 갖는다고나 할까. 내가 그런 케이

스였다. 다른 일반직원들처럼 함부로 까뭉개지 않았다. 야 이
새꺄! 같은 욕설도 가능한 한 삼갔고, 더구나 울화통이 치밀었
다 하면 앞뒤 재지 않고 상무든 전무든 조인트부터 깠던 그 지
랄 같은 성질머리도 나에게는 부리지 않는 것이었다.

내 업무와 관련된 건수가 생길 때마다 잊지 않고 나를 호출
하는 빈도만 해도 그러했다. 소소한 집필 의뢰나 텔레비전 드
라마와 연관된 일이 떨어졌을 때 왕 회장은 홍보부장이나 담
당이사를 젖히고 나를 먼저 찍어 올리곤 하는 것이었다.

그날도 그랬다. 왕 회장은 바쁜 일정을 소화하는 중에 급하
게 나를 호출했고, 나는 언제나처럼 차례를 기다리느라 비서
실 대기의자에 엉덩이를 걸치는 듯 마는 듯 하고 있었다. 예상
보다 빨리,

"박 차장님, 들어가시죠."

박 비서가 안내했고, 왕 회장은 나를 힐끔 보더니,

"거기 앉아."

하는 것이었다. 그러고는 누군가와 통화를 끝낸 다음 다짜
고짜,

"이번 달 사우지(사보) 언제 나오나?"

퉁명스럽게 물었다.

"내일 인쇄소에 넘길 예정입니다."

"인쇄소에 넘긴다구?"

"예, 회장님."

"그거 스톱시켜! 그리고 다른 시답잖은 기사들 다 빼버리고 대신 이거 실어."

왕 회장이 나에게 건네는 자료는 '화장이 여성 피부에 미치는 영향'이란 제목의 얇은 논문집이었다. 생소한 전문대학 교수 이름이 적혀 있었다. 그것을 대충 넘기는데, '화장은 독이다' '독소를 왜 바르고 다니는가' 따위 소제목이 눈에 띄었다.

왕 회장이 응접탁자 위의 연필꽂이에 가득 꽂혀 있는 연필을 꺼내 들었다. 그때까지도 왕 회장은 볼펜이나 만년필을 사용하지 않았다. 연필이 유일한 필기도구였다. 그래서 그런지 글씨를 지울 수 있는 고무도 여러 개 준비되어 있었다. 왕 회장은 메모지에 '화장은 독이다!'라고 썼고, 뒤이어 '대한민국 여자 얼굴을 썩게 만드는 화장품!'이라고도 썼다. 왕 회장이 말했다.

"이 내용을 그대로 실으란 얘긴 아니고, 사우지에 맞도록 그럴듯하게 편집하란 말이야. 피부과 의사들한테 원고청탁도 하고…… 그게 무슨 말이냐 하면, 사우지가 앞장서서 화장품 쓰지 않기 캠페인을 벌여라 그 말이야. 다른 회사는 어쩔 수 없지만, 우리 명광그룹 소속 여직원들은 화장하지 않는 아름다운 맨얼굴 그대로 다닐 수 있도록 철저히 홍보하라구! 내 말뜻 알겠어?"

"알겠습니다. 회장님."

"이번 달만 하지 말고 계속 실어! 계속 화장하고 다니는 여직원이 없어질 때까지!"

"그렇게 하겠습니다."

"화장은 백해무익한 것이야. 말 그대로 사치 중의 사치라구. 얼굴 썩게 하고 돈 많이 드는 사치를 왜 하느냐구! 우리 국산품은 또 몰라도 그놈의 외제 화장품 수입 때문에 아까운 달러를 얼마나 많이 날려버리느냐 말이야!"

바로 그때 비서실장이 들어섰다.

"뭐야?"

"종합상사 박 부사장님이 오셨습니다."

"그래서?"

"비행기 시간 때문에…… 급하다고 해서……."

"들어오라구 그래."

깔끔한 차림의 중년사내가 헐레벌떡 들어섰다. 그는 왕 회장 앞에 앉아 있는 나는 아예 쳐다보지도 않았다. 눈에 들어오지 않는 모양이다.

"회장님, 말레이시아 상무성하고 계약 체결한 호텔 신축 건 말입니다. 그거 아무래도 사양을 바꿀 수가 없습니다."

"왜 못 바꿔?"

"기술 제휴한 독일 지멘스가 난색을 표명해서……."

"지멘스하고는 타협을 봤다고 했잖아?"

"지멘스 오너가 노발대발 틀었다고 합니다. 그래도 억지로 밀어붙일 경우 칠십만 불 추가비용이 생길 우려가 있습니다."

"칠십만 불 추가비용이 생긴다구?"

"그렇습니다. 회장님."

"그럼, 하지 마."

"그런데…… 취소하려니까 그동안 변호사 상담비하고 인지대하고…… 비용이 수월찮게 발생했습니다."

"그게 얼마야?"

"우리 돈으로 칠백만 원쯤 됩니다."

"그런 거는 중역들 판공비로 충당해!"

"하지만……."

"뭐가 하지만이야? 쓰잘 데 없는 데 쓰지 말고 그런 데 쓰라고 있는 돈이 판공비 아냐?"

"그렇지만 판공비하고는……."

"이것 봐!"

"예, 회장님."

"근데 그거 누가 바꾸라고 했지?"

"회장님께서……."

"내가 언제 그랬어?"

"여기 직접 사인하신 서류가 있습니다."

종합상사 박 부사장이 억울하다는 듯이 공공칠가방에서 문제의 서류를 꺼내 놓았다. 내가 얼핏 봐도 왕 회장 필체가 분명했다. 한데 그것이 볼펜이나 잉크가 아니고 연필로 쓴 희미한 글씨였다. 왕 회장은 본인의 필체를 확인하기 위해 서류를 들여다보지 않았다.

시선도 박 부사장에게 고정시켜 놓은 채 고무를 들고 서류에 당신 필체로 씌어 있는 지시사항과 사인을 북북 지워 없애기 시작하는 것이었다.

"어, 어, 회장님!"

박 부사장이 황당하다 못해 자지러지는 표정을 지었다. 오물 묻은 구두 밑창 핥는 얼굴이 저럴까. 왕 회장이 넉살 좋게 말했다.

"당신들은 날 무슨 허수아빈 줄 알고 있는 모양인데, 천만에! 왜 내가 그런 따위 사인을 했겠어! 난 하지 않았어! 알겠어?"

박 부사장은 말문을 열지 못했다. 아니, 벌린 입을 닫지 못하고 있었다. 왕 회장이 더 엄한 목소리로 쐐기를 박았다.

"내 말 안 들려?"

"듣고 있습니다."

"그럼, 나가 봐. 비행기 시간 늦지 않게, 빨리빨리 댕기란 말이야."

그 순간 왕 회장의 눈이 나와 부딪쳤다. 나는 증인이었다. 분명히 고무로 지시사항과 사인을 북북 지워 없애는 가공할 광경을 두 눈으로 똑똑히 목격한 산증인.

멋쩍었는지 왕 회장이 먼저 씨익 웃었다. 나도 얼결에 피식 웃었다. 그 순간 왕 회장은 빙긋 입술만 찢는 것이 아니었다. 난생처음 보는 기묘한, 그렇게 어색할 수 없는 윙크도 날리는 것이었다. 영락없는 철부지 소년이었다.

9

그달 치 명광그룹 사보는 온통 '화장과 독소'라는 기사로 떡 칠되어 있었다. 원래 깨끗한 피부 유전인자를 타고난 우리나라 여자들이 고등학교만 졸업하면 기다렸다는 듯이 화장품부터 덕지덕지 바르기 시작하는데, 그 자체가 독이어서 시나브로 피부에 상처를 주기 십상이라는 것이다. 그렇게 10년을 계속해서 사용했을 때, 청결함을 지키는 피질이 손상되는 상태에 이르게 되고, 20년이 지나면 아예 재생불능의 썩은 피부를 갖게 된다는 내용이었다.

그 예로 하루도 빠짐없이 화장대 앞에 앉아 얼굴을 두들겼던 40대 여성의 맨얼굴을 보면 차마 눈뜨고 볼 수 없는 상황이라는 것이다. 그토록 투명했던 우유빛깔의 피부가 어쩌면 저리도 누리팅팅하게 변해버릴 수 있단 말인가. 어디 색깔뿐인가. 당기면 탱 하고 달라붙던 탄력까지 잃어버려, 마치 발라 놓은 반죽이 출출 흘러내리는 것처럼 썩어문드러진 보기 흉한 피부……. 차마 눈뜨고 볼 수 없는 그 맨얼굴을 감추기 위해 독소인지 알면서도 또 그 위에 푸덕푸덕 덧입히는 가공할 행위.

그런 식의 특집 캠페인 기사가 무려 30페이지에 걸쳐 나가자 그 반응은 장난이 아니었다. 그도 그럴 것이, 발행부수만 정확히 9만 부를 넘는 데다, 명광 가족용으로 퇴사한 가정까지 우송한 탓에 실제 독자는 명광그룹 산하 10만여 명 직원 외에도 20만 명이 더 있으리라는 추산이다. 이미 산술적인 추산이 그러하고, 우리 식의 주먹구구식 셈으로는 1권에 5명씩만 더 돌려 봐도 줄잡아 45만 명이 사보를 읽는 독자라고 믿어 의심치 않고 있는 터다.

물론 침소봉대한 계산법이란 사실을 매달 사보를 편집하는 우리가 누구보다 더 잘 알고 있었다. 한데, 그게 아니었다. 책이 나가자마자 시작된 주변의 반응이 무작위로, 그리고 끈덕지게 지속되는 것이었다. 흡사 지루한 장마철의 소나기처럼 마구잡이로 퍼부었다고 해야 옳았다. 그 무렵 통합홍보실 전화벨이 울렸다 하면 십중팔구 그 항의전화였다.

"화장이 독이라니? 그게 말이나 되는 소리야?"

"피부가 썩다니? 무슨 근거로 그런 주장을 하는 건가? 오히려 손상된 피부를 화장품으로 치료하고 복원하는 사례가 얼마나 많은데, 어찌 그런 무지막지한 캠페인을 벌이는가?"

"결국 명광그룹 소속 여직원들은 화장을 하지 말란 소린데, 우선 그것부터 따집시다. 화장이 뭐요? 화장도 인간이 누리는 기본권 중의 하나 아니오? 아무리 소속 직원이라 해도 기본권까지 유린할 수는 없는 거요. 다시 말해 이건 너무 엄연한 인권침해란 말이오. 그런데도 화장을 기어코 하고 싶다면 회사를 그만둘 각오를 해야 한다니…… 세상에 이런 막무가내 횡포가 어디 있단 말이오!"

"혹시 명광이 화장품업계에 새롭게 진출하려는 속셈 아닌가? 자동차 만들고, 대형 선박 만들고, 아파트 짓는 명광이 뭣 때문에 우리 업계를 공격하는 건가? 그 저의가 뭐냐, 그 말이야!"

"화장품업계를 초토화시켜 놓고 명광이 깡그리 인수하려는 수작 아니야!"

"도대체 이런 황당무계한 캠페인은 누구 지시로 계획하고 누구 지시로 시행하는 건가!"

"그 책임자가 누군가!"

항의전화 내용을 분류해 보면 대충 그렇게 가닥이 잡혔다. 결국 항의의 주요 근원지는 화장품회사이거나 판매조직이거나 그 일에 종사하는 직원들이 만든 이익단체이거나 했다. 지렁이도 밟으면 꿈틀한다는 식으로 당연한 반응이리라 예상했으므로 우리는 전혀 개의치 않았다. 어느 집 개가 짖느냐 식이었다.

아니, 오히려 그런 반발 자체를 즐기고 있었는지도 몰랐다.

그래서 명광그룹을 질타하고 항의가 빗발치는데도 불구하고, 다음 달 치 명광사보 특집 캠페인은 여전히 '화장과 독'이었고, 이번에는 한술 더 떠서 화장독 때문에 생명을 잃게 된 케이스를 추가하여, 마치 화장을 오래 하면 목숨도 위태로운 것처럼 위협용 기사까지 취급한 것이었다.

그것은 불붙는 곳에 기름통을 던져 넣은 격이었다. 이번에는 항의전화만 하지 않았다. 소위 말하는 언론플레이가 동원되었다. 명광그룹이 화장품 불매운동을 벌이고 있다는 다소 과장된 내용이었다. 그것도 유명 일간지 사회면 톱에 해당되는 박스기사였다. 이번에는 명광사보에 실린 '화장품은 독이다'가 아니라 일간신문에 보도된 기사를 보고 걸려 오는 전화가 빗발치기 시작했다.

그냥 아무나 붙잡고 질타하는 전화가 아니었다.

"야, 책임자 바꿔!"

말투부터가 공격적이었다.

"책임자라뇨?"

"사보 편집하는 책임자 말이야!"

어쩌는 수 없이 내가 수화기를 넘겨받을 수밖에 없다.

"누구십니까?"

"내가 누군 건 알 바 없고, 당신이 사보 책임자야?"

"그렇습니다만……."

"당신 정신 있어, 없어? 왜 돼먹지 않은 캠페인을 무슨 근거로 계속하느냐구?"

"근거가 없는 것은 아닙니다."

"근거가 없는 것이 아니라구?"

"집필에 응한 피부과 의사들하고 관련 학계 교수들의 주장이 그렇지 않습니까?"

"아니, 그걸 말이라고 하고 있는 거야? 안 그래도 우리 업계에 발도 못 붙이는 어용학자들인데 그자들의 주장을 어떻게 곧이곧대로 내세울 수 있느냐 그 말이야!"

"뭐가 어용인지 모르겠습니다만, 그분들의 의학적인 견해를 묵살할 권리는 아무도 갖고 있지 않다고 생각합니다. 다시 말해 그 주장 자체가 우리 캠페인의 근거라고 말씀드릴 수 있을 것 같습니다."

내가 생각해도 예의를 벗어나지 않으면서도 핵심을 찌른, 아주 적절한 답변으로 간주되었다. 한데 그게 아니었다. 상대역시 더 찬찬한 목소리로 입을 여는 것이었다.

"이것 봐, 세상 이치가 그게 아니잖아? 그 어떤 문제도 찬반양론이라는 게 있기 마련 아닌가 말이야. 빛이 있으면 어둠이 있고, 장점이 있으면 단점이 있고……. 근데 당신들은 작은 단점만 붙들고 늘어지고 있는 거잖아? 특정 단체의 누구를 죽이려고 겨냥하지 않았다면 왜 한쪽만 일방적으로 공격하고 상반된 다른 상대의 의견은 들어 보지 않고 묵살시키느냐 그 말이야!"

상대는 청산유수였다. 마구잡이로 퍼부었다. 내가 끼어들 틈새가 없었다. 그가 계속했다.

"이 캠페인 누가 기획했어? 당신이 했어?"

나도 마냥 당하고만 있을 수 없었다.

"잠깐만요. 그걸 꼭 밝혀야 합니까?"

"당연히 밝혀야지!"

"그보다 먼저 지금 전화하시는 분 소속부터 밝히는 게 순서 같은데요. 누군지 밝히지 않고 그렇게 퍼붓는 건 예의가 아니지 않습니까?"

"그래, 말 잘했어. 내가 누군지 궁금하다면 기꺼이 밝혀주지. 나아, 월간 주부 편집국장 김달평이야."

"예, 누구시라구요?"

"월간 주부 편집국장이라니까."

월간 『주부』라면 C일보, J일보, D일보 다음으로 유명세를 자랑하는 S신문이 발간하는 꽤나 짭짤하다고 소문난 여성지다. 우후죽순 격으로 창간했다가 폐간하는 그런 여성지가 아닌, 다섯 손가락 안에 들어 그 영향력을 한껏 과시하는 정상급 매체가 바로 월간 주부 아니던가.

나는 갑자기 소금물에 절인 채소처럼 시들해지지 않을 수
없다.

"아니, 김 국장님께서 왜 직접……."

"왜, 국장은 항의하면 안 되는 이유라도 있는 거요?"

"그런 뜻은 아니구요……."

"사보 편집 책임자면 직위가 뭐요?"

"차장입니다."

"부장도 아니고 차장이구먼."

그가 혼잣말처럼 중얼거리고 나서 말을 이었다.

"나 하나 물읍시다."

"예, 국장님."

"이 캠페인 왕득구 회장이 직접 지시했다던데, 그게 사실이
오?"

"그게……."

"다 알고 하는 질문이니까, 있는 그대로 대답하쇼."

"아닙니다."

내가 단호하게 재빨리 계속했다.

"회장님이 얼마나 바쁘신 분인데 어찌 그런 지시를 하실 수
있습니까? 저희들 편집회의에서 나온 제안을 갖고 윗분들의
재가를 받아 실시한 캠페인입니다."

"당신 참 부정직한 사람이구먼. 왕득구 회장이 모 대학 미모

의 강사하고 배가 맞아 야합한 일이라는 거, 모르는 사람이 어디 있다고 가증스럽게 그런 거짓말을 해!"

미모의 대학 강사도 그러하고, 배가 맞아 벌인 야합도 그러하고, 나에게는 모두가 생소한 얘기였다. 나는 그 내용을 상세히 메모하여 내 상사인 홍보 담당 이사에게 보고를 했다. 직속 상관인 홍보부장은 해외 출장 중이었다.

"월간 주부에 김달평 국장이라구?"

"그렇습니다."

"그 사람 화장품협회 상임고문을 맡았다더니, 기어코 밥값 하겠다고 나선 게로구만."

"아니, 여성지 편집국장이 무슨 연관이 있다고 화장품협회 고문을 다 맡습니까?"

"이 사람, 뭘 모르는군. 화장품업계 광고 매출, 그거 보통 규모 아냐."

사실이었다. 월간 주부 편집국장이 그처럼 집요하게 파고드는 이유는 단순했다. 일종의 영역싸움이었다. 제 밥그릇 챙기기였다. 다름 아닌 화장품 광고시장이었다. 홍보실 이사 말대로 화장품 광고가 그만큼 먹을 것이 많다는 얘기였다. 소문대로 화장품 광고시장 규모는 타 업종을 능가하는 특수분야였다. 막말로 수천 명이 화장품 광고라는 우산 속에 모이고, 그 속에서 승진하고, 출세하고, 빌딩 올리고, 차곡차곡 치부하는 사업이 바로 화장품업계인 것이다.

모르긴 해도 광고를 제공하는 화장품업계에서 여성지 편집국에 대리전쟁의 참전을 독려했거나 알아서 기는 식으로 자진해서 총검을 꽂고 왕득구 나와라 두리번거리며 고함을 치고 있는지도 몰랐다.

따지고 보면 여성지뿐 아니었다. 일간신문들도 그러하고 텔레비전도 그러하고 심지어 라디오, 주간지들도 마찬가지였다. 일단 모든 매스컴이 그쪽 편이라고 해도 틀린 말이 아니었다.

명광그룹이 아무리 재계 으뜸이라고 해도, 국내광고 매출로만 따진다면 자동차며 아파트 분양이며 페인트며 정유며 통틀어도 화장품을 따라잡기에는 역부족이었다.

어쨌거나 명광그룹 홍보실은 한동안 그 일로 죽 끓듯 했다. 5일마다 열리는 시골장터를 방불케 했다. 카메라와 조명기구들을 달고 밀고 들어오는 일선기자들의 취재경쟁만이 아니었다. 화장품협회 간부들의 항의방문도 그러했다. 문제의 캠페인이 중단되지 않고 계속될 경우 명광그룹이 생산하는 자동차며 시멘트며 각종 건설제품의 불매운동을 벌이겠다고 으름장을 놓았다.

그런 내용들이 세세하게 보고가 되었는데도 불구하고 왕 회장은 여전히 '화장품은 독이다' '대한민국 여성들을 그 독에서 구출하자'라는 주장을 거두지 않았다. 거두기는커녕 한술 더

떠, 지금까지 벌였던 캠페인 주요내용을 간추려 광고용 전단지로 만들어 대량 살포하라는 새로운 지시까지 내리는 것이었다.

그 지시의 직접 수령자는 사보 편집 책임자인 나였다. 모두 내가 직접 감당해야 할 업무였다. 아무리 그 반응이 벌 떼같이 완강하다고 해서 회장이 직접 지시한 내용을 어찌 거스를 수 있단 말인가. 어디 업무뿐인가. 항의조 기사 취재에 일일이 응대하는 것 역시 내가 감당해야 할 역할이었다.

나는 갑자기 유명인사로 급부상했다. 방송 신문 기자들이 사건 진상을 밝히는 도구로 나를 이용했기 때문이었다. 처음에는 제법 용감하게 나서서 '대한민국 여성 피부를 지키기 위해!' 운운하다가 몰매란 몰매를 깡그리 불러들여 직사하게 얻어터진 뒤로는 슬슬 빠져 무조건 '피신하기' 작전을 벌이는 중이었다.

하지만 이미 닥쳐온 난국은 몸을 피한다고 해서 해결되지 않았다. 죽든 살든 맞서 싸워야 결판이 나는 법이었다. 내 윗사람들의 결론이 그러했다.

"어쩔 수 없어. 당신이 회장님 방패막이로 나서 줘야겠어. 무조건 아니라고 우겨!"

부사장급인 통합기획실장, 왕득구 회장 비서실장, 홍보 담당 이사 등등 왕 회장 최측근 임원들 모임에 불려간 나를 앞에 두고 내린 결론이 그것이었다. 나도 입이 있었으므로 내 소견을 말하지 않을 수 없었다.

"하지만 그들도 다 알고 찾아오는데…… 말이 먹히지도 않고…… 통하지도 않습니다."

"그래도 그렇게 밀어붙여! 다른 방법이 없으니까."

"지시를 그렇게 하시면 따르겠습니다만…… 이번 달 사보 특집 캠페인은 어떻게 할까요? 회장님은 계속 진행하라고 꼼짝도 안 하시는데, 그쪽 반발은 점점 더 거세어져 가고……."

"이번 달에 나가면 몇 번째야?"

"네 번쨉니다."

"하긴, 네 번째는 좀 지나친 거 아닌가?"

"회장님께 있는 그대로 솔직히 말씀드려서 이제 그만 중단하게 해주실 수는 없겠습니까?"

내가 부사장, 전무, 상무를 한 명 한 명 도장 찍듯 돌아보며 말했다. 부사장이 먼저 입을 열었다.

"그거 당신이 좀 해 봐! 우리하고 의논도 하지 않고 회장님께서 당신을 불러 직접 지시한 일 아닌감."

"부사장님도 아시겠습니다만, 저 정말, 너무 힘든 상탭니다. 요즘 집에도 제대로 못 들어갈 때가 많습니다. 주간지 기자들이 야밤에 집까지 찾아와서……."

"그래서 결자해지라는 말이 있는 거 아닌가. 직접 회장님께 말씀드려서 결심도 받아내 보란 말이야."

"어제도 그 일로 올라가서 누누이 말씀드렸습니다. 신문 방송도 그러하고 화장품업계에서도 반발이 빗발치고 있다고 사실대로 말씀드렸습니다."

"그랬더니, 뭐라고 하셔?"

"그딴 것들은 일체 무시해 버리라고 하셨습니다. 당연히 그렇게 나올 줄 알고 있었다고, 되레 아주 잘된 일이라고 하셨습니다."

"거참!"

"이러다가 화장품업계하고 진짜로 3차 전쟁이라도 벌이려고 그러시나? 아니면 아직도 사태 파악을 제대로 못 하시는 건가?"

"사태를 모르고 계실 리가 있습니까? 박 비서 얘기 들으니까 시시콜콜 다 아시고 계신다고 하더라구요."

"그렇다면……."

"별수 없어. 박 차장 당신이 일단 뒤집어쓰고 버티는 수밖에. 좀 더 지켜보다가 상황이 더 험악해지면 그때 가서 해결책을 강구해 보자구."

"그보다……."

내가 말을 이었다.

"엠비유 건설 회장님께 부탁드리면 어떨까요? 왕 회장님, 엠비유 회장 말씀은 거절하지 못하시잖습니까?"

"이 사람 누구하고 싸움 붙일 일 있어? 안 그래도 요즘 두 사람 기류가 심상치 않은데 괜히 긁어 부스럼 만들 이유가 없단 말이야."

"이건 어디까지나 우리 선에서 해결할 문제라구."

말 그대로 나는 새도 떨어뜨린다는 회장 직속 친위대 그룹인 종합기획실과 비서실 수뇌급들이 그날 내린 최종결론이 그러했다.

10

대한화장품협회 이름으로 내가 검찰에 정식 기소된 것은 그로부터 일주일 뒤다. 화장품산업의 발전과 업계의 이익보호 및 신장을 위해 결성된 단체가 화장품협회다. 일반적으로 그 냥 '장협'으로 통칭되었는데, 그 위세가 가히 하늘을 찌른다.

어느 단체에 비견해도 뒤처지지 않는 역사와 전통, 그리고 재력이 뒷받침되고 있기 때문일 터다. 하긴 40년 역사라면 무 시할 전통이 아니다. 게다가 회원업체가 100여 개에 이르는 데 다, 그 종사원만 무려 20만 명에 육박. 숫자로만 따져도 어쩌면 명광그룹 규모를 앞지르는 위력을 자랑하는지도 모른다.

그런 장협이 분연한 자세로 공격의 문을 확실히 열고 나선 것이다. 네 번째 '화장품 쓰지 않기 캠페인' 기사가 명광사보를 통해 배포된 직후다.

물론 내가 피고소인 중 원흉 격은 아니었다. 이 일과 직접적으로 관련이 없는 종합기획실장이 원고인 괴수로, 홍보이사가 중간책으로, 실제로 범죄를 행사한 실무급 행동대원이 중간책으로, 실제로 범죄를 행사한 실무급 행동대원이 바로 나섰다.

아직 전면전 성격이 아니라서 그런지, 아니면 의도적으로 회심의 카드를 숨겨 두고 있다는 것을 암시하기 위해서인지, 왕득구 회장을 직접 거론하여 정식 피고인으로 지정하지 않은 상태다. 그러나 여차하면, 아니 작은 틈이라도 보였다 하면 여지없이 방아쇠를 당겨 명중시키고 말겠다는 의지로 잔뜩 웅크리고 있는 자세다.

민사가 아닌 형사로 고발되었으므로 검찰청에서 직접 출두서가 날아들었다. 원흉 격인 종합기획실장이 아니라 일선 행동대원 격인 내가 1차 조사대상으로 지목된 것이다. 먼저 나를 심하게 닦달한 뒤에 거물들을 차례차례 불러들일 심산인 것 같았다.

당연히 비서실을 통해 왕득구 회장에게 그 사실이 보고되었고, '사실을 사실대로 표현했을 뿐인데 어찌 그것이 범죄가 되느냐?'며 펄펄 뛰었다는 후문이었고, 명광이 보유하고 있는 소속변호사 그룹 중 경륜과 승률이 뛰어난 헤비급 변호사 3명을 골라, 그것도 왕득구 회장의 직접지시로 사건이 맡겨졌다는 것이었다. 이른바 명광그룹의 명예를 걸고 겨루는 한판 싸움이었다.

과연 누가 승자로 우뚝 서고, 패자로 거꾸러질 것인가 초미의 관심사로 장안의 화제가 된 것은 신문 방송이 그것을 또 다른 방향의 흥미기사로 보도한 탓이었다. 일테면 사건의 핵심이 어느 쪽의 잘잘못을 따지기보다 숨겨진 범인 찾기가 더 우선인 것 같은 분위기였다. 사건의 장본인이며 원흉이면서도 그 실체가 베일에 가려 보이지 않는 왕득구지만 검찰의 수사를 통해 기어코 밝혀지게 되리라고 으름장을 놓는 식의 보도였다.

그래서였을까. 아무리 승률 뛰어난 유능한 변호사를 앞세운다 해도, 다른 권력을 이용하여 상대를 밟아 누른다 해도 일단 수사가 시작되는 과정에 왕득구의 이름이 오르내릴 수밖에 없다는 사실에 치명적인 부담을 느낀 탓일까. 설사 이쪽이 최후의 승자로 남는다 해도 전경련 회장까지 역임한 재계의 거물이 어디 할 일이 없어 여직원들 화장까지 간섭하고, 남의 사업영역에 함부로 감 놔라 배 놔라 상처를 입힐 수 있느냐는 핀잔을 피할 수 없으리라는 결론에 이르게 된 것이었다.

그러니까 나는 일차적인 왕 회장의 방패막이가 된 셈이었다. 그 어떤 협박과 질타와 유혹이 뒤따르더라도, 아니, 설사 내란음모 주범을 검거하기 위한 군사정권의 그 잔혹한 물고문 같은 행위가 가해진다 하더라도 처음부터 걸어 잠근 빗장을 단단히 옥죄며 왕득구와 이 사건은 무관하다는 주장을 끝까지 굽히지 않아야 하는 역할이었다.

그 점에 대해서라면 나는 확고한 자신이 있었다. 얼마든지 해낼 것 같았다. 까짓 이름 하나 은폐하는 것이 뭐 그리 큰 대수란 말인가. 그것이 상식적으로 해서는 안 되는 허위진술이라 하더라도, 회사 차원에서는 민주투사들의 입에 흔히 오르내리는 지조에 버금가는 애사(愛社)정신 아니던가.

나는 왕 회장 측 변호사들이 은폐를 위한 모의실습을 그처럼 지루하게 반복하고 또 반복하는 과정에서도 너무나 자신 있게 고개를 끄덕였고, '그건 안심하쇼.'라고 되레 짜증을 낼 정도였다. 오죽했으면 조사과정에서 검찰이 구속 운운할 가능성이 있다는 말에 감방에 들어갈 각오로 작은 소지품 가방까지 휴대하고 출근했겠는가.

오전 10시가 출두시간이었으므로 9시 30분에 회사를 떠날 요량으로 출발을 기다리고 있는데 사방에서 나를 찾아와 독립투사 대하듯 위로와 격려를 아끼지 않는 것이었다. 나는 참으로 의기양양했다. 왕득구 회장을 보호하기 위한 일차 방패막이로서 그 사명을 철저히 수행할 것을 만방에 고하고 자리에서 막 일어서는데 비서실에서 전화가 걸려 왔다.

"회장님이 찾으십니다. 지금 바로 올라오세요."

"열 시까지 출두해야 하는데, 시간이 늦지 않을는지……."

"회장님도 출두시간을 알고 계시니까요."

"알았어요."

116

그래, 수고하라는 격려의 인사를 하시려나 보지. 하긴 당신을 대신해서 십자가를 지고 갈 용사인데 어찌 그냥 보낼 수 있어? 암, 안 되고말고. 나는 더욱 의기양양해져서 소지품 가방이 무슨 훈장이나 되는 듯이 소중히 끌어안고 회장실을 들어섰다. 박 비서가 나를 맞았다. 그가 말했다.

"회장님이 다른 중요한 면담자를 만나고 계시니까, 조금 기다리셔야겠네요."

"아니, 열 시가 출두시간인데…… 그래도 괜찮겠어요?"

"회장님도 아세요, 출두시간."

한데 그게 아니었다. 출두시간이 가까워 오는데도 회장실 문이 열리지 않았고, 직통전화 벨도 울리지 않았다.

"열 시가 다 되어 가는데 어떻게 하죠?"

내가 박 비서를 닦달해 마지않았다.

"글쎄요, 어디까지나 회장님 지시니까요."

"지시라니? 무슨……."

"어젯밤 장협 회장하고 우리 회장님하고 전격적으로 회동을 하셨거든요."

"아니, 장협 회장이라면 우리를 고소한 단체 아닙니까?"

"물론이죠."

"그렇다면……."

"일단 회장님께서 무슨 말씀을 하실지…… 우리도 그 결과

117

를 모르고 있거든요. 그러니까 기다리실 수밖에 없습니다."

바로 그때 문이 열렸다. 왕 회장은 내 손을 잡아끌며 말했다.

"어서 와. 이리 와서 앉아."

나는 시간이 급하다는 듯이 손목시계를 내려다봤다.

"앉으라니까."

"예, 회장님."

"검찰에는 안 가도 되겠어."

"예?"

"내가 그렇게 조처했으니까. 그렇게 알아."

"아니, 어떻게……."

왕 회장은 나의 말 흐림에는 아랑곳하지 않고, 탁상 위에 놓인 흰 봉투를 집어 들며 천천히 말하는 것이었다.

"이것 봐, 이거 말이야. 그동안 수고도 했는데 부서원들 회식비로 써."

액수는 그야말로 회식비 수준이었다. 단돈 100만 원이었다.

11

어차피 시작되었으니, 한 가지만 더 거론하고 넘어가자. 왕 회장 본인도, 당신의 평생 이력 중에서 그중 내세우고 싶은 자랑거리가 있다면 아마도 바덴바덴을 빠뜨리지 않을 터이다. 바덴바덴은 독일 남부의 작은 온천 휴양도시다. 88년 올림픽 개최지를 결정하는 IOC 위원들의 최종투표가 실시되었던, 그래서 우리 대한민국 국민들 뇌리에 석류알처럼 아름다운 기억으로 알알이 박힌 곳이 바로 바덴바덴이다.

왕 회장이 88올림픽 서울 개최 유치위원으로 위촉된 것은 화장품 사건이 그럭저럭 마무리된 그해 가을이다. 총칼을 앞세웠던 신군부 세력은 완력으로 찬탈한 권력 행위를 희석시키기 위해 오락 연예나 인기 스포츠 따위를 정면에 내세워 도도한 강물 같은 국민 비판 정서를 여러 갈래의 샛강으로 세분시켜 흘려보내고 있던 중이었다.

그때 나온 아이디어가 올림픽 서울 개최였다. 신군부는 옳다구나, 무릎을 치고 온갖 편법을 동원해서라도 반드시 유치에 성공해야 한다는 결론을 내렸다. 그들에게 있어서 올림픽 유치는 절체절명의 구국혁명이었다. 그런 취지에서 자천타천으로 유치위원 선정 작업에 들어갔는데 그때 유치위원에 포함되지 못한 인사는 일단 신군부가 폐기처분한 사람으로 간주해도 크게 틀리지 않는 판단이었다.

하나 반대로 영광스럽게 픽업되었다 해도 모두가 만세를 부를 수 있는 상황도 아니었다. 왜냐하면 유치 운동이 첩첩산중일 뿐 아니라 유치에 실패했을 경우 본인에게 돌아올 책임소재가 만만치 않았기 때문이었다. 어쨌든 여하히 왕성한 활동을 벌여 신군부의 인정을 새롭게 받을 수 있느냐가 관건이었다.

왕 회장도 그중의 한 사람이었다. 그 무렵 88올림픽은 일본 나고야로 거의 결정되어 있던 시점이었다. 나고야는 도쿄올림픽 개최 경륜에다 3년 먼저 유치 활동을 시작한 데다 여러모로 우리와 상대가 안 되는 경쟁자였다. 오죽하면 3년 전 나고야와 맞붙었던 경쟁국이 너무 크게 벌어진 격차에 실망하여 중도하차해 버릴 정도였겠는가. 그런 나고야에 올림픽의 올 자도 모르는 대한민국이, 그것도 최종 투표를 목전에 두고 선전포고를 하고 으름장을 놓았으니, 지나가는 개도 웃겠다는 비아냥을 받지 않을 수 없다. 그럼에도 불구하고 유치위원들의 사기는 충천했다. 서슬 푸른 칼을 대책 없이 휘두르던 신군부가 오랜만에 아량을 베풀고 사람대접을 해주었기 때문이다. 유치위원 발대식에서 각하가 말했다. 불가능은 없다. 찍어서 안 넘어가는 나무가 어디 있는가. 불굴의 정신을 발휘해서 반드시 올림픽을 따오도록 힘을 기울여주기 바란다. 각하의 훈시가 끝나자마자 유치위원들은 충성을 맹세하며 비행기 트랩을 올랐다. 자신들과 인연이 있는 나라를 찾아가 유치를 호소하기 위해서다.

왕 회장도 두 달 가까운 유치 출장을 다녀왔고, 마지막 결전장인 바덴바덴으로 날아갔으며, 마침내 사마란치 IOC 위원장이 세계인이 숨죽이고 지켜보는 가운데 나고야가 아닌,

"세율!"

이라고 발표할 수 있도록 하는 기적을 창출해 낸 것이었다.

우리의 자랑스러운 명광그룹 총수 왕 회장도 수십 명의 유치위원들과 함께 특별기를 타고 국민들의 환대를 받으며 귀국했다. 그리고 왕 회장의 입지는 천정부지로 치솟았고, 옛날 박통과의 밀월 수준까지는 아니어도, 그 비슷한 지위를 확보하는 데는 큰 어려움이 없었다.

바로 그즈음이었다. 모 일간신문사가 발간하는 시사 월간지에서 바덴바덴의 기적에 대한 구체적 활동상황을 집필해 달라는 원고청탁서가 왕 회장 비서실로 날아왔고, 그 청탁서가 나

에게 배정되었다. 바덴바덴에서의 활동 상황을 구체적으로 다루기 위해서는 부득불 왕 회장의 증언을 듣지 않을 수 없었다.

그러나 그 무렵 왕 회장의 면담은 하늘의 별 따기였다. 옛날 박통과의 밀월시대에 그랬던 것처럼 몸이 열 개라도 주어진 스케줄을 다 소화할 수가 없을 지경이었다. 중대사업 결재 받기도 만만찮은 판에 까짓 원고 집필 인터뷰는 면담 사안 자체가 되지 못했다.

그런 이유로 장본인인 왕 회장 대신 만난 사람이 명광중공업 본사 모 과장이었다. 당시 그는 명광중공업 프랑크푸르트 지점 사원으로 근무하고 있었다. 그러니까 서울에서 파견된 사원이 아니라 현지 교민 신분으로 입사한 케이스였다. 독일에서 자라 영어와 독일어에 능통하고 국제 감각이 유별나다는 이유로 그는 어느 날 아침 바덴바덴으로 차출되어 왕 회장의 임시 비서로 보름여 근무했고, 그 덕분에 두 계급이나 특진 승급하여 과장 직함을 받았으며, 본사 주요 부서 팀장 자리에까지 오른 행운의 사나이였다.

하나 소문과 달리 내가 찾아갔을 때 그는 혼자 신문을 읽고 있었다. 남들이 눈코 뜰 새 없이 한창 일하고 있을 시간에 한가하게 신문이나 들추다니…… 명광중공업 소속 과장답지 않다는 생각을 하며 그와 마주 앉았다.

"많은 유치위원 중에서도 우리 왕 회장님이 결정적인 활동을 벌였다는데, 구체적으로 그게 뭔지 알 수 있습니까?"

내가 물었다.

"그보다 먼저 왕 회장님이 그때 하루 몇 시간 주무셨는가 그것부터 얘기하고 싶네요. 거짓말 안 보태고 하루 두 시간이었습니다. 왕 회장님이 두 시간이면 저는 한 시간이었습니다. 늘 회장님 옆에 대기하여 지시를 기다려야 했기 때문이죠. 실제로 유치에 성공한 그날 저는 병원에 실려 갔지만, 왕 회장님은 끄떡없이 축하 파티를 손수 주도하셨습니다. 정말 무지막지한 어른이었습니다."

"잠을 안 주무시고 어떤 활동을 하셨길래 다 결정된 나고야를 따돌리고 서울로 가져올 수 있었습니까?"

"그거는…… 회장님의 뚝심이고, 결단력이고, 자신감이었습니다. 왕 회장님은 서울에서 영어 잘하고 불어 잘하고 독일어 잘하고 스페인어 잘하고, 인물 좋고 교양 있는 여류 인사들을 개인 사비로 대거 모시고 와서, 예쁜 한복을 입혀 아이오시 위원들의 호텔 방을 일일이 찾아다니게 했습니다."

"아, 그러니까 한복 입은 여류들의 미소작전이 성공비결이었군요?"

"그거는 아니구요. 나고야 쪽에서도 똑같은 젊은 여성 유치위원들이 기모노를 입고 활동했으니까요."

"한데, 어떻게 그런……"

123

"그래서 왕 회장님의 뚝심과 배짱이라고 하지 않습니까. 마지막 날, 왕 회장님은 꽃바구니와 과일바구니를 아프리카, 남아메리카, 아시아 저개발도상국 위원들 방에만 구별해서 은밀히 돌렸는데, 그 바구니 속에 봉투를 동봉했거든요."

"봉투라면…… 현찰 봉투 말입니까?"

중공업 과장이 조심스럽게 고개를 끄덕였다.

"물론 달러를 넣었겠죠? 얼마씩 넣었습니까?"

"그건, 우리끼리라도 말할 수 없네요."

"어쨌든 적은 돈은 아니었겠죠?"

"아무래도 그렇지 않겠습니까. 나고야로 갈 표를 이쪽으로 돌렸으니까요."

"한데, 왜 그것을 왕 회장님의 뚝심이고 결단력이라고 말하는 거지요?"

"다른 유치위원들이 천부당만부당 반대한 까닭이지요. 만일 무슨 일이 생긴다면 국가적인 망신이라고……. 그러나 우리 회장님은 달랐어요. 내가 책임지겠다. 그리고 이건 국가 돈이 아니라 내 개인 돈이다. 내가 모든 것을 뒤집어쓰겠다. 회장님이 독단으로 밀어붙인 겁니다. 오로지 구국일념으로 살신성인한 겁니다. 정말 애국자가 따로 없더라구요."

인터뷰가 끝났는데도 그는 커피숍에서 일어서지 않았다. 다시 신문을 펼쳐 들고 있었다. 면담을 주선해 준 중공업 홍보실 팀장에게 내가 물었다.

"그 사람 왜 근무시간에 커피숍에 앉아 있습니까?"

"실은…… 대기발령 중이거든요."

"대기발령이라뇨? 프랑크푸르트지사에서 본사로 영전했는데?"

"그게 아니라 중공업 프랑크푸르트지사가 일감이 없어 폐쇄되었거든요. 현지에서 뽑은 사원들은 대체로 일 년 계약제라서 자동 해직인데, 올림픽 유치 공로자로 본사까지 데려왔잖아요. 게다가 본인은 처음부터 친척이 사는 서울을 원했는데, 공장 근무로 수련기간을 거쳐야 한다고 여기에 배치했거든요. 그래서 그런지 통 적응을 못하는 거 같네요."

"뭐, 그리 적응할 게 있다고?"

"그 사람 한국인이 아닙니다. 한국말을 할 줄 아는 것 빼고는 그냥 독일 사람이더라구요. 일가친척, 친구도 없는 이곳은 조국이라기보다 생소하고 적막한 일종의 감옥일 뿐일 겁니다."

"그렇다고 대기발령이라뇨? 그래도 뭔가 기호에 맞는 자리가 있을 텐데요."

"글쎄요. 왕 회장님이 지시를 했으니, 오죽이나 신경 썼겠습니까만…… 벌써 세 번째 못 견디고 자리를 박차고 나와 저러고 있네요."

"회장님도 아시는 일인가요?"

"아시다마다요. 지금도 근무지를 서울로 바꿔 달라고 호소를 하는 모양인데, 회장님이 눈 하나 깜빡하지 않으시네요. 지난주 부사장님이 상경한 길에 회장님께 말씀 드렸더니, 벌컥 화를 내셨다네요. 사내대장부가 그렇게 나약해서 어디에 써 먹겠느냐고…… 제풀에 지쳐 사표를 낼 때까지 신경도 쓰지 말라고 당부까지 하셨다니…… 웬만하면 본인이 그렇게 원하는데, 서울지사로 발령은 내주시지 않고……"

12

비록 쩨쩨한 액수이긴 해도 부서 회식비까지 내 손에 쥐여주었던 왕 회장이, 그리고 바덴바덴의 구국적인 당신의 활약상을 낱낱이 글로 써서 알린 나에게, 칭찬은 못 해줄망정 어찌 한마디 질문이나 추궁이나 확인도 없이, 그것도 평상시도 아닌 다 잠든 새벽녘에 파면 조치를 내리고 만천하에 공고라도 하듯 책상까지 빼버리는 만행을 저지를 수 있단 말인가. 아무리 생각하고 또 생각해도 수긍이 되지 않는 일이었다. 아니, 설사 그때는 뭔가 귀신에 씌어 그렇게 판단했다 해도, 더구나 내가 보낸 장장의 편지를 읽었으면 충분히 고개를 끄덕일 대목이 있었음에도 불구하고 한 달이 지나 두 달에 가까워지는데도 지금까지 가타부타 언급조차 하지 않을 수 있단 말인가.

그처럼 끝까지 침묵한다는 것은 결국 나와의 신사협정을 파기한다는 일종의 최후통첩에 다름 아닌 터다. 10년 가깝게 연결되었던 끈끈한 유대감을 끊겠다는 뜻이다. 오천 겁의 인연이 있어야 한 울타리 안에 유할 수 있다고 했는데, 그 인연을 흔적 없이 지워버리겠다는 수작이다.

결국은 파면 조치를 번복 없이 그대로 굳힐 심산인 것이다. 나는 너무 억울했다. 생각다 못해 문인단체를 찾아가 내가 처한 상황에 대해 허심탄회하게 의논하기로 마음먹었다. 문인의 권익을 보호하기 위해 협회가 만들어졌고, 연회비를 꼬박꼬박 납부시키지 않았는가.

하나 문인단체 간부들은 심각하게 토로하는 내 얘기를 대충대충 듣다 말고, 문인협회가 노동조합이 아닌 터에 무엇을 근거로 직장인 신분보장까지 책임질 수 있느냐고 반문한 다음, 더구나 명광그룹 왕 회장이라면 음으로 양으로 협력해 주는 친문인파 인사인데, 어찌 그런 유익한 어른을 상대로 칼을 들이댈 수 있느냐? 정신 차리고 생각을 바꿔라. 만약 당신이 기어코 칼을 들이댄다면, 우리가 도시락 싸들고 다니며 말려야 될 형편이다. 왜냐하면 원로문인들을 초청, 비행기에 태우고 중동 현장을 구경시킨 장본인도 왕 회장이고, 협회 기관지에 광고를 게재해 준 유일한 기업인이 왕 회장이기 때문이라는 것이다.

나는 명함도 제대로 내밀어 보지도 못하고 내가 소속된, 내 권익을 대변해 줄 단체로부터 아무런 보호도 받지 못하고 등 떼밀려 쫓겨나왔다. 나는 절망했다. 술을 마셔도 취하지 않았고, 잠자리에 누워도 잠이 오지 않았다.

다 내려놔 버리고 어디 여행이나 떠나 볼까도 싶었지만, 웬일인지 등에 붙어 있는 것들을 탈탈 털어도 털어지지 않는 것이었다. 털어지기는커녕 점점 더 무거워지고 답답해지는 것이었다.

잃어버린 것의 미련이 너무 큰 탓이었을까. 아니 그때까지만 해도 다소 난감하긴 해도 결국 복원되고 말 것이라고 믿고 있었던 허황된 자신감이 문제라면 문제였다. 그래서 나는 두 번째 편지를 썼다. 이번에는 왕 회장 집무실이 아닌 성북동 집으로, 첫 번째보다 더 구체적인 내용의 편지를 깨알같이 써서 우송했지만 여전히 묵묵부답이었다.

세 번째 편지를 보내도 마찬가지였다. 내 자신이 부끄러웠다. 더 이상 자존심을 상하게 할 수 없었다. 왕 회장이 그렇게 나온다면 나 역시 가만있을 수는 없다. 뭔가 그에 걸맞은 행동을 취해야 한다. 그래서 왕 회장도 때때로 당신의 판단이 얼마나 어리석은지, 스스로 인정하고 반성할 줄 알아야 하는 것이다.

그렇다. 만약 내가 왕 회장의 뜻을 거스르는 행동을 취하게 된다면 그것은 뭔가를 바르게 세우는 의로운 행위가 아니라, 괘씸죄에 해당하는 역모가 되기 십상이다. 다시 말해 피비린내 나는 선전포고이며, 그런 식의 전쟁이 기어코 시작되었다 하면 그 결과는 파멸의 잿더미만 쌓일 뿐이라는 사실을 스스로 각오하지 않으면 안 된다. 결과가 그렇게 되리라는 것을 뻔히 알면서도 총을 들고 나서야 하는가. 나는 혼자 자문자답해 보았다. 과연 그 길이 옳은가에 대한 확신도 없이, 나는 나를 대신해 싸워 줄 병사 한 명 없는 헛헛한 황야에 내 키보다 큰 재래식 장총을 질질 끌며 저 어마어마하게 높은 성벽을 향해 돌진할 채비를 차려야 하는 것일까.

그래, 하는 수 없다. 내가 보낸 편지를 읽었거나 읽지 않았거나, 아무 반응 없이 구둣발로 짓뭉개듯 묵살한다는 그 자체가 나에게는 무자비한 폭력이니까. 그렇다면 나도 방도를 달리할 수밖에 없다. 장본인인 왕 회장이 아니라, 만인이 읽도록 편지를 공개할 수밖에 없는 것이다.

그렇다. 신문지상에 편지를 싣게 하는 것이다. 그것도 월요일 아침에 배달되는 신문, 명광그룹 10만 가족이 일시에 펼쳐 보는, 예컨대 C일보 같은 지면이어야 제격이다. 취급된다는 보장도 없지만, 설사 가능하다 해도 실었는지 안 실었는지도 모르는 영향력 없는 신문은 효용가치가 없기 마련이다.

하지만 내 권익을 보호해 줘야 할 문인협회가 내 편이 아니라 되레 왕 회장을 비호하는 마당에 어느 신문이 내 억울한 입장을 지지하고 그대로 보도해 주겠는가. 기사 형식이나 인터뷰는 언감생심 생각조차 할 수 없는 요원한 일일 터고…… 내가 선택할 수 있는 유일한 방도는 단 한 가지, 바로 광고지면이다.

돈 액수만큼 신문 지면을 사서 내 억울함을 만천하에 알리는 행위……. 왕 회장이 즐겨 쓰는 코멘트 그대로, 비싼 지면에다 구구절절 다 늘어놓을 수 없으니 꼭 읽어야 할 뼈대만 세우고 사사로운 것들은 다 쳐내 버리는 식으로 나는 편지를 요약하고 또 요약했다. 종내는 편지가 아니라 선동적인 고발장이 되고 말았지만, 어쩌는 수 없었다.

내가 고발장으로 변한 편지를 들고 문을 두들긴 곳은 C일보 광고 접수창구였다. 홍보부장 승진을 축하한다는 전화를 나에게 직접 걸어주었던 조 국장 산하의 광고부였다. 타 신문의 두 배에 가까운 광고료임에도 불구하고 내가 기어코 C일보를 고집한 것은 그만큼 파급효과가 클 것이라고 계산한 탓이다.

하고 많은 일간지 중에 왜 하필 C일보냐 할지 모르지만, 나에게도 나름대로 계산속이 있었다. 왕 회장과의 교류가 그중 빈번한 매체가 C일보였기 때문이었다. 그 무렵 명광그룹과 C일보는 아무리 업무가 바빠도 한 달에 한 번씩 정기 만찬모임을 갖곤 했다. 최고 경영층과의 만남이었다. 물론 대표이사 발행인과 주필과 편집국장, 그리고 경제부장이 동석하게 되어 있었지만, 대신 이쪽에서도 엠비유를 비롯한 월급쟁이 회장은 물론이고 홍보실 이사급 몇몇이 왕 회장 수행비서 자격으로 참석이 허용된 상태였다.

게다가 C일보 부수를 능가할 상대 경쟁지가 없었다. 그래서 광고비도 그만큼 비싼 편이었다. 다른 신문의 세 곱이었다. 그래도 나는 군이 C일보만을 고집하여 광고문안과 함께 거액의 광고료를 현금으로 입금시킨 것이다.

"내일 아침 실리는 거죠?"

내가 창구 직원에게 재삼 확인했다.

"그럼요. 당연히 경제면 하단에 취급합니다. 걱정하지 마시고 여기 영수증이나 받으시죠."

한데, 이게 웬일인가. 이튿날 아침 배달된 신문에 내가 신청한 광고는 실리지 않았다. 어찌 된 영문이냐고 전화를 걸어보니 담당창구 직원 왈,

"광고내용이 적절치 않아 싣지 못했으니, 광고비나 찾아가쇼."

미안한 기색 없이 아주 뻔뻔하게 말하는 것이었다. 신문사에 어떻게 항의할 것인가 궁리 중인 나에게 신분을 밝히지 않는 괴전화가 걸려 왔다.

"야, 너 죽고 싶어 환장했어!"

다짜고짜 욕설부터 쏟아 냈다.

"누구십니까? 누구신데……"

"야, 새꺄! 내가 누구라고 하면 네놈이 알아먹기나 해? 도대체 네놈은 대가리가 몇 개나 달렸어!"

나도 잠자코 당하고만 있을 수 없어, 대응한답시고 제법 목

소리를 높여,

"네놈이라니? 누군데 이렇게 막 나오는 거요?"

했지만 막가파식의 완력으로 무장된 괴사내의 맞상대가 될수 없다. 갈수록 더 기가 팔팔해지는지,

"야 새꺄!"

귀청이 찢어질 듯 소리가 쟁쟁하다. 놈이 계속한다.

"너 같은 놈한테는 욕설도 아까워 새꺄! 하긴 뒈지고 싶으면 무슨 짓을 못 허겄냐마는…… 아직도 구만 리 같은데 벌써 뒈질 궁리부터 한다면, 당연히 원을 풀어줘야지. 야, 새꺄! 시내거리에 나가 봐! 명광자동차가 많은지 타 회사 자동차가 많은지! 쥐도 새도 모르게 저승길로 떨어지고 싶지 않으면 주둥이 닫치고 죽은 듯이 엎어져 낮잠이나 자! 이 씨발 놈아!"

그러니까 C일보 광고부에서 내 편지 원고 원문이 그대로 왕회장 집무실로 전달된 셈이다. 찌르르 차디찬 냉기가 등줄기를 더듬고 내려가는 오싹한 느낌에 나는 치를 떨었다. 갑자기한 상황이 떠올랐기 때문이었다.

생산시설이 죄 집중되어 있는 울산지역이 명광그룹 노조 파업으로 한창 시끄러웠을 때니까, 2년 전 겨울이 아니었는가 싶다. 어디까지나 왕 회장의 지시로 좌지우지되던 어용노조가 있는 듯 없는 듯 명맥을 유지해 왔는데, 어느 날 갑자기 그룹 핵심기업인 명광중공업에 기존 어용노조에 반기를 든 새로운 노

조가 노도와 같이 일어난 것이었다. 그 리더가 근로자 직급이 아닌, 정식 공채로 입사한 사무실 일반 직원이었다. 출신 대학교 선배 중역들의 만류에도 기어코 강성노조를 결성, 꼭두각시놀음하는 왕 회장의 어용노조 조직을 무너뜨리는 위업을 달성한 것이었다. 안 그래도 심사가 뒤틀린 왕 회장이 노발대발하지 않을 수 없었다.

"그놈 소속이 어디야? 아니, 뭐하는 놈이야?"

"통합구매실……"

"뭐라구? 통합구매실? 노른자위에 앉아 있던 놈이 그런 몹쓸 짓을 했다구? 직위가 뭐야!"

"차장입니다."

"더구나 차장까지? 그놈 빨갱이 아냐? 빨갱이가 아니고서야 어찌…… 이봐!"

"예, 회장님."

"그 새끼 파면시켜!"

"하지만…… 이미 이름이 알려져 있어서…… 잘못 대응했다가 대외적으로 파문이 클 것 같습니다."

"그렇다고 이렇게 앉아서 당하고 있으란 말이야?"

"대학교 선배 중역들이 장본인을 불러다가 설득 중에……"

"대학교 선배 중역? 그 선배 중역이 누구야?"

"조진구 전무님도 계시고, 박규도 상무님도……"

"아니, 그럼 S대학 출신이란 말이야?"

"그렇습니다."

"이런 변이 다 있나!"

이미 왕 회장의 호흡이 거칠어진 뒤다. 뭔가 중대 단안을 내렸다는 표시다. 그가 조용히 입을 연다.

"이것 봐!"

"예, 회장님."

"그 자식, 죽여 버려!"

"예?"

"그런 거 전문으로 해결하는 해결사들 있잖아? 미국서 훈련받은 직업 노조해결사들 몰러!"

"알아보겠습니다."

"알아보는 게 아니라, 지금 당장 불러오란 말이야!"

그리고 3일쯤 지났을까. 명광그룹 새 강성노조 리더가 교통사고로 응급실에 실려 간 것은. 기실 명광중공업이 생산시설 파업으로 곤욕을 치르게 된 것도 그 일과 무관하지 않다. 즉사는 면했지만, 의식이 돌아오지 않는 식물인간으로 전락한 노조 리더에 대한 폭력 행사가 불씨가 되어 겨울철 삭풍 앞의 산불처럼 마침내 명광그룹 전체가 마비상태에 빠졌다고 해도 과언이 아닌 것이었다.

13

나는 괴사내의 전화 협박을 받았는데도 아가리를 억지로 닫치지 않았고, 허구한 날 뒤집어져 낮잠을 자지도 않았다.

2년 전 겨울, 교통사고로 응급실에 실려 간 뒤 세상을 바꾸 겠다고 열변을 토하던 통합구매실 모 차장의 그 열망도, 질풍 노도 같았던 의욕도 시나브로 시들해졌지만 그를 그렇게 만 들었던 가해자는 끝내 밝혀지지 않았다. 증거가 없다는 이유 였다. 처음에는 성역 없는 수사를 벌여 명명백백 밝혀내겠다 고 큰소리치던 수사본부도 1년이 지나자 언제 그런 일이 있었 느냐는 듯, 슬금슬금 뒷걸음질을 치더니 소리 소문 없이 해체, 결국 그 흔한 미제사건으로 분류되고 만 것이었다.

하지만 나는 경우가 달랐다. 내가 먼저 왕 회장을 겨냥한 적 없었고, 세상을 바꾸겠다는 미명 아래 당신이 누리는 안락을 위협한 적도 없었다. 오히려 그 반대였다. 흡사 태양인 양 오로지 한곳만 바라보는 충직한 추종자였는데도 불구하고 순식간에 내리친 도끼에 만신창이가 된 케이스다.

나는 참을 수가 없었다. 어쩌면 그 괴전화만 걸려 오지 않았어도 제풀에 꺾여 허구한 날 술 마시고 늦잠이나 뒤집어 자는 전형적인 실직자 신세로 전락했을지도 몰랐다. 나는 술을 입에 대지도 않았다. 담배도 피우지 않았다. 사람들도 만나지 않았다. 정신을 바짝 차리고 아랫배에 힘을 주고 눈을 감았다.

과연 이 순간 무엇을 해야 벌렁 드러눕지 않고 꼿꼿이 일어설 수 있는가를 궁리하고 또 궁리했다. 그러다가 나는 계시라도 받은 수도승처럼 후닥닥 몸을 일으켜 머리부터 감는다. 머리뿐 아니다. 샤워도 하고, 그리고 깨끗한 속옷으로 갈아입은 다음 단정한 자세로 책상 앞에 주저앉았다. 뭔가 써야 한다는 각오 때문이었다. 한데 뭘 써야 한단 말인가. 그냥 이유 없이 삶의 터전에서 쫓겨났다는 사실 하나로 어찌 세상의 이목을 집중시킬 수 있으며, 더구나 무엇을 근거로 왕 회장의 비윤리적이고 폭력적인 불법전횡을 고발할 수 있단 말인가. 나는 10년을 하루같이 왕 회장 직속부서에서 근무했지만 명광그룹의 불법전횡에 대해서는 구체적으로 알지 못했고, 그에 대한 어떤 결정적인 정보도 자료도 소지하지 못했다.

나는 빈껍데기였다. 내가 절망하지 않을 수 없는 이유였다. 통합홍보실 조삼규 과장에게서 전화가 걸려 온 것은 바로 그즈음이었다.

"부장님……."

내가 조삼규 과장의 입을 가로막았다.

"부장은 무슨 부장이오? 쑥스럽게……."

"그래도 나는 그렇게 부르고 싶네요. 그렇게 불러야 옳구요."

"고맙긴 하지만……."

"그건 그렇고…… 오늘 저녁 잠시 시간 낼 수 없습니까?"

"나야, 있는 게 시간밖에 더 있소? 근데 무슨 일로?"

"일단 만나서 얘기하죠. 지난번 거기, 신림동 네거리 다방 어때요?"

"아니, 바쁠 텐데 여기까지 오지 말고…… 내가 그쪽으로 갈게요."

"아닙니다. 이목이 많아서…… 어디까지나 조심하는 게 좋습니다."

조삼규 과장은 전화인데도 목소리를 낮춰 말했다. 실제로 감시의 그물이 그만큼 촘촘한 탓인지, 지레 겁을 먹고 몸을 사리는 것인지 알 수 없지만 어쨌든 나에게는 그렇게 고맙고 반가울 수 없는 기별이었다.

나의 집에서 10분 거리도 안 되는 신림동 네거리 다방에 들어섰을 때 조삼규 과장이 먼저 와서 기다리고 있었다. 그는 나를 요모조모 살핀 뒤,

"얼굴이 생각보다 여위셨네요."

진정으로 걱정하고 있다는 우정의 표시였다.

"빠지는 게 오히려 건강에 좋다고 해서……."

나 역시 맞잡은 조 과장 손에 더 큰 힘을 주어 감사의 뜻을 전했다.

"근데……."

내가 먼저 입을 열었다.

"조애자는 어때요? 궁금해서……."

실제로 그 일을 먼저 알고 싶기도 했다.

"대리로 승진했습니다."

"아니, 애초 명단에 빠졌었는데…… 어떻게?"

"홍태찬 부장이 누굽니까? 그 사람 약속은 잘 지키거든요. 야합할 때 그 조건이 제시되기도 했을 테고…… 게다가……."

차마 말하기 민망하다는 듯이 조 과장이 말끝을 흐렸다.

"왜요? 비서실에서 압력이라도 넣었다는 거예요, 뭐예요?"

"비서실이 아니구요. 왕 회장님이 직접 내려오셔서 홍보실장 유 전무하고 홍태찬 부장을 함께 불러다 놓고 호통을 친 거 아닙니까. 왕 회장이 홍태찬 부장에게, 당신은 어때? 이 인사발령 잘됐다고 생각하나? 그렇게 물었는데, 이미 짜고 치는 고스톱이라 홍태찬은 유 전무 얼굴 한 번 쳐다보지 않고 태연자약하게 대답한 거죠. 잘못되어도 한참 잘못된 겁니다. 거 봐, 담당 부장이 잘못된 거라고 하잖아? 왕 회장이 인사서류를 유 전무 얼굴에 내팽개치듯 내던졌구요. 다시 주워다 놓은 그 서류에 볼펜으로 어떤 이름을 북북 지우고 새 이름을 써 넣었는데, 그게 바로 조애자였습니다."

나는 이미 다 알고 있었으므로 놀라지 않았다. 하지만 누구 이름을 지웠단 말인가.

"누구겠습니까? 과장 승진 발령이 결정된…… 오미숙 대리죠."

"오미숙 이름을…… 어떻게!"

"승진도 취소시키고 주택영업부로 돌려 버린걸요."

"아니, 오미숙 대리가 주택영업부에서 무슨 업무를 맡지요?"

"그만두라는 거지요, 뭐."

"하긴, 편집 전문가를 영업부로 전보발령 냈다면……."

"보나 마나 왕 회장한테 눈물 찔찔 짜며 조애자가 얼마나 허튼소리로 하소연했겠습니까?"

"유 전무님이 끔찍이 아꼈던 사람인데…… 전무님이 그냥 당하고만 있었어요?"

"상대가 왕 회장님이시잖아요."

"그래도 그렇지. 그런 고급인력을 구하기도 쉽지 않을 텐데."

"이 와중에 그런 것에 신경 쓸 사람이 어딨습니까? 결국 샅바 싸움에서 누구 힘이 더 세냐 하는 관심 외에는……."

"결국 조애자 세상이 도래한 거군요."

"조애자 세상이 아니고, 홍태찬 부장이 천하통일을 이룬 셈입니다."

"그야……."

"부장님도 눈 찔끔 감고 오미숙이 말고 조애자 손을 들어주었으면 이런 해괴한 일에 말리지는 않았을 텐데요……. 정말 조애자는 상상을 불허하는 여자더구만요. 도무지 상식이 통하지 않는…… 물론 홍태찬 부장도 같은 부류지만."

"어쨌든 사무실이 이제 조용해졌겠네요?"

"조용할 정도가 아니라 살벌합니다. 누구도 파면당한 부장님에 대해 말하지 못합니다. 금기사항 때문입니다. 그래서 입도 벙긋하지 않습니다."

조삼규 과장이 몸을 고쳐 앉았다. 목소리를 가다듬기 위해 잔기침도 했다.

"제가 찾아온 것은……."

그가 계속했다.

"건설 장갑성 전무 아시죠?"

"아니, 그 어른 퇴직한 분 아닙니까?"

"맞아요. 그분도 부장님처럼 파면당한 분이죠."

"하긴…… 한데, 그분이 왜요?"

"그 어른들이 부장님을 뵙고 싶어 해서요."

나는 조삼규 과장이 '어른들'이라고 말하는 대목을 그냥 넘기지 않았다.

"어른들이라니? 정갑성 전무님 말고 또 누가 있어요?"

"저도 이번에야 알았는데요. 비밀리에 모임이 결성되어 있더라구요. 모임 이름은 매달 수요일에 만난다고 해서 수요회구요. 회원은 정갑성 전무님, 오철중 부사장님, 노천국 사장님, 서국진 상무님……."

"아니, 그거는……."

내가 조삼규 과장 말허리를 자르고 나선다.

"그분들 모두……."

하나 조삼규 과장이 다시 내 말을 가로챈다.

"맞습니다."

그는 의미심장하게 고개를 끄덕이고 나서 천천히 계속한다.

"모두 왕 회장에게 파면당한 사람들입니다. 부장님처럼……."

그러니까 나를 만나고 싶어 하는 사람은 정확히 정갑성 전무가 아니라 수요회 회원들인 셈이다. 조삼규 말대로 내가 황당하게 당한 경우처럼 왕 회장에게 일방적으로 쫓겨난 사람들인 것이다. 그 모임에서 나를 찍은 것이다. 물론 쉬쉬 몰래몰래 만나는 모임이었으므로 나를 선택한 것도, 나를 만나는 것도 아주 비밀스럽게 조심조심 흡사 살얼음 밟듯 했던 터다.

하늘은 스스로 구하는 자에게만 일용할 양식을 내려준다고 했던가. 확실히 그러했다. 하늘이 계시하지 않고서는 그처럼 적절히, 그리고 절묘하게 유익한 양식이 전달될 수 없을 터다. 그러니까, 조삼규 과장이 그 메신저 역할을 하고 있는 셈이었다.

조삼규 과장 동기생이 줄을 댔다는 것이다. 건설토목부에 적을 둔 그 동기생이,

"집에 가서 애나 봐!"

라는 왕 회장의 주술 같은 한마디에 백수가 된 정갑성 전무 밑에서 오랫동안 일해 왔는데, 그 인연으로 조삼규 과장에게 은밀히 접근해 왔다는 것이다. 나와의 접속을 원하는 비밀조직인 수요회 메시지를 갖고 찾아와, '만나든 안 만나든, 본인이 판단하여 결정하겠지만, 일단 전달은 해 달라.'고 간청했다는 것이었다.

"어떻게 하시겠습니까?"

조삼규 과장이 나에게 물었다. 나는 주저주저하지 않았다. 단호하게 말했다.

"당연히 만나야죠. 암, 안 만날 이유가 없지요. 안 그래요, 조 과장님?"

"잘 생각하셨습니다. 아주 적절한 판단입니다. ……하지만 그분들과 접촉한다는 것은 명광과의 관계 개선에 대해서는 포기하는 거나 진배없는데…… 왜냐하면 왕 회장도 왕 회장이지

만, 엠비유와도 등을 지는 행위니까요."

"엠비유하고 등을 지다니요?"

"수요회 멤버들이 모두 왕 회장에게 밉보여 쫓겨나긴 했지
만, 실제로 그 배후에는 엠비유가 도사리고 있었거든요. 엠비
유와 힘겨루기에서 무너진 거죠. 엠비유가 뒤에서 모함하지 않
았다면 그렇게까지 벼랑으로 밀리지 않았을 텐데……. 그래서
때리는 시어머니보다 말리는 시누이가 더 괘씸하다는 식으로,
수요회 멤버들의 공공의 적은 어쩌면 왕 회장이 아니라 엠비
유인지도 모릅니다. 다시 말해 수요회와 접속한다는 것은, 왕
회장은 물론이고 곧 엠비유와의 관계 개선도 물 건너간다는
얘기나 진배없는 겁니다."

"어차피 엠비유는 홍태찬을 임명했고, 비호하지 않았습니
까? 나하고는 일말의 연고도 없는……. 그리고 명광그룹에서
엠비유의 견제를 받지 않았던 중역이 어디 있습니까? 엠비유
가 그렇게 인정사정없이 칼을 휘둘러 경쟁자들을 쳐내 버렸으
니까 오늘이 있는 거지, 함께 공생했더라면 어떻게 그런 영광
을 혼자 누릴 수 있었겠습니까? 안 그래요?"

"그래서 명광에서 출세하려면 S대학도 Y대학도 아니고, 오
로지 K대학밖에 없다는 말이 왜 나왔겠습니까?"

"실제가 그런데 뭘……. 수요회 멤버 중에 K대 출신은 없잖
아요?"

144

"맞습니다. 어쨌든 정갑성 전무도 오철중 부사장도 여타 수요회 사람들 모두가 요주의 인물로 회사에서 붉은 줄을 그어버린 블랙리스트라서…… 그래도 그 사람들을 만나시겠습니까?"

조삼규가 신중한 목소리로 한마디 더 첨삭했다.

"완전히 끈이 끊어지는 겁니다."

나도 신중하게 천천히 입을 열었다.

"조 과장은 왕 회장이 당신의 잘못을 인정하고 나를 다시 불러주리라고 생각하세요? 과연 그럴 가능성이 있다고……"

"물론…… 가능성은 희박합니다."

조삼규 과장이 아까처럼 내 말을 가로채어 계속한다.

"그렇지만 당장은 아니라 하더라도, 왕 회장과 척만 지지 않으면 일 년 후든 이 년 후든 뭔가……"

나는 고개부터 좌우로 심하게 흔들어 마지않았다.

14

　내가 명광그룹 종합기획실에 입사했을 때만 해도 정갑성 전무는 신화에 등장하는 영웅 같은 사람으로 높이 추앙받고 있었다. 적어도 명광그룹에서는 그러했다.

　당시 그에게 주어진 직책은 중동본부장이었다. 명광건설 중동본부는 말 그대로 중동 전역에 흩어져 있는 크고 작은 공사를 수행하는 각종 현장을 총괄하는 핵심 캠프였다. 그 무렵 명광이 소화해야 할 공사의 총액이 1백 억 달러를 호가했다. 서울시 1년 예산보다 훨씬 많은 액수였다. 그러니 공사 수행을 위해 파견된 인원만 해도 5만 명에 육박했다. 인원이 그 정도니, 대형트럭이며, 포클레인 따위 관련 중장비는 또 어떻겠는가.

　따로 따로 떨어져 있어서 그렇지, 한 자리에 모아놓고, 총만 한 자루씩 들려 놓으면 한 나라의 국방을 책임질 병력과 맞먹는 위용이었다. 그 많은 인원과 수천 대의 중장비들이 총사령

관인 정갑성 전무의 명령 한마디에 일사분란하게 움직이게 되어 있었다.

그러니까 중동본부장이 서울 본사 사장보다 더 큰 영향력을 행사하던 시절이다. 그 여세로만 나간다면 중동본부장인 정갑성 전무가 본사 엠비유 사장 라인을 무너뜨리고, 로마로 귀환하는 안토니오처럼 서울 입성이 시시각각 이뤄질 것 같은 추세였다.

실제로 명광그룹의 사세가 그즈음처럼 일취월장한 때는 없었다. 중동 오일 경기의 정점을 찍는 때이기도 했지만, 명광그룹의 총자산이 불과 3년 사이에 곱으로 늘어날 수 있었던 것도 중동 특수가 아니었으면 어림 반 푼어치도 없는 일이었다.

명광그룹으로서는 최고 전성기를 구가하는 시점이었다. 하나 아무리 큰 공사라 해도 길어야 3년이고 어떤 공사는 1년에 끝나는 경우도 있었다.

문제는 공사가 종료되기 전에 다른 공사로 이어져야 하는 연결고리였다. 그래야 노동 인력이나 장비의 손실을 막고 비교적 큰 이율을 남길 수 있었다.

생각해 보라. 1만 명을 투입하던 대형 공사가 종료되고 그냥 계획 없이 철수해 버린다면 그 많은 장비를 어디로 어떻게 옮기며, 기약 없는 기다림은 또 어떻게 견디어야 하는가. 한데 끝나자마자 기다렸다는 듯이 다음 새로운 공사 현장으로 장비를 그대로 옮겨 사용할 수 있다면 룰랄라 룰랄라 그 얼마나 발걸음이 가볍겠는가.

그래서 새로운 공사 입찰 공고만 나오면 왕득구 회장이 그처럼 안절부절못하고 주변 사람들을 못살게 채근했는지도 몰랐다.

따지고 보면 정갑성 전무가 많은 경쟁자들을 제치고 중동본부장에 전격 발탁된 것도 공사 입찰에서 보여준 탁월한 예시 능력 때문이었다. 토목 전문인 정갑성 전무는 영어를 잘했는데, 사우디아라비아에 파견되자마자 혼자 공부하기 시작한 아랍어에도 눈을 떠 웬만한 사안들은 통역 없이도 정부 관리들을 독대할 수 있는 정도였다.

그런 노력의 결과였을까. 정갑성이 입찰 서류를 제출하고 배불뚝이 사우디 장차관을 만났다 하면 거의 8할에 가까운 승률을, 그것도 아주 좋은 값에 낙찰을 따내곤 하는 것이었다.

한데 문제의 발단은 바로 거기서 비롯되었다. 왕득구 회장이 사상 초유의 대형 공사를 발주한 사우디아라비아 에너지청장을 정갑성과 함께 방문한 자리였다. 왕 회장은 공사를 따내기 위해서는 수단과 방법을 가리지 않았는데, 그때도 뇌물용 달러 뭉치를 공공칠가방에 꾸역꾸역 눌러 담아 휴대했으며, 정갑성의 만류에도 불구하고 기어코 사우디 왕족의 한 사람이 에너지청장 집무책상 옆에 슬그머니 세워 놓고 나온 것이었다.

그런데 중동본부 캠프에 도착하여 채 반시간이나 됐을까. 사우디 경찰이 사이렌을 울리며 들이닥친 것이었다. 뇌물수수 현행범을 체포하러 출동한 것이었다.

"정 본부장, 어쩌겠나?"

왕 회장이 부들부들 떨며, 말을 이었다.

"당신이 나 대신 뒤집어쓰고 들어가야겠어. 내가 뒤처리 잘 할 테니, 휴식하는 셈치고 고생 좀 해, 응? 서울 집이나 가족은 다 나한테 맡기고……"

"알겠습니다."

그런데, 그것이 2년 6개월이었다. 정갑성이 2년 6개월을 꼬박 수감 생활을 하고 나왔을 때, 명광건설의 중동본부는 이미 철수하고 없었다. 너무나 썰렁했다. 공사 현장이라 해봐야 5천만 달러 미만의 아파트 건축이 고작이었다. 불과 3년 전인데도 그처럼 찬란하던 명광의 풍요와 영광은 눈을 씻고 봐도 온데간데없었다.

정갑성 전무 개인적인 판단에는 그래도 귀국하면 명광그룹 차원에서, 왕득구 회장 개인을 위해 희생당하고 돌아오는 정갑성을 영웅 대접하듯 거사적인 환영식과 함께 위로의 꽃다발을 묵에 걸어주리라 기대했지만, 웬걸 개미 새끼 한 마리 얼씬하지 않는 것이었다.

하지만 그때까지도 바빠서 그렇겠지. 왕 회장 스케줄이 오죽이나 분주하고 복잡한가. 그런데 그게 아니었다. 왕득구에게 귀국 인사를 하려고 수차례 전화를 넣었지만, 바쁘다는 핑계로 차일피일 면담을 미루기만 하는 것이었다.

결국 정갑성 전무는 왕득구를 만나지 못하고, 왕 회장 지시로 한때 경쟁 관계로 팽팽했던 엠비유 사장과 마주 앉았는데, 그 자리에서 군산 비행장 토목공사 현장 소장 발령장을 내미는 것이었다. 어이가 없어 자리를 박차고 나와 근처 술집에서 소주 병나발을 분 다음, 용감하게시리 왕 회장 집무실을 어거지로 밀고 들어갔고, 어떻게 이렇게 대접할 수 있느냐, 요긴할 때 실컷 이용해 먹고 이제 와서 이렇게 천대하고 박대할 수 있느냐 삿대질까지 해대며 항의를 했다. 그때 왕 회장이 말했다.

"군산 비행장 그거 큰 공사야. ……근데, 하기 싫다구? 그럼 집에 가서 애나 봐!"

15

내가 명광그룹 블랙리스트로 지목된 수요회 회원들을 만나기 위해 비밀아지트를 찾아 나선 것은 그다음다음 날이었다. 처음에는 변두리 호텔 커피숍으로 약속장소가 잡혔다가 안전치 못하다는 지적을 받았는지 정갑성 전무 단골 동네식당 구석방으로 귀결되었고, 시간도 오전 11시에서 늦은 점심때인 1시 반으로 변경되었다.

눈에 익은 정갑성 전무와 오철중 부사장, 그리고 명광중전기 대표이사를 지낸 노천국 사장이 나를 기다리고 있었다.

"결국 당신도 형장의 이슬이 됐구만."

오철중 부사장이 말문을 열었다.

"그거 알아?"

정갑성 전무도 끼어들었다.

"왕 회장이 당신을 치켜세울 때 우리 모두 현장에 있던 증인들이라는 사실."

　물론 나도 알고 있다. 다름 아닌 왕 회장과 첫 상면했던 14층 그룹 사장단회의 석상이 바로 그 장소였다. 그러니까 정갑성도 오철중도 노천국도 각기 계열사를 대표하여 그 자리를 지키고 있었다는 얘기다. 아니, 꼭 그 장소뿐 아니다. 바로 그날 오후 남산 입구 일식집에서의 회식도 마찬가지였다. 그날 회의에 참석했던 사장단 전원이 거지반 소집되었으니까. 게다가 실제 주인공은 아니었지만 그래도 명색이 나의 입사를 축하하는 회식 자리라고 왕 회장이 직접 거론하지 않았던가.

　내가 어찌할 바 몰라 몸을 움츠렸을 때 참석한 사장들이 박수를 쳐주며 와와 함성까지 질러 주었던 기억이 너무도 생생히 다가오는 터다.

　"그때만 해도 당신은 왕 회장 총애를 한 몸에 받았는데, 왜 이렇게 처량한 신세가 된 거야?"

　정말 안됐다는 듯이 정갑성 전무가 쯧쯧 혀를 차며 계속했다.

　"왜 그렇게 됐냐구?"

　"자세하게 다 말씀드릴 수는 없구요⋯⋯."

　"자세하게 설명할 것도 말 것도 없이, 엠비유의 과욕이 빚은 비극이지 뭐. 홍 아무갠가 뭔가 하는 녀석이 홍보부장으로 대신 치고 올라왔다매? 바로 엠비유 라인 직계 후배 아냐? 제 새끼 앉히겠다고 죄 없는 사람 목을 함부로 잘라?"

"파면 조치한 것은 엠비유가 아니고 왕 회장님입니다."

"그거가 그거지 뭐. 우리도 다 그런 식으로 쫓겨난 사람들이라구."

"근데 이번 경우는 조금 다르던데……."

오철중 부사장이 새끼손가락을 펴며 말을 잇는다.

"우리가 대충 듣기로는 왕 회장 이거 때문이라던데, 사실인가?"

조애자 소식이 여기까지 전해진 것 같다. 그러나 그는 내 대답을 기다리지 않았다.

"역시 그거로구만."

스스로 고개를 끄덕인 다음,

"그러나 세세한 거까지 우리가 다 알 필요는 없고……. 실은 우리 수요회 동지 중에 그런 문제 때문에 옷 벗기고 쫓겨난 사람이 있는데 말이야."

오철중 부사장이 정갑성 전무에게 동의를 구한다.

"그거 공개해도 괜찮겠지?"

"당연하지. 우리의 진솔한 얘기 전달하려고 접속을 주선한 건데…… 뭘 머뭇거리는 거냐구."

"맞아. 우리가 왜 박 작가를 직접 만나고 싶어 했는가 하면…… 우리는 필력이 없어 글을 남길 수 없지만, 당신은 어차피 책을 써야 할 사람이니까…… 기왕 쓸 바에는 왕 회장이나 엠비유에게 결정적인 상처를 줄 수 있는 얘기를 취급해야 할 거고…… 그래야 왕 회장도 엠비유도 자기반성을 하고, 자기 맘에 들지 않는다고 함부로 사람 목을 댕강댕강 자를 수 없게끔 뭔가 경종을 울리게 해야 하고…… 우리 말 알아듣겠어?"

"그거는 오히려 제가 바라던 일입니다."

"그래서 책을 쓸 건가?"

"예, 쓸 작정입니다. 아니, 이미 시작을 했습니다."

"잘 생각했어. 정말 잘한 결정이야. 그래야 후유증 충격에서도 벗어날 수 있을 테고……"

정갑성 전무가 말을 잇는다.

"책을 직접 쓰는 작가니까 그렇지, 그런 재주를 못 가졌다면…… 황 상무 짝 났을 거야. 가슴에 찍힌 상처가 아물지 않고 자꾸 자라나서…… 옛 사람들 화병으로 죽었다는 게 다 그거 아니겠어? 황 상무가 앓고 있는 간암 말이야. 안 그래?"

"맞아. 우리가 똑같이 경험한 거 아냐? 왕 회장이 집에 가서 애 봐, 했을 때 받았던 충격…… 차마 말도 못하고 가슴앓이만 했던 그 참담한 절망……"

"그 때문에 술은 또 얼마나 퍼마셨어? 술로 잊겠다고 작정한 거 그 자체가 자살행위 아니겠어?"

"난 왕 회장한테 잘렸다는 거 정말 다른 사람들보다 집식구한테 젤 창피하고 민망하더라구. 회장의 총애를 한 몸에 받고 있다고 자랑할 때는 언제구……."

동병상련이다. 나 역시 비슷한 아픔을 겪었고, 그 아픔에서 벗어나기 위해 얼마나 몸부림쳤던가. 정갑성 전무 말대로 만약 글을 쓸 생각을 하지 않았더라면 가슴앓이로 부어라 마셔라 술로 소일했을 터고, 그러다가…….

"황 상무님이 간암이시라구요?"

내가 물었다.

"당신, 황 상무 알아?"

"런던지점에 계시던……."

"그래, 잘 아는구만."

"그분이 언제……."

"아까 여기 오기 전에 우리 황 상무 문병했거든. 아무래도 가망 없겠더라구."

"아니, 언제 발병하셨는데 가망이 없어요?"

"발병을 언제 했냐구? 파면 조치 당하고 쫓겨나기 전에는 멀쩡했으니까, 고작해야 일 년 전쯤이지? 오 부사장, 황 상무 왕 회장한테 뺨 맞은 게 지난해 여름 아니었어?"

"그래, 맞아. 7월 초순쯤일걸."

16

　명광종합상사 황성택 상무는 오철중 부사장의 대학 3년 후
배다. 그것도 그냥 학교 후배가 아니라 경영학과 직속 후배다.
황 상무가 명광그룹에 발을 들여놓은 것도 따지고 보면 오철
중 부사장의 지나치게 적극적인 권유 탓이다. 본래 내성적인
데다가 학구적인 품성 때문에 대학원 박사과정을 거쳐 학교에
남을 작정을 했는데, 늘 가깝게 교우했던 오철중 부사장이 똑
똑한 후배를 불러 놓고 훈계 같은 지침을 하달하곤 하는 것이
었다.

　우리가 공부했던 것을 현실로 풀어 쓸 수 있는 기회는 오로
지 대기업밖에 없다. 우물 안의 개구리에서 과감히 뛰어올라,
오늘의 국제 이슈는 무엇인가, 어떻게 대처해야 내 개인 성장
과 더불어 국가에도 기여할 수 있는가, 남자로 태어나 한번쯤
고민해야 할 문제가 그거 아닌가 말이야.

그렇게 해서 명광종합상사에 당당히 입사했고, 그중 경쟁이 심하다는 런던지사 요원자리를 단숨에 차고앉았다. 런던은 세계 금융 중심지였다. 할 일이 많았다. 업무도 재미가 있었다. 어렵고 까다로워 포기했던 프로젝트를 어찌어찌 간신히 풀었을 때의 그 뿌듯한 성취감을 뭐라고 표현할 수 있을까.

일에 몰두하다 보니 자연스럽게 업무 실적도 올랐고, 명광그룹 차원의 성장에도 도움을 주게 되어 해마다 개최하는 회사 창립 기념 표창만도 한 해도 거르지 않고 5년을 거푸 차지했을 정도다.

다시 말해 런던 금융통이 된 것이다. 말 그대로 전문가였다. 런던 하면 황성택이었고, 황성택 하면 런던이었다. 런던지사만 12년째였다. 황성택만큼 전문가가 없었으므로 쉽사리 인사이동을 시키지 못했기 때문이었다. 이른바 붙박이였다.

그동안 열렬히 연애하던 짝과 결혼도 했고, 런던에 신혼살림을 차려 곰돌이 같은 아들 둘과 백합을 닮은 딸을 출산했으며, 학비 비싸기로 유명한 국제도시에서 세 명의 자녀를 명문사립을 거쳐 중학교 졸업반에 이르게끔 교육열에도 뒤지지 않았던 자랑스러운 런던시민으로 자리매김한 것이었다.

그동안 왕득구 회장이 런던을 안방 드나들듯 했는데, 그때마다 황 상무가 안내를 도맡았다. 주 거래처인 국제은행이며 보험공사며 영국 상무성과의 우호적 관계는 모두가 황 상무의 개인적 교류가 돈독한 탓이었다. 오죽하면 지사장과 부지사장으로 임명한 상전들을 다 젖히고 황성택 혼자만 대동하고 런던 시내를 헤집고 다녔겠는가.

아니, 관청 방문 일과뿐 아니었다. 업무를 끝낸 여가시간도 마찬가지였다. 자투리 시간을 이용하여 성인용 쇼를 관람하기도 하고, 백화점 쇼핑도 하고, 유명 레스토랑을 찾아 비싼 요리를 먹기도 했다. 따지고 보면 왕 회장만큼 자상한 사람도 없었다. 늘 그랬던 것은 아니지만, 비싼 레스토랑을 예약할 때는 황 상무의 부인도 직접 초대하기 일쑤였다.

"회장님, 저는 빠질게요. 그냥 맛있게 먹은 걸로 하구요."

황성택 상무 부인이 예의상 사양이라도 할라치면,

"이게, 무슨 소리야? 똑똑한 남편 뒀다고 위세라도 떠는 건가?"

"아이구…… 회장님도 차암……."

"백화점에 들렀다가 선물도 준비했으니까, 시간 맞춰 나와요. 황 상무 곤란하게 하지 말고."

그렇게 왕 회장에게 높은 점수를 따다 보니, 지방출장 수행도 황 상무 혼자 도맡을 때가 많았다. 지난해 여름이던가, 1박 2일 코스로 맨체스터를 방문했을 때였다.

"황 상무 몇 년째지?"

"런던 말입니까?"

"그래, 런던에만 주욱 있었지?"

"그렇습니다. 십이 년 됐습니다."

"십이 년 됐으면 이제 황 상무 업무 맡아 줄 후진도 양성할 시기가 되지 않았어?"

"지금 제 밑에서 일하는 박 부장이 아주 유능합니다."

"박 부장? 그 친구 뭔가 촌스럽던데? 빠릿빠릿한 데가 없어."

"아닙니다. 회장님. 박 부장 일처리가 아주 정확하고, 판단도 빠릅니다. 영어도 여간 숙달되지 않았구요."

"그래? 그렇다면 황 상무도 슬슬 회사 하나 맡을 준비를 해야겠구만."

상류층만 드나드는 5성 호텔 바에서 술잔을 들다 말고 왕득구 회장이 불쑥 내뱉은 말이었다.

"아이쿠, 제가 그럴 주제가 됩니까, 회장님."

"아니야. 이제 국제 감각을 지닌 안목으로 회사를 경영해야 할 때가 왔어."

"부족하지만, 맡겨주신다면…… 이 한 몸 바칠 각오는 되어 있습니다. 회장님."

"그래, 그래. 내가 황 상무한테 거는 기대가 얼마나 큰 줄 아나?"

"감사합니다. 회장님."

바로 그때 테이블 앞을 스치는 여자가 있었다. 뮤지컬 카르멘의 히어로처럼 야성으로 똘똘 뭉친 스페인 풍의 처녀였다. 가무잡잡한 데다 키도 크지 않은 아담한 몸매에 만개한 꽃처럼 벌쭉벌쭉 미소 짓는 모습이 얼마나 요염했는지, 보는 사람의 애간장을 잘잘 녹이고도 남았다.

특히 왕 회장이 그러했다. 이른바 왕 회장 취향의 여자였다. 스카치위스키를 반병쯤 마셔 취기가 돈 탓일까. 아, 바로 저거다. 왕 회장이 탄성을 지르고 있었다. 벌써 단춧구멍 같은 옹색한 눈빛이 찌릿찌릿 야릇한 빛을 발하기 시작하는 것이었다.

"이것 봐!"

"예, 회장님."

"저 여자 우리 테이블로 합석시킬 수 없겠나?"

"합석이라면……."

"돈을 주고 사버리겠다 그 말이야!"

왕 회장의 목소리는 예사롭지 않았다. 눈치코치도 없이 계면쩍게 그것을 말로 표현해야 되겠느냐는 핀잔이었다.

"알겠습니다. 우선 손님인지 종업원인지 신분부터 확인해 보겠습니다."

"그래그래, 손님이면 어쩌는 수 없겠지만…… 만약 종업원이면 말이야, 화대는 걱정 말고…… 꼭 성사시킬 수 있도록 요령껏 조처해 봐. 알겠어?"

"알겠습니다."

"빨리 가 봐. 다른 손님 손 타기 전에!"

다행히 그녀는 손님 신분이 아니었다. 아랍계와 백인계 혼혈이었다. 멀리서보다 가까운 곳에서 보는 피부가 더 매끄럽고 탐스러웠다. 올리브기름을 얇게 좌르르 발라 놓은 것 같은 윤기……. 황 상무는 먼저 배불뚝이 지배인부터 만났다.

"저 여자가 마음에 드는데, 어떻게 하면 됩니까?"

"마음에 든다니요?"

"호텔방에 데리고 가고 싶습니다."

"호텔방으로 데리고 가요?"

"예, 돈은 요구하는 대로 주겠습니다."

"뭔가 잘못 생각하신 것 같습니다. 술시중 드는 일은 우리가 관리하지만, 호텔방 가는 일은 어디까지나 본인 의사에 따라 결정할 일입니다. 더더구나 아망다는 보통내기가 아니라서 쉽지 않을 텐데요."

"저 아가씨 이름이 아망답니까?"

"춤추는 무희입니다. 플라멩코 댄서."

어쩌는 수 없었다. 황 상무는 아망다를 카운터로 불러 일대 일로 수작을 붙이기 시작했다. 이제나저제나 가슴 두근거리며 이쪽을 보고 있는 왕 회장을 가리키며, 황 상무가 말했다.

"저기 동양 신사 있지?"

"동양 신사?"

아망다가 이마에 손을 얹고 왕 회장 쪽을 힐끔 보다 말고,

"신사는 무슨…… 찌그러진 노인네구만."

거침없이 내뱉었다.

"아직 찌그러질 정도는 아니야. 저래 봬도 힘이 장사라구. 그리고 저 어른 보통사람이 아니고…… 오나시스보다 유명한 재벌이라구. 너 재클린 남편 오나시스 알아, 몰라?"

"오나시스 알지."

"그 사람보다 돈이 더 많다니까."

"돈이 많으면 뭐해? 난 그딴 거에 관심 없어."

"돈을 많이 준다는데도? 너, 돈 버는 거 싫어?"

"그래도 저 찌그러진 노인은 싫어. 혹시……."

"혹시, 뭐?"

"상대가 당신이라면 용의가 있지만."

"나하고?"

"그래, 당신이 원한다면 난 돈 받지 않고도 할 수 있어. 어때?"

그녀가 당장 황 상무의 목을 끌어안기라도 할 태세였다. 보통 낭패가 아니었다. 황 상무가 한 걸음 물러서며 얼른 말했다.

"3천 불 어때? 3천 불이면 시가의 세 밴데……."

영국생활 12년에 터득한 몸값이었다. 실제로 런던 번화가 피

카디리에서는 단돈 100불만 줘도 쭉쭉빵빵한 백인여자로 얼마든지 골라잡을 수 있다. 하지만 이곳은 런던에서 많이 떨어진, 생소한 맨체스터이니까.

그래서 겁도 없이 3천 불부터 시작한 것인데, 제기랄 아망다란 계집은 고개부터 절절 흔들어 마지않는 것이었다.

"3천 불이 적다는 거야, 뭐야?"

"내가 돈은 관심 없다고 했잖아?"

그녀가 왕득구 회장 쪽을 한 번 더 돌아보고 나서 손사래까지 탈탈 털었다. 어쩌는 수 없었다. 왕 회장 테이블로 돌아와,

"회장님, ……다른 여자를 고르시면 안 되겠습니까?"

목소리를 잔뜩 깔아 마지않았다.

"왜, 안 되겠대?"

"3천 불을 주겠다고 했는데도……."

"이것 봐!"

"예, 회장님."

"6천 불 주겠다고 해! 6천 불. 어서 흥정 끝내고 데리구 와!"

"6천 불씩이나요? 너무 과한 것 같은데요, 회장님……."

"그런 거 상관 말고 성사나 시키란 말이야. 잘한다는 영어, 언제 써먹으려고 그래? 요럴 때 맘껏 실력 발휘해 보란 말이야."

한데도 요염하기 짝이 없는 철부지 계집은 왕 회장의 파격적

인 제안을 단칼에 요절내고 말았다. 도저히 오를 수 없는 암벽이었다. 사실 6천 불이면 상식을 뛰어넘는 화대였다. 왕득구니까 제시할 수 있는 거액이었다.

어쨌거나 그날의 해프닝은 그쯤해서 일단락되는 줄 알았다. 한데 그게 아니었다. 황성택 상무에게 있어서 그것은 해프닝이 아니라 돌이킬 수 없는 악몽 중의 악몽이었다. 흡사 비비 꼬이게 만들어 낸 영화 스토리보다 더 비비 꼬인 결말이었다.

문제는 아망다라는 요염한 계집아이였다. 황 상무가 3천 불에서 시작하여 6천 불, 그마저도 딱지를 맞자 8천 불이라는 상장가로까지 치솟는 과정에 네 번 다섯 번 들락날락하다 보니 뭔가 애틋한 느낌이 교감되었을 수도 있다. 하지만 아무리 그렇다 해도 심기가 뒤틀릴 대로 뒤틀려 먹던 술도 팽개치고 벌떡 일어서 버린 왕 회장이 보는 앞에서, 마이 달링 어쩌고저쩌고 손바닥에 입술을 찍어 날려 보내는 망측한 애정 표시를 그리 태연스럽게 할 수 있는가 말이다.

남자에게 있어서 가장 큰 수모가 좋아하는 여자에게 무시당한 때라고 하던가. 모처럼 마음이 동하는 여자를 돈으로 사지 않으면 안 되는 상황 그 자체도 자존심 상하는 마당에, 시가의 열 배나 되는 비상식적인 액수를 제시했는데도 불구하고 왕득구 회장을 너 같은 노인네하고는 교접할 생각이 없으니 그만 수작 부리고 꺼져! 식으로 월드컵 프리킥 때리듯 냅다 질러버린 터다.

"회장님, 그냥 주무실 수 있겠습니까? 제가 알아서 조치할까요? 일본, 중국에서 온 여자도 있다는데요."

황 상무가 왕득구 회장 방문 앞에서 그냥 물러나기 멋쩍어 조심스럽게 제안했을 때만 해도,

"시꺼! 생각 읎다니까!"

천부당만부당 탈탈 털어버리는 것이어서 앗 뜨거! 고양이 걸음으로 제 방에 들어와 샤워를 하기 위해 막 옷을 벗고 가운으로 갈아입는 찰나에,

"똑, 똑, 똑!"

방문을 노크하는 것이었다. 서둘러 문을 열었더니 아뿔싸! 아망다가 검은 머리에 동백보다 더 큰 붉은 꽃을 꽂고 아까처럼 마이 달링 어쩌고저쩌고하며 밀고 들어서는 것이 아닌가. 한데 이게 또 무슨 얄궂은 변고란 말인가. 아망다가 방에 들어서자마자 문이 자동으로 잠가졌는지 또 누가,

"똑 똑 똑!"

급하게 노크를 해대는 것이었다.

"누구세요?"

황 상무가 묻자마자,

"문 열어, 문 열란 말이야!"

왕득구 회장이다. 앗 뜨거라, 앗 뜨거라, 등골이 서늘해진

황성택이었지만, 정신을 가다듬고 먼저 아망다부터 잽싸게 욕실로 밀어 넣은 다음 입고 있던 가운의 매무새를 다잡고 숨을 헐떡이며,

"회장님, 웬일이십니까?"

문을 열었다.

"이것 봐!"

"예, 회장님."

"방에 누가 들어왔나?"

"아닙니다, 회장님."

"⋯⋯아까 얘기하던 거 말이야⋯⋯."

왕 회장의 말이 중도에서 끊긴 것은 바로 그 순간이었다. 욕실 쪽에서 인기척이 났기 때문이었다. 왕득구는 뭔가 짚이는 것이 있는지, 황 상무가 미처 손쓸 겨를도 없이 욕실 문을 열어 젖혔다. 붉은 꽃과 함께 더 요염하게 배시시 웃고 있는 아망다를 발견하자마자, 가운 차림으로 서 있는 황성택의 오른쪽 뺨을 철썩 갈겨 마지않는 것이었다. 불꽃 튀기는 가격이었다.

17

"아니, 그깟 일로 파면을 당한 겁니까?"

내가 오철중 부사장에게 물었다.

"그깟 일이라니? 왕 회장에게 그 일보다 더 큰 배신이 어딨 겠어? 믿는 도끼에 발등 찍힌 것보다 더 큰 충격이고, 더 큰 아픔이고 더 큰 상처 아니었겠어?"

오철중 부사장이 그 정도로는 설명이 부족하다는 듯,

"괘씸죄에 한번 걸렸다 하면 절대로 번복되는 경우가 없거 든. 그 노인 한번 앙심 품었다 하면 누구도 못 말린다구. 정말 서슬이 그렇게 퍼럴 수가 없어."

"그래도 그건, 회사 차원의 문제가 아니고 사사로운 개인사 문제 아닙니까?"

"당사자한테 물어보라구. 뭐가 중요하고 뭐가 사사로운지."

"아무렴…… 어디서나 상식이 통하게 되어 있는데……."

"박 작가도 그 어른 겪을 만큼 겪었을 텐데…… 생판 모르는 사람처럼 웬 딴청인가?"

황성택 상무가 가슴 답답한 병 때문에 병원을 드나들게 된 것은 귀국과 함께 총무부 산하 비상기획과로 발령을 받고 나서였다. 총무부 소속 비상기획과는 말 그대로 매월 한 차례씩 실시되는 민방공 훈련과 예비군 교육, 각종 안전교육 따위를 전담하는 부서였다. 한마디로 중역이 필요 없는, 아니 아직 한 번도 중역을 배치한 적 없는 일터였다. 실제로 총무부장이 일괄 관리하는 업무 중 일부가 비상기획이었으니까. 다시 말해 국제적으로 명성을 날리던 런던통인 황 상무를 두 계급이나 아래인 총무부장 밑창으로 처참하게 처박아 넣은 셈이었다. 계급 강등이었다. 장군 별을 떼 내고 일반 사병으로, 그것도 냄새나는 내무반에 내동댕이친 격이었다.

그러나 그때까지만 해도 황성택은 자포자기할 정도로 좌절한 상태는 아니었다. 처음 인사발령장을 받아 보고, 아, 명광에서 제 발로 걸어 나가란 얘기구나. 어쩔 수 없지. 암, 어쩔 수 없고말고……. 기실 학교에 다니는 아이들의 공부를 갑자기 중단시킬 수 없어 가족을 그대로 둔 채 임시 귀국했던 황 상무였으므로 상황을 보아 다시 런던으로 돌아가야 할 입장이었다.

그리고 그것은 전혀 불가능한 일이 아니었다. 문제는 가슴에 달고 있는 명광 배지만 다른 회사 것으로 바꿔 달면 그만이었다. 사실이 그러했다. 대한민국에 어찌 명광만 있으란 법이 있는가. 안 그래도 한양건설이며 대림이며 포철이며 런던 금융계와 손을 잡아야 할 대기업들이 깔끔한 국제 감각으로 척척 일을 처리하곤 하는 황성택의 업무능력을 눈여겨보고 있었고, 실제로 더 좋은 조건을 제시하며 스카우트를 시도한 회사도 없지 않았던 터라 까짓거, 그만두면 되는 거지. 뭐 아쉬워서 구차스럽게 비상기획과에 책상을 놓고 펄썩 주저앉는단 말인가.

황성택 상무는 사표를 써서 제출하고 은밀히 스카우트 제안을 받았던 회사를 찾아가 이력서를 들이밀었는데, 웬걸 그 어떤 곳도 황성택을 맞이하겠다고 나서는 회사가 없었다.

"사람은 욕심나는데…… 명광이 워낙 어깃장을 놓는 바람에……. 근데 무슨 나쁜 짓을 했길래 왕득구 회장이 직접 우리 회장에게 전화를 걸어, 그 사람은 어떤 경우라도 대한민국 기업에서는 발을 붙일 수 없게 해야 한다고 악담하는지 모르겠어."

18

  내가 두 번째 수요회 회원들과 자리를 같이한 것은 첫 번째 만남이 이뤄지고 정확히 2주 만이었다. 그러나 약속 잡은 날이 아니었다. 간암인지 화병인지를 앓고 있던 황성택이 급작스럽게 상태가 나빠지더니, 기어코 숨을 거두고 만 탓이었다.

  가족이 런던에 체류 중인 터라 처음에는 제법 호텔 고객으로 여유를 부리다가, 사정이 여의치 않아 싸구려 모텔로 옮겨 전전하던 중에 병원 신세를 지게 되고, 상태가 악화일로로 치닫게 되고⋯⋯. 그때까지도 런던의 아내에게 이쪽 사정을 곧이곧대로 말하지 않고 있었으며, 그 어려운 상황 속에서도 생활비와 아이들 교육비를 꼬박꼬박 송금하고 있었다니, 누구도 말릴 수 없는 것이 황성택의 꽉 막힌 외통수가 아닌가 싶다.

  장례절차는 황 상무의 시골 본가 형님네 식구들이 맡고 있었지만, 그때까지도 런던의 아내와 아이들이 도착하지 않아 모든 것이 임시방편 식으로 진행 중이었다.

내가 처음 황성택의 사망 소식을 알게 된 것은 신문 부고 난에서였다. 혹시 동명이인인가 해서 수요회 회장 격인 정갑성 전무에게 확인 전화를 했는데,

"남의 일 같지 않아. 그렇게 건강하던 사람이 그리 쉽게 가다니……."

탈기한 목소리로 그가 계속했다.

"스트레스가 정말 독약은 독약인가 봐. 화병인지 가슴병인지…… 다른 곳에 취업도 못하게 막았으니, 어떻게 간이 까맣게 타들어 가지 않을 수 있었겠어?"

그 대목에서 잠시 뜸을 두었다가 올라오는 울분을 억지로 집어삼키는 듯, 더 커커한 음성으로 정갑성 전무가 말을 이어 갔다.

"총만 직접 쏘지 않았다 뿐이지 들어총, 쏴! 사살을 명령한 거나 진배없는데도 그것을 탓할 수도 처벌할 수도 없으니, 이거 원……."

"전무님은 언제 문상하실 겁니까?"

내가 물었다.

"나? ……점심 먹고 다녀올 생각이야. 하긴 박 작가는 고인하고 일면식도 없으니, 문상할 연고가 없을 거고……."

"아닙니다. 똑같이 사정권에 들어 있는 입장인데…… 당연

171

히 찾아가서 그 영혼이라도 위로해야죠."

"하긴…… 너무 처지가 안됐어. 정말 괄목할 만한 업적을 남길 인재였는데 이렇게 허무하게 보내다니……. 이건 명광이 손실이 아니라 멀리 내다보면 국가적인 면에서도 엄청난 손실이라니까."

"저도 동감입니다."

"이제 와서 무슨 탓을 하겠어. 무슨…… 그건 그렇고, 우리가 같은 시간대에 문상하는 것은 피해야겠어. 안 그래도 명광 그룹 차원에서 우리 수요회 모임을 블랙리스트에 올려놓고 감시에 박차를 가하고 있는 판인데……. 그러지 말고 수요회 임시모임을 오늘 갖는 게 어떨까? 문상 끝내고 그날 만났던 그 식당에서 말이야."

"저는 좋습니다, 전무님."

그렇게 해서 검은 넥타이 임시모임이 급작스럽게 이뤄진 것이었다. 오철중 부사장도, 노천국 사장도 얼마나 심란스러운지 술잔만 홀짝일 뿐 별말이 없었는데, 누군가,

"그 노인네 배꼽 아래 때문에 정말 여러 사람 죽어 나가는구만."

이라고 탄식처럼 내뱉었고, 그것이 기폭제가 되어 여기저기서 또 다른 탄식이 터져 나왔다. 결국 탄식은 지탄으로 변했고, 선동이 되었으며, 급기야 '왕 회장의 배꼽 아래가 기업사회

에 미치는 영향'이 탐구 주제가 되어 차마 말로 표현할 수 없는 저속하고 추잡한 성적 행각이 사례별로 마치 가마솥 소죽의 기폭처럼 무작위로 펄펄 끓어오르는 것이었다.

내가 쓴 『돈황제』가 왜 지나칠 정도로 그 어른의 여성편력에 초점이 맞춰지지 않으면 안 되었는지, 그 이유가 설명되는 대목이다.

물론 일가를 이룬 성공한 사람의 삶 속에 여성편력은 극히 일부분일 수 있으므로 굳이 그 부분만 확대경을 들이대어 침소봉대하는 그 자체가 저질 수준으로 평가될 가능성이 많다는 사실을 모르는 바 아니다. 그런 사실을 나름대로 인지하고 있었으면서도 그 길을 무모하고 무지하게 터벅터벅 걷지 않을 수 없었던 것은 황성택의 죽음이 너무나 처참했기 때문이다.

19

앞에서도 거론했던 바와 같이, 신변의 위협을 받아 가며 은밀히 집필 중이던 장편소설을 나는 모 여성잡지에 연재하기로 결정했다. 내 후배가 주간으로 근무하던 잡지였다. 당시만 해도 여성잡지가 신문 방송에 뒤이은 여론 형성에 큰 역할을 담당하고 있을 때라서 다섯 손가락 안에 들어가는 여성잡지의 경우 어떤 내용의 기사가 선별되어 취급되느냐에 따라 판매부수가 달라질뿐더러 그 부수에 따라 또 다른 결과를 가져오게 했는데, 그것은 다음 달 광고지면의 부피였다.

그러니까 매일 달라지는 프로야구 순위 싸움처럼, 그 무렵 여성지의 순위도 뒤바뀌는 사례가 매달 숨 가쁘게 전개되곤 하는 것이었다. 모 여성잡지의 주간을 맡은 내 가까운 후배의 적극적인 권유에 못 이겨, 4회 분재키로 약속된 장편소설 1회 분이 잡지에 실려 나가고 일주일쯤 지났을까. 그 후배가 숨넘어가는 목소리로 전화를 걸어 왔다.

"선배, 반응이 장난 아냐."

"반응이라니?"

"명광 반응 말이야. 글쎄……."

"잠깐! 명광이야 당연히 그렇다 치고, ……독자들 반응은 어때?"

"글쎄…… 목차 광고가 나가자마자 주문이 폭주해서 3일 만에 재판에 들어갔을 정도라구."

"다행이네."

"내가 뭐랬어? 히트 예감이 떴다고 했잖아? 선배는 안 될 거라고 했지만……. 잡지 연재부터 시작한 게 얼마나 잘한 일이야, 안 그래?"

"그건 그렇고, 명광 반응 말이야. 그거가 장난이 아니라메?"

"정말 장난이 아니더라니까. 매일 그쪽 직원들이 우리 편집실을 찾아와서 진 치고 산다구. 어디 직원들뿐인감? 중역들도 우리 회사 사장실을 노크도 없이 들어와서는……."

"노크 없이 들어와서 뭘 어쨌다는 건데?"

"글쎄 사장님하고 뭔가 딜을 하고 있는 것 같은데…… 아참, 내 정신 좀 봐. 선배, 지금 집에 있는 거야?"

"그럼, 집에 있지. 한 발짝도 움직이지 않고 있어. 어딜 가고 싶어도 그럴 시간이 도통 없는 거야. 안 그러겠어? 2회분은 끝났지만, 3회분 4회분 마감이 곧 돌아올 텐데…… 엉덩이에 쥐 나도록 쓰고 또 써야지."

"하긴 그렇겠네. 한데…… 내가 왜 전화했냐 하면, 홍보실 직원끼리 하는 얘기 들으니까 선배 몸조심해야 될 거 같더라구."

"또 그 소리야? 서울시내에 명광 차가 많냐, 다른 회사 차가 많냐? 그 소리 한두 번 들었어야지."

"이번에는 그런 차원이 아냐, 선배. 아무래도 집에서 집필하는 건 위험부담이 따르는 것 같고…… 어디든 감쪽같은 곳에 숨어 들어가서 작업하는 게 어떨까 싶네."

"그게, 당신 생각이야?"

"아냐. 우리 사장 복안이야. 자꾸 전화하라고 계속 독촉 받고 있었어."

"독촉을 했다구?"

"다 선배를 위해서지. 아니, 꼭 그렇다기보다…… 선배도 우리 사장 잘 알잖아? 한번 물면 끝까지 놓지 않는 악착스러운 끈기 하나로 영업사원 하다가 대표이사 사장 자리까지 차고앉은 자수성가형이라는 거. 사실이 그렇잖아? 모처럼 히트 칠 물건 움켜잡았는데 불의의 사고라도 나서 집필이 중단되어 버리면 도로아미타불이니까…… 유비무환이라고, 미리 대비해서 손해 볼 거 없잖아? 안 그래, 선배?"

"하긴 나쁠 것도 없지. 안 그래도 집사람하고 허구한 날 붙어 있다 보니 그 스트레스가 보통 아냐. 집사람은 집사람대로 불편한 것 같고…… 그런 스트레스 받는 것보다 어디 조용한 곳에 박히면 집중도도 높아질 테니까."

"그래요. 잘됐네요. 그럼 이따 저녁에 만나자구요. 내가 원고료 갖고 갈 테니까. 참 집에서 나올 때 누가 미행할지도 모르니까, 신경 바짝 쓰고……."

그렇게 해서 은둔자처럼 숨어든 곳이 경기도 가평군 산자락에 위치한 호산리 기도원이었다. 북한강 줄기를 타고 꾸불꾸불 돌다가 갑자기 산중턱을 향해 오름길로 꺾어 들어서도 10여 분 경사진 언덕길을 더 올라야 여러 해 동안 잇대어 건축한 흔적이 역력한 여러 동의 기도원 건물을 바라볼 수 있었다.

정말 아무도 모르는 감쪽같은 은둔처였다. 내가 적을 둔 교회 목사가 소개한 처소였다. 그리고 그곳의 위치를 더 아는 사람이 있다면 함께 찾았던 아내가 유일했다. 강변 버스정류장에서 자동차로 10여 분이고, 도보로 걸으면 반시간도 더 소요되는 거리였다. 산 중턱이 아니라 산 정상에 가까웠다.

수려한 북한강 주변이 아스라이 내려다보였다. 내가 집필실로 기거하기로 한 방은 호산리 기도원 중에서도 가장 후미진 외딴 골방이었는데, 평소 때는 관계하는 단골 목회자들이 기도실로 이용할 정도로 조용한 방이었다. 출입구부터가 달랐다.

건물 뒤쪽으로 빙빙 돌아야 비로소 드나드는 문을 찾을 수가 있었다.

하루 종일 방 안에 틀어박혀 있어도 누구 하나 노크하는 사람이 없었다. 노크는커녕 크지 않은 창문 앞을 얼쩡거리는 인기척조차 없었다.

그렇다고 사람의 왕래가 없는 조용한 기도원이 아니었다. 호산리만 해도 엎디면 코 닿는 수도권에 위치해 있는 데다 매일 유명 목사를 초청, 심령대부흥회를 열고 있어서 신도들이 늘 들끓는 편인 터다. 사람이 많을 때는 발 디딜 틈이 없었는데, 가령 식당 같은 곳도 길게, 흡사 남한강 물줄기처럼 굽이굽이 줄을 서지 않으면 제때 식사를 할 수 없을 정도였다.

물론 식사는 국 하나 반찬 두어 가지가 고작인 저렴한 메뉴였다. 그래도 누구 하나 식사가 왜 부실하냐고 따지는 사람조차 없었다. 거개의 방문객 스케줄이 길어야 하룻밤이고 짧으면 오전에 왔다가 오후에 돌아가는 신도들이 태반이어서 도리어 간단하게 그리고 싼값으로 끼니만 때우면 그만인 탓이었다.

어쨌거나 나는 그런 열악한 기도원 골방에 틀어박혀 소설을 썼다. 대개 오전 오후 남들 근무시간에 책상 앞에 오래 앉아 있었다. 저녁이 되면 일찍 잠들었다가 첫새벽에 일어나 전날 써 놓은 부분을 읽고 수정하는 과정을 반복했다. 어떤 경우는 신명이 들려 아예 늦은 밤까지 작업을 계속할 때도 있었다.

깊이 몰두하다 보면 어느새 자정을 넘어 새벽으로 넘어가고 있다는 사실조차 의식하지 못했다.

그런 날은 참으로 이상했다. 모두 잠들어 죽은 듯이 고즈넉한 시간, 오로지 작가 한 사람만 눈 부릅뜨고 사각사각 종이 지면을 볼펜으로 긁어 대고 있을 뿐인데, 또 누가 잠들지 않고 오뚝 앉아 나를 건너다보는 것이었다. 어랍쇼, 왕득구 회장이었다. 왕 회장이 부처님처럼 가부좌를 틀고 조롱하는 듯한 미소를 음흉하게 머금고 있었다.

나는 뭔가 말하기를 기다렸지만 왕 회장은 끝끝내 입을 열지 않았으며, 말 대신 입술근육을 쪼볏쪼볏 움직여 갈수록 점입가경이라는 듯 마치 막 터지기 시작한 민들레 씨앗처럼 야릇한 빈정거림을 뱉었다가 다시 삼키고, 삼켰다가 다시 뱉곤 했다. 나는 더 이상 좀이 쑤셔 기다릴 수가 없었다.

"어쩐 일입니까? 이 시간에?"

기어코 내가 먼저 말문을 열고 말았다.

"왜, 내가 못 올 데 왔나?"

왕 회장이 대답했다.

"그럼은요."

뒤섞여 반죽한 빈정거림을 목소리에 묻히며, 내가 계속했다.

"여긴 회장님이 오실 데가 아니지요. 그럼요. 와서는 안 되는 곳이니까요."

"와서 안 되는 곳은 없어. 대한민국 땅에서 내가 가지 못할 곳은 없다구."

"회장님이 뭘 모르시는군요. 낙원인 양 맘대로 노략질할 수 있는 재벌들의 천국, 대한민국 땅이 아니라 여기는 그들의 죄과를 낱낱이 찾아 밝혀내는 신성한 기록실이거든요."

"웃기고 있네. 누가 누구의 죄과를 낱낱이 기록하고 밝혀낸단 말인가? 우리나라에서는 그런 자격을 가진 심판관은 단 한 명도 없어. 만약 있다면 사기꾼이거나 협잡 공갈범이거나 둘 중 하나일 뿐이야."

"그건 회장님의 일방적인 생각이고, 실제는 다르거든요. 그러니까 그만 나가 주시죠."

"날더러 나가라구?"

"예, 작업에 방해가 되니까요."

"어림없는 소리! 왜 날 쫓아내려는가? 날 몰아내려는 진짜 저의가 뭔가? 어서 말해 보라구, 어서!"

"집필에 방해가 된다고 하지 않았습니까."

"아니야, 그게 아니야. 나는 알아. 왜 날 기피하는지. 나를 천하에 고약한 불한당으로 그럴듯하게 조작하고 모략하기 위해서가 아닌가?"

"천하에 고약한 불한당이 아니라 형편이 어려운 약자를 짓밟아 착취를 일삼고, 아녀자를 유린하여 야욕을 채우는 파렴

180

치한입니다."

"파렴치한?"

"예, 회장님."

"자네가 그렇게 자신 있게 말하는 걸 보니 단단히 각오를 했구만 그래. 어쭙잖은 소설가 이름을 앞세워 한 큐 잡자는 수작 아닌가? 나 같은 거물을 물고 늘어져야 사회적인 동요도, 물의도, 반응도 클 것이고, 그에 따라 생기는 부산물도 많을 테니까. 그러니까 회사에서 목 잘려 쫓겨난 복수도 할 겸 겸사겸사 소설가로서 명성도 얻고 책을 많이 팔아 소득도 올리고……일석삼조를 노리는 얍삽한 계산속 아닌가 말이야!"

"누가 소설을 왜 쓰느냐 물으면 나는 감추어진 부정과 위장된 음모를 밝혀내기 위해 쓴다고 대답할 겁니다. 그동안 권력과 밀착하여 야만의 역사, 어둠의 역사를 맘껏 구사해 온 회장님 같은 불법인사를 처단하기 위해 칼 대신 펜을 들었다고나 할까요. 다시 말해 나는 왕득구 회장의 비인간적이고 몰지각하고 부도덕한 삶을 소설로 형상화시켜 만천하에 고발할 겁니다. 그런 과정에 책이 잘 팔려 소득을 많이 올릴 수 있다면, 그것은 작가에게 주어지는 당연한 보수구요."

"천만에! 내가 보기에 자네한테는 그런 재능이 없어. 생존하는 거물급 인사를 함부로 파헤쳐 흥미 본위로 나열하는 식의 표피적인 기능 말고, 문학적으로 승화시켜 오래오래 남는

181

향기로운 소설작품을 만들 능력을 자네는 갖고 있지 않단 말이야. 당신이 알까 모르겠는데, 우리나라 독자들은 남의 업적을 헐뜯는 소설은 그렇게 좋아하지 않아. 그런 유의 작품이 성공하여 베스트셀러가 된 경우는 눈을 씻고 봐도 없다구. 그것이 아무리 사실에 가깝다 해도, 아무리 경이로운 고발이라 해도……."

"다른 조무래기들이면 몰라도 재벌의 원흉인 회장님은 그런 말 할 자격이 없습니다. 왜냐하면 내가 알기에도 회장님은 너무도 많은 밑바닥 노동자며, 소시민들이며, 경쟁자들을 깡그리 죽여 없앴기 때문입니다."

"죽이다니? 누가 누구를 죽였단 말인가?"

"물론 회장님 손으로 직접 그 사람들 목을 졸라 실신시키지는 않았습니다. 그러나 꼭 제 손아귀로 하는 것만 살인이고 폭력이 아닙니다. 남의 아픈 데를 찌르는 가시 돋친 말을 뱉어서 자연스럽게 폭력을 부를 때도, 어떤 사람을 무시하는 행동을 해서 그 사람을 곤경에 빠뜨릴 때도, 공포 때문에 복종하지 않으면 안 되도록 분위기를 조장할 때도…… 그 모두가 폭력이고 살인행위이기 때문입니다."

"자네와 나는 너무 다른 생각을 하고 있어서 말이 통할 것 같지 않아. 자네같이 비뚤어진 사람들은 인정하고 싶지 않겠지만, 나는 우리 대한민국 경제 기적을 일으킨 제일세대 기업인이야. 내가 이 땅에 없었으면 메이드 인 코리아 자동차도 없었고, 세계 제일의 조선소도 없었어. 어디 그뿐이야! 원자력발전소 설비며 각종 플랜트 산업이 저처럼 최첨단 기술을 자랑하는 정유공장 시설도 없었다구. 내가 내 입으로 말하기 쑥스럽지만 이 왕득구는 대한민국을 50년 앞당기는 데 너무나 큰 업적을 남긴, 그야말로 애국지사적인 인물이라구. 그 점에 대해서는 어느 누구도 부인하지 못해. 실제로 누군가에게 사업을 물려받아 계승 발전시킨 게 아니라 아무것도 없는 전쟁 폐허 위에 내 손으로 직접 세워 일으킨 산업이니까. 무에서 유를 창조했으니까. 물론 자네는 귀를 열고 듣는 게 아니라 막고 싶겠지만."

"아녜요. 저도 인정합니다. 그 점은."

"인정한다면 어찌 나를 파렴치한으로 몰아붙일 수 있단 말인가?"

"문제는 우리 경제를 일으킨 기업인 왕득구와 그 업적을 누리는 왕득구가 서로 다른 인물이라는 점입니다."

"다른 인물이라니?"

"한 심장을 가진 동일인물이라면 절대로 어려운 서민들의 등을 칠 수 없습니다. 제 판단에는 후자는 상식도 도덕도 인륜도 법도 없는 후안무치의 냉혈한입니다. 대한민국에서 돈이 제일 많다는 것만 자랑할 뿐, 가진 자로서의 넉넉한 인품, 다시 말해 아낌없이 나누고 베풀고 어려운 입장에 있는 사람들의 얘기도 경청할 줄 아는, 사랑이 넘치는 인물이 아니라는 사실입니다."

"이것 봐! 자네는 정말 하나는 알고 둘은 모르는구만. 나는 이윤을 최대목표로 하는 경제인이야. 이유 없이 베풀고 나누는 종교인이 아니란 말이야. 그런 고상한 역할은 가톨릭 신부나 스님이나 개신교 목사들이나 하는 짓거리라구. 나는 정당한 방법으로 돈을 벌어. 그만큼 엄청난 액수의 세금을 나라에 바치고 있고, 형편 어려운 서민은 내가 납부한 세금으로 정부가 보호 관리하게 되어 있어. 예를 들어서 말이야. 88올림픽 유치 때 나는 내 개인 사비로 수십만 불을 썼어. 나라를 위해 쥐도 새도 모르게 은밀히 헌납한 거지. 왜 돈을 악착같이 버느냐? 왜 죽을 둥 살 둥 돈 벌기에 혈안이 되느냐? 그것은 없는 사람에게 거저 나눠주기 위해서가 아니라구. 왜 헐벗는 가난한 사람에게 공짜로 돈을 줘? 그 사람들은 손이 없나, 발이 없나? 당당히 땀 흘려 가며 제 먹을 것은 제 손으로 벌어야지. 옛날에 나도 그랬으니까. 어쨌든 말이야. 내 개인 부귀영화를 위해서가 아니고 국가와 민족을 위해 팍팍 썼을 때 돈 벌었던 보람을 제대로 느낄 수 있는 거야. 나는 그게 자랑스러워. 그때 원 없이 돈을 썼기 때문에 88올림픽을 유치할 수 있었지 않느냐구. 돈은 그렇게 쓰는 거야. 그럴 때 쓰기 위해 아등바등 돈을 번다 그 말이야. 생각해 봐. 그때 우리가 올림픽 유치를 위해 최선을 다하지 않았다면 오늘 대한민국의 선진화가 그처럼 빨리 이뤄졌을까? 천만의 말씀이야. 우리는 절대로 그렇게 될 수 없었을 거야."

"물론 그것은 지당하신 말씀이고, 올림픽이 우리 경제뿐 아니라 정신문화 전반에 걸쳐 크게 진일보시켰다고 생각하고 회장님 말씀에 백번 동조합니다. 그러나……."

"그러나 또 뭐야?"

"회장님이 쥐도 새도 모르게 은밀히 헌납했다는 그 돈 말입니다. 죄송한 말씀입니다만, 그거 뇌물 아닙니까? 요행히 잘 넘어갔으니까 천만다행이지, 만약 누구라도 문제 삼고 나왔다면 국가적으로 그런 망신이 어디 있습니까?"

"이 사람이 무슨 개떡 같은 소리 하고 있는 거야!"

왕 회장은 갑자기 벌컥 화를 냈다. 도저히 참을 수 없다는 듯이 호흡도 거칠었다. 그가 말했다.

"길을 막고 물어봐! 바덴바덴에서의 그 분위기! 그것은 체념밖에 없었어. 투표 전부터 승리 자축 파티를 열던 나고야를 우리는 그저 부러운 눈으로 구경만 하고 있었어. 보다 못해 내가 올인한 거야. 죽기 아니면 살기로 대한민국을 위해 주사위를 던진 거지. 그 상황에서 나고야를 이길 방법은 그 한 가지뿐이었어. 달러 현찰! 중요한 것은 그런 위기에서 분연히 일어선 사람이 바로 나왔고, 그것이 유일한 타개책이었다는 사실이야. 나는 원래 그런 사람이야. 사실 우리 명광의 숱한 위기도 그런 모험정신으로 극복해 왔어. 그것이 오늘의 명광정신이야. 알겠어!"

"명광정신, 저도 압니다. 북극에서 냉장고를 팔고 사막에서 오리털 파커를 파는 불굴의 개척정신……. 그 정신 저도 높이 삽니다. 그래서 회장님을 존경하구요. 그러나 솔직히 가슴에 손을 얹고 생각해 봅시다. 그때 그 돈을 뿌리면서 뭘 먼저 떠올렸습니까? 국가와 민족입니까, 신군부의 각하와 허 대령이었습니까? 물론 국가와 민족이었다고 말씀하시겠지요. 그렇게 말씀하시면 그렇게 믿어야지요. 하지만 생각해 보십시오. 지금까지 모든 잘못은 지도층 몇몇이 저질러 놓고, 그 고통은 죄 없는 서민들, 아니 대다수 국민들이 떠안고 당했던 경우가 얼마나 많았습니까? 오죽하면 잃은 것이 미래에 대한 희망이라면 얻는 것은 현실에 대한 위기감뿐이라고 했겠습니까? 장관은 부동산 투기, 판사는 뇌물수수, 관리는 복지부동, 재벌은 돈 놓고 돈 먹기, 그런 대한민국에서 부자들은 더욱 부유해져 '이대로 영원히'를 외쳐 대고 있을 뿐이고, 중산층은 눈 녹듯 사라지고 대다수 하층민만 싸구려 음식과 매스컴에서 뿜어 대는 상업적 대중문화 속에서 불안정한 일자리에 급급해 가며 몇몇 재벌에 빌붙어 눈칫밥 먹고 살아야 하는 것이 오늘의 우리 현실 아닙니까."

"그래, 좋아. 내가 백번 양보해서 자네 말을 경청하고 묻는다면 말이야. 그렇다면 자네들 같은 사람들이 주장하는 대안이 뭔가? 뭐라고 말할 참인가?"

"저는……. 그냥 대안이라기보다 책에서 읽은 내용을 말씀 드리겠습니다. 책에는 이렇게 씌어 있었습니다. 자유경쟁시장에서 회장님같이 부지런하고 합리적이고 이기적인 인간의 행동만이 경제를 발전시킨다는 말은 이제 근거가 없다. 오늘날 그보다 중요한 것은 관습, 도덕, 협동심 같은 사회적 자본이며, 이 사회적 핵심은 사회 구성원 간의 신뢰이다. 인간이 공통의 규범을 바탕으로 서로 믿고 존경하며 자발적으로 협력하게 만드는 투명한 신뢰, 그 자발적인 사회성이야말로 우리 자유민주주의의 시장경제 체제를 살리는 고속도로이다……. 대충 그런 말씀입니다. 회장님."

"어허!"

왕 회장이 어이없다는 듯 방바닥을 탕탕 쳤다. 그가 말을 이었다.

"남을 죽이지 못하면 내가 죽는 이 적대적인 글로벌 경쟁사회에서 누가 누굴 믿는 투명 신뢰사회를 만든단 말인가? 자네 말대로 정치도, 정부도, 은행도, 기업도 몽땅 못 믿을 판세라면서 어떻게 누구를 믿고 의지하고 신뢰한단 말이냐구! 내가 가장 싫어하는 족속들이 누군지 알아? 쥐뿔도 없으면서 입만 살아가지고 도리가 어떻느니, 도덕이 어떻느니, 신뢰가 어떻느니, 함부로 사람을 평가하고 앞서가는 멀쩡한 사람을 끌어당겨 물먹이는……. 이른바 유약한 선비들이란 말이야. 눈을 감고 생각해 봐. 우리 역사에 누가 조국을 팔아먹었는가. 밥 먹고 하릴 없이 매일매일 당파싸움하던 그 작자들 아니었냐 그 말이야. 지금도 이 나라에 그런 부류들이 득실거리고 있어. 바로 자네 같은 소설가들이 그 장본인이야! 나는 자네 같은 부류를 증오하는 것이 아니라 아예 멸시하고 있어. 마치 식탁에 기어오르는 바퀴벌레 같은……. 바퀴벌레 같은 주제에 누가 누구를 함부로 음해하고 처단하겠다는 거야? 아니, 천하의 이 왕득구를 무슨 근거로 고발하겠단 거냐구!"

왕 회장은 지금까지 잘 참았다는 듯이 벌떡 일어섰다.

"이봐, 거 누구 없나?"

"예, 회장님. 박 비섭니다."

"어서 와서 여기 바퀴벌레 좀 잡아! 아주 고약한 놈이 지금 밥그릇을 넘보고 있어! 빨리 오라니까!"

왕득구가 고함을 꽥 내지르는 바람에 나는 눈을 번쩍 떴다. 어느새 새벽 4시였다. 새벽 4시가 되면 정확히 기도원 종소리가 울렸다. 새벽기도 시간이다. 제가끔 혼자 울부짖으며 하나님과 소통하는 시간이기도 했지만, 기도원 담당목사가 인도하는 새벽예배가 곧이어 시작된다는 신호이기도 했다.

나는 뻑뻑하고 무거운 머리를 절절 흔들었다. 그래도 왕득구는 내 머릿속을 완벽하게 지배하고 있었다. 나는 한참 동안 왕득구를 내 몸에서 떼 내기 위해 안간힘을 썼지만, 끈적끈적 감긴 거미줄처럼 너무 작아 눈에 띄지 않는 기생생물처럼 나를 계속 옥죄는 것이었다.

나는 '얍!' 기합소리를 내며 언제나처럼 자리를 박차고 일어났다. 그리고 서둘러 방 안을 빠져나왔다. 늦가을의 새벽 4시는 그냥 먹장어둠 그대로였다. 그런 어둠을 유일하게 관통하는 것은 기도원 본당 불빛뿐이었다. 나는 비밀스러운 은둔자처럼 그곳에 숨어들어가 자리 잡고 앉았다가 예의 새벽예배를 인도하는 목사가 단상에 오르기 직전에 슬그머니 빠져나오고 만다.

새벽등산을 하기 위해서다. 아니, 등산이라기보다 산책에 가깝다. 산등성이를 따라 갈대밭 우거진 정상까지 왕복 한 시간이 족히 걸린다. 나는 새벽 갈대를 헤치며 미친 사람처럼 혼자 중얼거린다.

"그래, 일방적으로 흠집만 낼 수 없어. 왕득구를 파렴치한으로 만들기 이전에, 이 땅에 뿌리 내린 천민자본주의 배경과 거기에 기생할 수밖에 없는 필연적인 인물 왕득구의 정체성을 밝히지 않으면 안 돼! 그것이 관건이야. 암, 소설을 복수의 예리한 칼날로 대용할 수는 없어. 왕득구의 말이 옳아! 나는 그 일을 해내야 돼! 그것이 신성한 작업이고 의무야!"

나는 점차 밝아지는 대지를 바라보며 그 찬란한 여명을 냉수를 그렇게 하듯 꿀꺽꿀꺽 들이마시기 시작한다. 그리고 산책에서 돌아오자마자 지금껏 써 놓았던 것들 중에 아니다 싶은 대목을 이 잡듯 찾아내어 북북 지워 없앤다. 그동안 수요회 회원들에게 비밀스럽게 얻어 낸 생생한 자료 중에서 그중 괜찮다고 생각되는 부분만 골라 이야기 속에 어렵사리 비벼 넣었었는데, 그것을 과감히 부수고 자르고 으깨어 버린 것이었다. 나름대로 다듬고 또 다듬었던 문장들이 아깝고 또 아까웠지만 어쩔 수 없는 일이었다. 왕 회장 말대로 아닌 것은 결국 아니기 때문이었다.

설사 그 음흉한 영감이 지적하지 않았더라도 고발이라는 행위 자체가 근본적으로 아름다워지거나 따뜻해질 수가 없다. 아무리 사실에 근거한 올바른 비판이라 해도 소설 경계를 벗어난 것은 또 다른 폭력일 따름인 것이다.

고생고생, 전력을 다해 집필했던 결과물을 그처럼 삽시에 북북 지워 없앤다는 사실이, 마치 살아 있는 생물의 배 속을 긁어내는 것처럼 아프고 쓰라렸지만 나는 이를 악물고 꾹꾹 눌러 참았다.

나는 그 아픔을 점심 후의 산책으로 상쇄시키려고 노력했다. 하얗게 팬 갈대꽃이 햇빛을 머금은 모습은 그야말로 한 폭의 그림이었다. 아니, 영상미의 극치라고 해도 과언이 아니었다. 그것이 서늘한 가을바람에 하늘거릴 때는 더욱이나 그러했다. 나는 갈대꽃을 꺾어 입에 물고 아스라이 내려다보이는 남한강 물줄기에 오래오래 시선을 박아 두곤 했다. 갈꽃의 은은한 향기가 평안히 감싸는 것 같은 느낌, 나는 그 느낌에 온전히 나를 기대어 버렸다.

나는 기도원에서의 은밀한 집필 작업을 대체로 만족해하는 편이었다.

물론 열이면 열 모두가 다 만족스러울 수는 없었다. 욕실과 화장실이 각 방에 따로 붙어 있지 않아 타월을 목에 걸고 공동샤워장이나 화장실 앞에서 발을 동동 구르며 줄을 서야 하는 일도 불편한 것 중 하나였다. 그러나 그 역시 달게 받아들였는데, 주어진 환경이 열악하면 할수록 작품 쓰기에 더 집중할 수 있었기 때문이었다.

기도원 식당 메뉴 수준으로는 집필에 필요한 영양 상태를 유지시킬 수 없다는 판단 아래, 아내가 일주일이 멀다고 밑반찬이며 떡이며 과일 따위를 사들고 방문하곤 했는데, 나는 그마저도 중단하도록 했다. 여성지 주간을 맡고 있는 후배의 말대로 명광그룹이 나를 호시탐탐 노리고 있다면 아내의 잦은 나들이가 빌미가 되어 발각되기 십상이고, 만약 그런 불상사가 일어나기라도 한다면 모종의 작업을 결행하기 안성맞춤인

곳이 바로 한적한 기도원 주변인 탓이었다.

기도원 골방에 은둔한 지 한 달쯤 됐을까. 오랜만에 기도원
에 올라온 아내가 음식과 과일을 싼 보따리 속에서 예의 두툼
한 여성잡지 6월호를 꺼내 놓았다. 내 소설 「거꾸로 걷는 황제」
가 연재되는 잡지였다. 한데 아무리 뒤져도 내 소설은 없었다.

"어떻게 된 거야? 왜 없지?"

내가 묻자,

"내가 뭐랬어요? 연재가 안 될 거라고 했잖아요."

아내가 쌤통이라는 듯이 대답했다.

"아니……, 이럴 수가……."

나는 기도원 입구의 공중전화 부스로 득달같이 뛰어가 수
화기를 치켜들었다. 당연히 그 무렵에는 핸드폰이 없던 시절이
었다.

"이것 봐, 나야!"

"아, 선배."

"이게 뭐 어떻게 된 거야? 왜 내 소설이 안 실린 거야?"

나는 소리부터 내질렀다.

"선배……."

"선배고 뭐고, 대답부터 하란 말이야! 왜 내 소설을 뺐냐구!"

"선배…… 일단 화부터 가라앉히고…… 일이 그렇게밖에
될 수 없었어. 면목 없지만 그렇게밖에……."

"야, 이 호랑말코 같은 자식아! 너도 결국 한통속이었어! 그래서 내 소설도 빼버린 거야?"

나는 말끝을 제대로 맺지 못하는 후배의 구구한 변명을 듣고 싶지 않았다. 상대가 뭐라고 하기 전에 내가 먼저 나이아가라 폭포수처럼 퍼부었다.

"얼마 처먹었어! 얼마를 처먹었길래 더러운 배신을 하는 거냐구! 그러고도 선후배 사이라고 말할 수 있는 거야?"

그 방면으로 닳고 닳은 영업 파트 출신의 교활한 사장이 명광 중역들과 야합을 해버려서 어쩔 수 없이 연재를 중단했고, 대신 실리지 않았지만 마지막 원고까지 계산하는 초유의 원고료를 지불할 것이라고 구구절절 늘어놓는 후배의 변명이 채 끝나기도 전에 나는,

"너하고 상종을 하면 나는 사람도 아니다! 잘 먹고 잘살아, 새꺄!"

라고 전화를 끊어버렸다. 그리고 많은 나날이 속절없이 흘러갔고, 나는 본래 계획보다 보름쯤 앞당겨 작품 초고를 완성시킬 수 있었다. 무더기무더기 피었던 참나리꽃이 뚝뚝 떨어지던 초여름, 강바람에 땀방울을 식히며 경사진 산길을 올랐었는데, 작품을 끝내고 내려갈 무렵에는 때 이른 코스모스가 막 꽃봉오리를 터뜨릴 즈음이었다.

20

 그래도 다행스러운 것은 보름 빨리 탈고하도록 나를 줄기차게 채근해 준 출판사가 중간에서 불쑥 나서줬다는 사실이었다. 실천문학사였다. 거액의 뒷돈을 꿀꺽 삼키고, 존재감도 없는 영원한 약자인 작가 편이 아니라 골리앗 같은 장수를 수천 명 보유한, 최고 정상자리를 차지하는 명광그룹 손을 번쩍 들어준 여성지와는 달리 출판사는 매사가 신중하고 침착했다.

 마치 독립운동하는 비밀조직 같았다. 혹여 책을 만든다는 사실이 새어 나가면 또 무슨 방해공작이 들어올지 모르므로 출판이 완료되어 책방에 깔릴 때까지는 일체의 과정을 극비에 부쳐야 한다는 원칙 아래 소리 소문 없이 아주 비밀스럽게 일을 진행하는 것이었다. 원고가 씌어지는 대로 아내를 통해 실천문학 편집실로 전해졌다. 곧바로 편집 교정에 들어갔다. 바야흐로 세상에 알려지지 않았던 왕득구의 또 다른 면모를 다룬 소설책이 탄생되는 순간이었다.

그것은 일종의 기습작전이었다. 미꾸라지 한 마리가 한강물 다 흐린다는 식으로, 별종 같은 소설가 한 놈 때문에 혼비백산하긴 했지만, 연재소설 자체를 원천봉쇄해 버린 터라 제 놈이 날고 뛰어봐야 내 손바닥을 어떻게 벗어나? 씁쓰구레한, 그래도 흐뭇하게 미소 짓고 있는 바로 그 순간에 비록 소인배지만 빛나는 다윗의 갑옷을 걸치고 겁도 없이 명광의 심장부를 향해 돌팔매질을 날리는 그런 일촉즉발의 기습작전을 벌인 것이었다.

그 당시 실천문학사 대표는 나보다 두서너 살 아래이긴 해도 작품으로나 문단 영향력으로나 내공된 식견으로나 한두 급수 위인 S형이었다. 시도 쓰고 소설도 썼다. 어쩌면 문인의 명성보다 민주인사로 더 알려진 이름인지도 몰랐다. 김대중 내란 음모사건 주범으로 체포되어 수년간 옥살이를 하다가 전교조 창설사건에 연루되어 또다시 감옥에 감금되는 파란만장한 역경을 겪은, 말 그대로 투사 중의 투사였다.

그의 투쟁 경력이 유난히 돋보이는 것은 정치나 법률 지망생이 아닌, 어엿한 작가로 이미 검증을 끝낸 유명 문인이기 때문이었다. 그것도 적당히 행세하는 문인이 아니었다. 당당히 신춘문예로 시인이 되었고, 시인으로 왕성한 활동을 하다 말고 다시 장르를 바꿔 재도전, 그 역시 치열한 경쟁을 뚫고 소설 당선을 거머쥔, 이른바 2관왕의 관록을 자랑하기도 한 것이다.

어디 그뿐인가. 사형수 신분에서 칠전팔기로 대통령 자리에까지 오르게 된 김대중이 3년 감옥살이를 보상한다는 차원에서 국회의원 공천을 제안했지만, S형 왈, 나는 정치인을 목표로 민주화에 앞장선 것이 아니다. 솔잎 갉아먹던 송충이가 아무리 귀한 것이라 해도 고기를 썰어 먹을 수는 없다. 고로 나는 자유로운 작가로 남겠다고 해서 제안했던 거물 정치인이 되레 머쓱해서 우물우물 물러났다는 전설 같은 얘기가 전해지기도 했다.

그리고 여세를 몰아 만년적자 상태였던 실천문학사 대표를 떠맡았는데, 1년 만에 흑자 출판사로 끌어올려 경영의 달인 칭호를 받기도 한 S형이었다. 30년이 지난 지금도 죽지 않고 팔리고 있는 전설의 시집 『접시꽃 당신』 덕분이었다.

소설도 아닌 2천 원짜리 얇은 시집이었는데도 밀려드는 주문을 감당하지 못해 윤전기로 책을 찍어 냈을 정도였으니, 진정한 베스트셀러는 얼음판을 뚫고 그 여린 싹을 기어코 틔운 복수초 같은 『접시꽃 당신』이 아닌가 싶다.

S형은 적잖은 거금을 손에 쥐게 되어 열악한 월세 사무실을 청산하고 퇴계로에 위치한 대궐 같은 양옥집을 구입, 다소 호사스러운 남산골 실천문학 시대를 열었다. 그리고 공격적인 양서를 연이어 출판했다. 하나, 책을 내는 쪽에서는 양서지만, 군

사독재정권 유지에 급급했던 당국이 보기에는 불온서적이었고, 위협으로도 협박으로도 통제가 불가능하자 급기야 극약처방이나 진배없는 비열한 세무사찰이란 칼을 빼어든 것이었다.

끼니 걱정을 간신히 면하고 오로지 『접시꽃 당신』 시집 한 권으로 그럭저럭 한숨 돌리기 시작한, 그야말로 열악한 출판사를 도마 위에 올려놓고 이 잡듯이 그 내장을 긁어 댔으니, 숨이 끊어지지 않았던 것만도 천만다행이었다.

천문학적인 거액의 세금이 탈세 명목으로 고지되었고, 그것을 기일 내에 완납하기 위해서는 부득불 남산골 양옥 건물도 싼값에 내놓아야 했다. 작지만 아름다운 정원, 그리고 호사스러운 실내에 편집국, 영업부, 손님 접대용 응접실 등 흡사 청나라 고관대작이 누리던 소 궁전 같았던 사옥을 거의 반값에 처리하고 난 뒤의 실천문학은 말 그대로 쪽박 찬 거지 꼴이었다. 2년인가 1년 반 만인가 낭만과 호사가 나비처럼 날아들었던 남산골 시대를 마감하고, 남루한 작업복 차림이 된 실천문학사가 재정비를 마친 곳은 중앙청 근처 적선동 좁은 2층 사무실이었다. 사무실 이전을 막 끝낸 S형이 누구의 소개도 없이 나를 찾아와 실천문학사에서 내 책을 내고 싶다고 불쑥 손을 내밀었을 때, 나는 두말도 하지 않고 덥석 그 손을 잡았다. S형이 먼저 손아귀에 힘을 주었다. 나도 그만큼 힘주어 움켜쥐었다.

21

명광그룹의 블랙리스트로, 요주의 인물로 따로 관리되던 수요회 회원들의 은밀한 지원을 받아 완성한 내 소설이 『돈황제』라는 제목을 달게 된 것도 기실은 S형 덕분이었다. 문제의 여성지에 연재소설로 실을 때 제목이 '거꾸로 걷는 황제'였고, 그 작품을 끝내고 다시 정한 것이 '황제의 외출'이었는데, 그 역시 흡족하지 않았는지 '돈황제'가 어때요? 어차피 경제인연합회 회장을 역임했으니 기업인 중 최고 황제가 틀림없는 데다, 왕관을 하나 더 씌워 현찰이 제일 많은 현찰 황제로 등극시킬 수도 있고, 너무 많이 먹어 비대해진 돼지 돈(豚) 자 돈황제로도, 그리고 너무 많은 것을 소유하려다가 머리가 돌아버린 '돈 황제'로도 해석될 수 있잖습니까? 어떻습니까, 돈황제?

나는 S형의 예리한 통찰력에 감탄을 금치 못했다. '돈황제' 속에 숨어 있는 네 가지 이미지 자체가 패러디의 극치였기 때문이었다. 역시 시를 쓰는 소설가는 다르구나 고개를 끄덕이는 사람은 비단 장본인인 나뿐 아니었다. 편집국 직원들도 영업부 요원들도 마찬가지였다.

마지막 교정지를 넘기고 막 집에 도착했을 때, 명광그룹 제2인자 격인 엠비유 회장 비서실에서 전화가 걸려 왔다. 나를 찾아오겠다는 것이었다. 나는 그들을 집 안으로 들이지 않았다. 집 근처 다방에서 마주 앉았다. 엠비유 비서실 소속 비서뿐 아니라 내가 근무했던 홍보실 출판과 직원도 동행한 자리였다.

"회장님께서 찾으십니다."

비서가 말했다.

"어떤 회장 말이오?"

내가 뻔히 알면서도 능청을 떨어 마지않았다.

"그야, 엠비유 회장님 비서실에서 나왔으니까요."

"아니, 왜 그 양반이 나를……. 혹시 왜 만나려고 하는지, 아는 거 있소?"

"저희들은 잘 모릅니다. 회장님께서 만나고 싶단 말씀을 하셨기 때문에 그대로 전해 드릴 뿐입니다."

"하긴…… 알려줬을 리가 없지. 그래, 언제 어디서 만나자는 거요?"

"이번 토요일 오후 3시로 스케줄을 잡아 놨습니다."

"장소는?"

"회장님 집무실입니다."

"나를 본사로 나오라구? 그렇지 않아도 쪽팔려 얼굴 들고 나도는 거가 불편해서 일부러 피해 다니는 판인데, 왜 하필 본 사란 말이오?"

"그래서 토요일 오후 3시로 잡았습니다. 다 아시지만, 그때 는 회사가 텅 비지 않습니까."

시장터처럼 와자지껄하던 로비도, 엘리베이터도, 그 넓고 긴 복도도 그럴 수 없이 한적하고 조용했다. 엠비유 회장실 역시 예외가 아니었다. 방문객의 발걸음이 거짓말처럼 뚝 끊겨 있었 다. 결재를 득하기 위해, 업무 지시를 받기 위해 줄을 서던 그 많던 일꾼들…… 아, 이런 때도 있구나. 나는 10년씩이나 근무 했으면서도 처음 감지하는 색다른 분위기에 도취되어 조심조 심 엠비유 집무실 문을 열었다.

정말 엠비유 회장 혼자 그 넓은 집무실을 독차지하고 있었 다. 늘 봐도 비누에서 막 빠져나온 듯한 얼굴이다. 얄미울 정도 로 탱탱한 피부에 멋대가리 없이 크기만 한 코에 비해 와이서 츠 단춧구멍 같은 찢어진 눈이 언밸런스 같은데, 웬걸 번쩍이 는 눈빛이 여간 형형스럽지 않다. 먹이를 향해 주술을 퍼붓는 파충류 같다.

그 앞에 섰던 상대가 제풀에 주저앉는 것은 단연코 그의 작

은 눈에서 뿜어져 나오는 흡사 레이저 광선 같은 눈빛 때문일
터다.

"앉아."

그는 언제나처럼 반말이다. 나는 파면당하기 전, 그러니까
명광그룹 소속 직원일 때의 맹종적인 태도가 아니었다. 나는
의도적으로 더 뻣뻣하게 굴었다. 그가 아무리 명광그룹을 장
악한 실세라 해도 이제 나와는 위아래로 구분되는 주종관계
가 아니었다. 더 구체적으로 이제 그는 갑의 입장이 아니었고,
나 역시 당하기만 하는 일방적인 을도 아닌 셈이었다.

나는 어디까지나 동등한 입장이란 사실을 주지시키기라도
하듯 건너편 소파에 펄썩 주저앉아, 왜 오라 가라 하느냐 식으
로 다리를 꼬며 그를 바라보았다. 엠비유가 입을 열었다.

"내가 왜 당신을 불렀는 줄 알아?"

"모르겠는데요."

나는 엠비유를 바라보지 않았다. 그러니까 시선은 전혀 다
른 쪽에 꽂아 놓고, 입만 열어 반응해 마지않는 것이었다.

"하긴 모르겠지. 사실은 우리 두 사람, 진작 만났어야 했는
데…… 그게 그만 일이 바쁘다 보니 차일피일하게 됐어. 하지
만 지금도 늦지 않아. 어때? 살기 괜찮아?"

"살기라뇨?"

"다른 돈벌이를 찾았느냐구?"

"책 쓰는 거 말고는 아직 다른 직장 없습니다."

"책 쓰는 게 일이라면…… 우리 왕 회장에게 보복하는 그렇고 그런 내용인가?"

"글쎄요……."

나는 말끝을 잇지 못하고 얼버무렸다. 엠비유가 훤히 꿰뚫고 있다는 듯이.

"이제 그만 거기서 벗어나지 그래. 왕득구 회장도 따지고 보면 불쌍한 사람이야. 우선 학력이 없잖아? 초등학교밖에 다니지 않았으니 오죽하겠어? 배운 거 없는 사람이 경쟁을 통해 오늘에 이르렀으니, 그동안 얼마나 스트레스가 많았겠느냐구. 그래도 당신은 대학까지 나온 사람 아닌가. 우리가 한 수 접어주자구. 그런 정도에서 넘어가 주란 말이야. 표현은 하지 않았지만, 왕 회장의 열등감. 그거 보통이 아닐 거야. 내 말 무슨 의미인 줄 알겠지?"

나는 그냥 고개만 끄덕였다. 왕득구 회장의 처지가 불쌍하지 않느냐는 엠비유의 말이 내 가슴을 비수처럼 찔렀다기보다 현실과 너무 괴리되어, 마치 바위 때린 자갈처럼 옆으로 튕겨나갈 뿐이었다. 엠비유가 계속했다.

"게다가 나이도 많잖아. 왕 회장 말이야. 겉으로는 정정해서 오래오래 우리와 함께 살 것 같지만, 천만의 말씀. 컴퓨터에 넣어 공정하게 계산해 보면 그게 아니야. 몇 년 안 남았어. 우리가 살아가야 할 공간에서 어느 순간 왕 회장의 존재가 사라져 버리는 날이 금방 올 수 있다니까. 그러니까 그 점에서도 당연히 한 수 접어주는 게 옳아…… 어때? 내 말 동의 못하겠어?"

그가 말을 끊고 날카로운 눈빛에 힘을 주며 다시 묻는다.

"당신은 어떻게 생각해?"

"글쎄요……."

나는 머뭇거렸다. 왕 회장이 우리보다 많이 앞선 윗세대 사람이라는 건 인정하지만, 그렇다고 그처럼 빨리 무대에서 사라져줄 것 같지 않다는 나름대로의 계산을 하고 있었다. 그러면서도 같은 창업 일세대인 다른 그룹의 총수들이 벌써 많이 죽고 없다는 사실을 떠올렸고, 그러다 보니 남아 있는 또래들이 그리 많지 않다는 결론에 이르렀다.

"다른 건 몰라도……."

내가 입을 열었다.

"우리보다 먼저 갈 확률이 많다는 점은 인정합니다."

"그래, 인정할 것은 인정해야지. 그래서 얘긴데, 왕 회장에게 한 수 접어주자는 거 말이야. 그거 그냥 공짜로 접어 달라는 소리가 아니야."

"공짜가 아니라뇨?"

"오늘 내가 당신을 부른 이유가 뭐냐면……."

엠비유가 손목시계를 내려다보고 나서 말을 이었다.

"우리 건설 조직에 하청업체가 많다는 사실 당신도 알지?"

"하청업체라구요?"

"그래, 우리가 일일이 공사를 다 시행할 수 없으니까, 하청업체를 지정해서 일을 시키고 있는 제도."

"그래서요?"

"이번에 토목부에 소속되어 있는 하청업체를 하나 새로 지정하려고 하는데, 그 권한을 당신한데 주려고 그래. 그것만 하나 갖고 있으면 얼마든지 행세하며 살 수 있어. 실속으로만 따진다면 우리 회사 상무나 전무 벌이보다 훨씬 나아. 암, 낫고말고. 게다가 따로 투자할 것도 없어. 투자할 사람들이 줄을 서 있으니까. 어때, 내 제안?"

나는 내 귀를 의심하고 있었다. 그만큼 파격적인 제안인 셈이었다. 머릿속이 혼란스러웠다. 그 제안을 선뜻 받아들인다는 것은 곧 출판사에 넘어가 있는 『돈황제』 원고를 파기하는 일이기 때문이었다.

나는 머리를 흔들었다. 말도 안 되는 상황이었다. 뒤죽박죽 엉망진창의 실타래처럼. 물론 재고의 가치도 없는, 도무지 받아들일 수도 없고, 받아들여서도 안 되는 제안이기는 했지만, 솔직히 한 켠으로는 꿀통 발견한 배고픈 곰새끼마냥 주변을 씩씩거리며 맴돌았던 것은 사실이었다.

적어도 그 순간에는 그러했다. 엠비유 말대로 하청업체 사

장으로 올라앉는 것이 훨씬 더 실속 있는 선택 같았다. 생각해
보라. 그 복잡다단한 홍보부장 직책보다 만만해서 좋고, 이 사
람 저 사람 간섭 받지 않아 심신이 편해서 좋지 않겠는가.

아니, 남의 간섭을 받기는커녕, 오히려 내가 남을 간섭할 위
치. 다시 말해 을에서 갑으로 자리를 옮기는 획기적인 입장이
되는, 소위 말하는 출세가도에 진입하는 영광의 순간 아닌가.

그렇다. 아침 일찍 서둘러 출근하지 않아도 되고, 결재판 들
고 이리저리 뛰어다닐 이유도 없고, 승진에 필요한 고과점수
의식하고 상전들 찾아다닐 필요도 없는…… . 얼핏 생각해도
파라다이스에 버금가는 딴 세상의 기름진 풍요가 눈앞에 여
름 들판처럼 푸르게 푸르게 펼쳐지는 것이었다.

그러나 나는 엠비유에게 그렇게 하겠습니다, 라는 말을 금
방 뱉어 낼 수 없었다. 설사 그쪽으로 방향의 굽이를 틀었다 해
도 기다리고 있었다는 듯이 허겁지겁 미끼를 문다는 것은 너
무나 세속적인 소인배의 소치다. 작가 기질이 뭔가. 올곧음 하
나로 똘똘 뭉친 선비의 기품이 곧 작가 정신 아니던가.

나는 비서를 시켜 계약서까지 가져오게 해서 날인하기를 강
요하다시피 하는 엠비유 앞에 끝내 고개 숙여 굴복하지 않았
다. 내가 말했다.

"생각할 시간을 주십시오."

"생각할 시간?"

"네, 고민 좀 해보고 결정하겠습니다."

"경쟁자가 많아서 오래 기다릴 여유가 없는데……. 좋아, 그럼 내일모레 월요일 오전까지 결정하라구. 비서실로 연락하면 우리 김 비서가 계약서 들고 나갈 테니까."

"그런데 한 가지 질문해도 괜찮겠습니까?"

"괜찮고말고."

"이 하청업체 지정을…… 왕 회장님도 알고 계시는지요? 아니, 왕 회장님 지시에 의해 하시는 건지……."

"물론 어른도 아시는 일이지. 내가 건의해서 어른의 결심을 받아 낸 일이니까."

때마침 약속시간이 당도했다고 재촉하는 비서의 채근에 엠비유는 벌떡 일어섰다. 양복을 들고 서 있는 비서 쪽으로 뚜벅뚜벅 걸어가며 그가 말했다.

"신중히 생각해. 이렇게 좋은 기회는 일생에 한 번 올까 말까 니까."

22

나는 엠비유 집무실에서 나오자마자 동전부터 확보했다. 그리고 공중전화 부스를 찾아 들어갔다. 엠비유와 맞붙어 왕 회장에게 충성 경쟁하다가 처참하게 밀려나 지금까지 칼을 갈고 있는 수요회 회장 정갑성 전무와의 통화를 위해서였다.

"웬일이시오, 이 시간에?"

정갑성 전무가 놀라는 목소리로 전화를 받았다.

"저, 지금 엠비유 방에서 막 나오는 길입니다."

"아니, 엠비유 방에는 왜?"

"그쪽에서 날 호출했습니다."

"호출했다구? 무슨 일로?"

"그게……. 너무 황당한 제안이라서……."

"황당한 제안? 그게 뭔데?"

"지금 작업하고 있는 책을 중단하라는 일종의 압력 같은데요, 대신 하청회사를 하나 차려주겠다고 하더라구요."

"회사를 차려줘?"

"네."

"혹시 토목사업본부 쪽 아뇨?"

"맞습니다. 토목건설 관할이라고 했습니다."

"그래, 박 형은 어떻게 할 셈이오?"

"저는…… 솔직히 지금도 혼란스럽습니다. 회사를 차려서 저한테 거저 준다니까……. 제가 대표이사가 되는 거 아닙니까?"

"어디까지나 최종 결정은 박 형이 알아서 할 일이지만, 기왕 나에게 전화로 자문을 구한 마당이니까 한마디 한다면, 그것은 함정인 것 같소. 아니, 함정의 도를 넘어 보복을 위한 일종의 회유 같소. 우리 수요회 회원 중에도 그 수법에 걸려 패가망신한 사람이 있으니까. 그게 무슨 소리냐 하면……"

정갑성 전무가 심호흡으로 한숨 돌린 다음 계속한다.

"토목공사용 장비라는 게 포클레인 몇 대가 고작인데, 그것도 너무 오래 써서 폐차 일보 직전의 고물장비들이오. 운영하면 할수록 수리비에다 새로 갈아 끼운 부속 값에다, 배보다 배꼽이 커지는 판에, 일감도 주었다가 빼앗았다가 장난치듯 술수를 부리는데, 그렇게 몇 달 지내다 보면 수익은커녕 손실이 두 배 세 배……. 인건비만 늘어나고……. 임금 체불이다 뭐다 노동청에서 오라 가라 하고. 그러다 보니 은행 융자 내지 않을 수 없고, 그것도 안 돼 아파트 저당 잡혀 넣고……. 그렇게 패가망신한 수요회 회원이 한둘이 아니오. 아시겠소?"

나는 벌린 입을 다물 수가 없었다. 정갑성 전무가 말을 계속했다.

"그래, 엠비유한테는 뭐라 했소?"

"생각할 시간을 달라고 했습니다."

"그러니까 아직 계약서에 사인한 건 아니구만."

"네, 그렇습니다."

"사인 안 한 건 아주 잘한 일이오. 암, 잘한 일이고말고."

나는 입을 열어 뭐라고 대꾸할 말을 찾지 못했다. 아무리 적절하고 정직한 어드바이스라 해도 너무나 극렬히 저지하는 말본새가 정도에 지나치다고 느껴졌기 때문이다. 나는 그래도 되살아나는 미련을 억지로 눌러 잠재웠다. 정갑성 전무가 이제 그 일은 거론할 가치조차 없다는 투로 말했다.

"탈고했다는 소리 들리던데, 작품은 진짜 끝낸 거요?"

"덕분에 마지막 원고에 마침표를 찍었습니다."

"고생했구려……. 근데, 책을 내긴 낼 건가?"

"출판사에서 지금 작업 중입니다."

"그러니까 책이 나오긴 나올 요량이구만."

"당연하죠. 하청업체 사장 자리만 포기하면."

"만에 하나라도 그 유혹에 현혹되지 마시오. 내가 도시락 싸들고 다니며 말리고 싶은 일이니까."

"알겠습니다. 그렇게까지 말씀하시는데…… 저도 책을 포기해 가면서 그럴 생각은 없으니까요."

"그렇다면 다행이구……. 하지만 회사에서 미리 알면 또 손을 쓸 텐데."

"이번에는 다릅니다. 그렇게 호락호락한 출판사가 아니거든요. 저쪽에서 손쓰기 전에 먼저 출간해 버릴 테니까요."

"그건 그렇고……."

정갑성 전무가 말끝을 흐렸다가 다시 시작한다.

"부탁 하나 있어서…… 다름이 아니고…… 어떤 경우가 생겨도 우리 수요회가 이번 일에 개입되었다는 사실은 밝히지 않았으면 싶어서 말이오."

"그건 걱정 마십시오. 절대로 발설하지 않겠습니다."

"작가를 못 믿는 건 아니지만…… 세상일이란 본의 아니게 엉뚱한 방향으로 빠질 때도 있는 법이라……. 일단 우리가 만났던 기억을 박 형 머리에서 지워주시고, 그리고 다시는 만나는 일도 없도록 합시다. 그러니까 우리는 절대로 모르는 사이다, 그런 얘깁니다. 내 말뜻 이해하겠습니까?"

"하지만, 책이 나오면 맨 먼저 드리고 싶은 분들이……."

"글쎄, 그런 생각 자체가 위험요소란 말이외다. 책이야 서점에 깔리면 우리가 사 보면 그만이고⋯⋯ 그러니까 나 역시 박 형 전화번호도 지워버릴 테니까. 아니 이게 마지막 전화가 될 테니까. 박 형도 우리 연락처를 영원히 삭제해 주시오. 물론 전 화를 걸지도 말고."

"전화를 하지 말라구요?"

"전화뿐 아니오. 혹시 어떤 공식적인 자리에서 마주치더라 도 우리는 안면 있는 사람이 아닙니다. 생면부지의 사람이니 까."

"그렇다면 인사도 해서는 안 되겠네요?"

"맞아요. 그렇게 해줘야겠어요. 이 풍진 세상을 살려니까 마 음에 없는 짓도 해야 하고⋯⋯ 미안하오만 이해하시겠소?"

실제로 그것이 수요회와의 마지막 소통이었다. 책이 나왔을 때도 그 책 때문에 쫓고 쫓기는 공방전이 실제로 벌어졌을 때 도 우리는 서로의 소식을 전할 수 없었는데, 그것은 지금까지 도 무슨 제정되어 공표한 법규마냥 철저히 지켜지고 있는 터다.

23

『돈황제』가 출간된 것은 정확히 1989년 11월 3일 금요일이었다. 그날은 비가 내렸다. 우산을 쓰기도 접기도 어중간한 여우비였다. 오다 말다 했다. 구름도 걷혔다 닫혔다 했다. 날짜로 보아 겨울을 재촉하는 가을비였는데도 여름 분위기가 아직 가시지 않은 미지근한 비였다. 적어도 나에게 감지되는 느낌이 그러했다.

나는 그만큼 들떠 있었다. 그렇게 벼르고 별렀던, 아니, 비밀리에 계획되었던 민중봉기처럼 감쪽같이 펴내는 책이라서 더욱이나 그러했던 것이다.

나는 그날 광화문 D일보 본사 신문게시판 앞에 서 있었다. 그때만 해도 D일보는 조간이 아닌 석간이었다. 점심시간이 되기 전에 이제 막 인쇄된 잉크 냄새 나는 따끈따끈한 신문이 게시판에 부착되곤 했다. 애당초 신중하게 시도된 보도 작전의 대상지가 D일보였다. D일보가 그중 믿음직하다는 평판 때문이었다. 다른 신문들은 금세 명광과 연락이 될 우려가 있고, 사전정보가 새어 나가면 또 무슨 이변이 생길지 모르는 터라 전략적으로 D일보 한 군데만 공략하기로 결정했는데, 다행히 담당기자가 선선히 응해 책 사진과 함께 보도자료가 전격 전해진 것이었다.

"아마도 문화면 톱으로 선정될 것 같네요."

실천문학 편집장의 자신만만한 소견을 듣고 얼마나 가슴이 통당거렸는지…….

한데, 이게 뭔가. 전면이 『돈황제』로 도배될 줄 알았는데, 웬걸 눈을 씻고 또 씻어도 나와 관련된 기사는 찾을 수 없었다. 혹시 지나쳤나 구석구석 훑었지만, 몇 줄짜리 단신 기사도 보이지 않았다.

빌어먹을, 또 손 탔구만. 나는 투덜거리며 공중전화 부스를 찾았다. 실천문학사 편집장에게 내가 항의조로 말했다.

"아니, 왜 기사 한 줄 안 나왔죠? 또 저쪽에 먹힌 게 아닙니까?"

"먹힌 건 아니구요. 문화부 데스크에서 미리 겁을 먹은 바람에……."

"그럼, 기사가 빠진다는 사실, 진즉 알고 있었어요?"

"알고 있었죠."

"그렇다면 대책을 강구했어야죠…… 다른 신문에라도……"

"사회면 보셨어요?"

"사회면이라뇨?"

"사회면에 기사가 났습니다. 문화면에서 빠지는 대신……"

편집장 얘긴즉슨, 문학 담당기자의 친한 동료기자가 사회부에 근무하는데, 문화면에서 취급하지 못하는 상황이 딱해 보였는지 선뜻 보도자료를 들고 가서 사회면 고정 박스칼럼인 「스케치」에다 다뤄줬다는 것이다. 어쩌면 관심 있는 마니아들만 읽는 문화면 기사보다 사회면 독자가 두 배 세 배 더 많을 수도 있었다.

그날 내가 오락가락하는 빗속에서 읽은 게시판 사회면 기사 내용은 다음과 같다. 작은 활자로 뽑은 제목은 '박종산 씨 재벌 회장님 사생활 그린 소설 『돈황제』 펴내'였다.

지난 5월 월간 여성지에 자신이 근무했던 재벌그룹을 모델로 한 소설 「거꾸로 걷는 황제」를 연재하다 중단당했던 소설가 박 씨(45세)가 이 작품을 『돈황제』로 제목을 바꿔 단행본(실천문학사 간)으로 펴내 다시 화제.

이 작품은 당시 한 재벌그룹의 내막과 그 회장의 사생활을 폭로했다 하여 세간의 관심을 끌었는데, 최근 문단 일부에서는 이 작품을 새로운 형식의 노동소설로까지 평가하고 있다.

모 재벌그룹의 종합기획실에서 10년간 일하다 지난 4월 영문도 모르고 해고된 박 씨는 이 소설에서 재벌그룹의 선과 악을 중견 간부였던 자신의 시각으로 생생하게 묘사하고 있다. 이 때문에 이 소설은 자전적 요소가 강해 작품 속의 명광그룹이 모 그룹을 모델로 한 것임을 쉽게 눈치채게 한다.

문학평론가 임헌영 씨는 이 작품에 대해 '노동자를 주제로 한 지금까지의 노동문학이 미처 손대지 못했던 자본가들의 참모습을 밝힌 새 형태의 노동문학'이라고 평가, 재벌과 권력의 유착관계와 이로 인해 생겨난 비인간적 억압구조가 앞으로 우리 문학이 다루어야 할 영역이라면, 『돈황제』는 그 시작을 알리는 작품이라는 것.

한편 박 씨 자신도 그동안 기회 있을 때마다 "회사에서 쫓겨난 직후에는 회사에 대해 감정적으로 앙금이 남아 있었던 것은 사실이지만, 이 작품에서는 굳이 특정 기업의 비리를 폭로하는 것이 아니라, 우리나라 재벌들의 보편적인 모습을 그려보려 했다."고 말해 왔다.

박 씨는 67년 동아일보와 대한일보 신춘문예에 단편소설이 당선돼 문단에 나왔으며, 『걸어 다니는 산』 등 20여 권의 작품집을 펴냈다.

『돈황제』가 진열된 서점은 바로 코앞에 있었다. 길 건너 교보문고였다. 바로 어젯밤에 입고된 책이었다. 나는 출판사에서 저자 증정용 책자를 스무 권이나 받았지만, 그래도 서점에서 정식으로 한 권 구입하고 싶어 교보문고를 들어섰다. 시간은 아직 점심시간 전이었다. 11시 반쯤 되었을까. 아침부터 시작한 11월의 비가 그치지 않은 탓인지, 지하서점 바닥이 축축했다. 우산에서 흘러내린 빗물 때문이었다. 사람들의 왕래가 그만큼 많다는 증거였다. 원래 오전 시간의 서점은 썰렁하기 마련인데, 웬일로 이렇게 붐비는 걸까.

정말 사람들이 길게 줄을 서 있었다. 입구에까지 이른 꼬불꼬불한 줄이었다. 나는 그 순간 평생 잊을 수 없는 경이로운 광경을 목격했다. 문단 말석에 작가란 이름을 올리고 30여 년을 지내 왔지만 단 한 번도 경험하지 못했고 앞으로도 좀체 만날 것 같지 않은, 참으로 기념할 만한 상황을 직접 내 눈으로 확인한 것이었다.

다름 아닌 『돈황제』였다. 순전히 『돈황제』를 사기 위해 사람들이 줄을 서서 기다리는 것이었다. 동아일보 사회면 「스케치」난에, 그것도 이제 금방 배달된 따끈따끈한 『돈황제』 기사를 보고 찾아온 손님들이었다. 그러고 보니 줄을 서서 기다리는 사람들의 면면이 한결같았다. 흰 와이셔츠에 넥타이 차림새였다. 근처 회사에 근무하는 샐러리맨들이 확실했다.

"여, 김 대리 웬일이야? 이 시간에 서점에 다 오고?"

"그러는 당신도 마찬가지잖아?"

"난 심부름 왔어."

"심부름이라니?"

"부서장님이 보냈다니까. 신간 한 권 사 오라구."

"그거 『돈황제』 아냐?"

"어? 당신이 어떻게 알아?"

"나도 그거 사러 왔으니까……. 명광그룹 왕 회장 이야기 잖아? 나도 여성잡지에서 1회분 읽었거든. 그 뒤가 궁금해서……."

"근데, 자기가 쫓겨났다고 해서 어제까지 근무하던 회사 대표를 그렇게 잘근잘근 씹을 수 있을까?"

"아직 읽어 보지도 않고 함부로 판단할 수는 없지만, 도의적으로는 좀 그래."

"그래서 다들 관심이 많은가 봐. 이렇게 사람이 몰리는 거 보면."

실제가 그랬다. 어떤 사람은 한 권이 아니라 세 권 네 권도 샀고, 많은 경우는 열몇 권도 한꺼번에 구입하여 끙끙대며 서점을 나서는 것이었다. 수십 명, 수백 명이 똑같이 『돈황제』를 손에 들고 계산을 기다리는 사람, 성질 급한 탓인지 아예 줄을 선 채 읽기부터 시작한 사람, 책 표지를 손가락으로 가리키며 뭔가 진지하게 설명하는 사람……. 나에게 있어서 그것은 너무나 황홀한 광경이었다. 세상에서 가장 행복한 사람이 바로 나였다. 이보다 더 좋을 수는 없다.

혹여 책을 쓴 저자를 알아차리면 어쩌나 싶어 나는 손바닥으로 얼굴을 가린 채 교보문고를 빠져나와 다시 공중전화 부스를 찾아 들어섰다.

"안 그래도 주문이 쇄도하네요. 교보문고뿐 아녜요. 동대문 대학천 도매상도 마찬가지예요. 벌써 책이 모자라 인쇄소에 재판 오더를 보내는 중이에요. 어쩌면 윤전기를 돌려야 될지도 모르겠네요. 아니, 윤전기 쪽으로 가닥을 잡아야겠네요. 지금 부산 쪽에서도 대량 주문이 들어오고 있다니까……"

24

밤새워 윤전기를 돌린『돈황제』는 동대문 도매상을 통해 전국의 소매서점으로 발 빠르게 배송되었고, 판매대에 쌓이기 무섭게 팔려 나가는 바람에 재주문이 빗발쳤다. 그렇게 들어온 주문량만 삽시에 10만여 부에 육박했다니, 출판사 영업부도 편집부도 한동안 벌린 입을 닫지 못할 지경이었다. 오죽했으면 실천문학사가 그날 당장 새로운 출판계약서를 작성, 저자의 도장을 이곳저곳에 찍게 했을까. 그것도 법적 공신력을 확보하기 위해 변호사의 입회하에 취해진 계약서였다. 예상했던 것보다 너무나 잘 팔리는 책이므로 저자가 혹여 딴 생각을 갖지 않을까 사전에 채우는 족쇄식 단서가 새로 추가된 내용이었다. 지금 생각하면 언감생심 만나기도 힘든 명사 중의 명사 한승원 변호사가 그 역할을 맡아 주었다.

기실 책을 서점에 깔자마자 초스피드로 매진, 하루 만에 재주문이 쏟아진 것도 그러하지만, 그 수량이 다른 책에 비해 세 곱절을 기록했으므로 이러다가 대형사고 치는 거 아냐? 라는 즐거운 예측이 앞설 수밖에 없던 터다.

이런 흐름대로라면 한 달 안에 백만 부 돌파도 가능할 수 있고, 조금 더 욕심을 부린다면 2백만 부도 바라볼 수 있지 않겠느냐가 해당 출판사 영업부의 판단이다. 물론 그런 놀라운 기록을 돌파시키기 위해서는 어디까지나 뒤에서 받쳐주는 확실한 동력이 있어야 한다.

엄청난 프로펠러로 그토록 거대한 대형 선박을 힘차게 달리게 하는 추진동력. 우리는 그것을 신문광고라고 인식하고 있었다. 안 그래도 신문사 광고영업부 직원들이 출판사 사무실을 생쥐 곡간 나들이하듯 뻔질나게 드나드는 판이어서 밤을 새워가며 『돈황제』 광고디자인부터 끝낸 것이었다. 단행본 한 권짜리로서는 좀 과하다 싶지만, 둑 터지듯 일이 벌어졌으니 반 단짜리가 아닌, 기왕지사 크게 때리고 크게 먹자 식으로 전면 크기를 선택한 것이었다.

그것도 광고료가 헐값인 H일보, K신문, H신문이 타깃이 아니었다. 평소에는 감히 쳐다보지도 못했던 메이저 신문들이었다. C일보, J일보, D일보 그렇게 3개 신문 지면을 한날한시에, 마치 융단폭격하듯 한꺼번에 터뜨려 최대한의 효과를 기대한다는 야심찬 작전이었다. 말 그대로 수비가 아닌, 공격 위주의 활기찬 영업 전략이었다. 규모 적은 출판사일수록 신문광고 하면 요금 깎기부터 시작하기 마련인데도 『돈황제』의 경우는 예외였다. 단 한 푼도 깎을 생각을 하지 않았다. 물건에 자신이 있으므로 구질구질 손 비비지 않고 요금 낼 거 정식으로 다 내고 정정당당한 수익을 내겠다는 각오였다.

게다가 가장 효율성이 좋다는, 그래서 광고료 단가도 그중 세다는 월요일 자 지면이었다. 광고 담당 직원들이 이게 웬 떡인가 싶은지, 입술이 찢어져 귀밑에 닿도록 미소 지으며 광고 디자인을 들고 헐레벌떡 귀사했다.

한데, 이게 웬일인가. 일요일 오전에 미리 찍는 컬러판 마감 시간이 다 됐다고 광고디자인을 총알택시로 운반했는데, 왜 월요판 지면에 『돈황제』 광고를 취급하지 않았는가 말이다. 실천문학사 영업부 팀장의 호출을 받은 광고 담당 직원이,

"……미안하게 되었습니다."

밑도 끝도 없이 기어들어가는 소리로 얼버무리는 것이었다.

"미안하게 되다니, 그게 무슨 말이오?"

"일요일 아침까지만 해도 그대로 광고판에 앉히기로 상무님 사인까지 났었는데……. 어쨌든 전화로는 설명하기 힘들구요……. 『돈황제』는 어렵겠네요."

"어렵다구요?"

"예, 어렵습니다."

"왜, 수금 때문에 그래요? 문방구어음 돌릴까 봐?"

"아녜요, 그게 아녜요."

"그럼, 뭐가 문젠데요?"

"위에서…… 위에서 안 된다고 하는 겁니다."

"위에서?"

"윤전기가 막 돌아가는 순간에, 사장실에서 엄명이 내려왔다고 하는데…… 자세한 것은…… 다음에……."

C일보도 J일보도 D일보도 다 마찬가지였다.

뒤늦게 알게 된 사실이지만, 왕득구 회장 비서실에서 『돈황제』가 발매되자마자 긴급회의를 소집했는데, 그 자리에서 나를 찍어 내리고 승진 기회를 꿰찼던 홍태찬 홍보부장이 제안했다는 것이었다.

"출판의 성공 여부는 광고입니다. 광고를 아예 원천봉쇄해 버리면 제아무리 힘을 써도 우물 안에서 활개 치다 지레 주저 앉게 마련입니다."

"원천봉쇄라니? 어떻게 그걸 못하게 할 수 있단 말인가?"

"그까짓 출판광고 뛰어 봤자 코 묻은 돈 아닙니까. 그 광고 지면을 우리 명광그룹이 통째 사버리는 겁니다. 신문사 쪽에서도 언제 또 나올지 모르는 구멍가게 광고보다 우리 그룹 광고를 더 선호하게 마련입니다."

"우리 광고를 방패막이로 무한정 쏟아붓자 그 말이야?"

"그렇습니다. 돈은 좀 들겠지만, 그래도 그렇게 막지 않으면 다른 방도가 없습니다."

"무모하지 않나? 그거……."

"아니야, 무모하지 않아!"

옆에서 눈 지그시 감고 팔짱 끼고 있던 종합기획실장이 거들고 나섰다. 그가 계속했다.

"이 상황에서 회장님을 더 이상 곤경에 빠뜨리게 할 수는 없어. 일단은 막고 보는 것이 옳아."

홍태찬 부장이 더욱 신이 난 목소리로 말했다.

"문제는 신문사 경영층에 우리 뜻을 전하고, 양해를 받아내는 것이 급선무 같습니다."

"그야 그렇지. 경영층에서 결심을 해줘야 밑에서 일하기 수월할 테니까."

종합기획실장인 부사장이 회의를 주재하다 말고 왕득구 회장실을 노크했다. 왕 회장과의 독대는 5분도 걸리지 않았다. 희색만면한 얼굴로 회의 석상에 나타난 종합기획실장인 부사장이 말했다.

"예산은 얼마를 써도 좋아. 신문사 광고부에 다 통보해서 그쪽 광고는 무조건 봉쇄시켜. 단 한 번도 광고지면을 차지하지 못하게 적극적으로 막으란 말이야."

"다른 신문도요?"

"지방지도 마찬가지야. 어떤 신문에도 발 못 붙이게 하라는 당부시라구."

"방송은 어떻게 할까요?"

"방송? 설마 그 작은 출판사가 방송광고까지 섭외할 수 있겠어?"

"혹시……."

"그럴 낌새가 보이면 그쪽도 손을 쓰면 되잖아."

"알겠습니다."

"홍보부장 어딨어?"

"저, 여기 있습니다."

"그래. 지금 당장 C일보부터 방문해야겠어. 당신 스케줄 괜찮아?"

"괜찮습니다. 제가 모시겠습니다. 부사장님."

25

오랜만에 가까운 친구들에게 불려가 얼큰하게 취해서 귀가했다. 『돈황제』의 판매 성공에 도취되어 마신 술이었다. 나는 길게 줄을 서서 『돈황제』를 구입하던 그 진지했던 독자들의 얼굴 표정을 낱낱이 라디오 중계 방송하듯 친구들에게 전달했으며, 그 경이로운 감동의 전파까지 첨삭시켰다. 친구들도 손뼉을 쳐가며 내 감동에 그들의 것까지 얹어 두 곱의 뜨거운 열정을 만들었다.

"야, 그러다가 정말 밀리언셀러 되는 거 아냐?"

"글쎄…… 신문광고를 못하게 한다니까…… 그게 마음에 걸려서 말이야."

"아 대한민국 경제인연합회 회장까지 지낸 거물 왕득구가 쩨쩨하게 설마 소설책 광고까지 못하게 막겠어? 밑에서 아부들 하느라구 오버액션하고 있을 거야. 설사 그랬다 해도 여론이

팽배해지면 내가 언제 그랬어? 하고 금세 돌아앉아 버릴걸. 안 그래?"

한마디로 친구들은 광고 탄압 그 자체가 문제 삼을 일이 못 된다는 투였다. 다시 말해 천하의 왕득구가 좁쌀영감처럼 너 저분하게 나올 리 없다고 장담해 마지않는 것이었다. 그들은 하나같이 들떠 있었다. 좋은 쪽으로만 해석하고 싶어 했다. 신나는 판단, 신나는 결과가 아닌 것은 생각조차 하기 싫다는 열기였다.

"이런 조시로 나가면 백만 부도 시간문제 아니겠어? 책 나온 지 하루 만에 재판을 찍었으니……. 오늘이 5일짼가!"

"5일밖에 안 되었는데 온통 장안이 『돈황제』로 도배되어 버렸더라구. 우리 학교에서도 그 책 사봤다는 선생이 부지기수 야."

금융계통에 근무하는 친구도 덩달아 나섰다.

"우리 은행 행장님이 『돈황제』를 들고 아침 회의장에 나왔다는 소문 듣고, 너도나도 책방으로 달려갔다는 얘기도 있어."

"암튼 『돈황제』 바람이 분 것은 확실해!"

"바람이 아니고, 태풍이야 이건."

"백만 부라…… 백만 부……. 백만 부가 팔리면 너한테 떨어지는 인세만 얼마야? 얼마냐구?"

"인세? ……글쎄, 아직 계산한 적 없는데?"

"왜 그걸 계산 안 해? 다른 거 다 뒤로 미루고 계산기부터 차고앉았아야지."

"계산기부터?"

"그래, 지금 이 마당에 그것보다 더 중요한 게 어딨어?"

"아직은……."

나는 고개를 절절 흔들며 말을 이었다.

"그럴 때가 아니라구."

"그럴 때가 아니라니? 대재벌하고 피 터지게 싸울 때는 싸울 때고, 일단 돈이 들어올 징조가 보이는데, 그것부터 제대로 챙겨야 할 거 아냐? 너한테도 이제 기회가 온 거야. 내일 당장 다른 데 가지 말고 출판사를 먼저 찾아가서 몇 부가 팔렸는지, 또 몇 부를 주문받았는지, 그 현황을 철저히 점검하고 인세 결재할 날짜도 정확히 정해 놓고……. 친한 관계일수록 계산은 확실히 해놓는 것이 좋아."

"아니라니까. 아직은 아니라구. 이제 책방에 책이 막 깔렸을 뿐인데 어떻게 징징 짜며 보채는 아이처럼 인세 얘길 꺼내냐구."

나는 천부당만부당 그렇게 할 수 없다고 손사래를 치고 있었지만, 웬걸 내심은 그게 아니었다. 나 역시 점잖지 못하게끔 언제쯤 큰 목돈을 손에 쥘 수 있을 것인가, 관심의 촉각을 세우고 있다고 해야 옳았다. 절대로 안 그런 체했지만, 어쩌면 온 신경이 먼저 그곳에 가 있는지도 몰랐다.

그래, 주문이 얼마나 쏟아졌길래 윤전기로 날밤을 새웠을까. 그 많은 책을 뭘로 실어 날랐을까. 지방 도매상들은 현찰을 싸들고 와서 무더기로 사 간다는데, 그렇게 팔린 책이 몇 권이나 될까. 나는 아무도 눈치채지 못하게끔 혼자 은밀히 중얼거리는 것이었다. 맞아. 낼 오전 중에 출판사를 기필코 방문할 필요가 있어.

그러나 그게 아니었다. 숙취 때문에 늦은 아침을 먹고 막 집을 나서는 길인데, 전화가 따르릉 걸려 왔다. 출판사였다.

"지금 바로 편집실로 와주셨으면 해서요."

"안 그래도 지금 집을 나서고 있는 중입니다. 한데, 무슨 일이 있습니까?"

"긴급회의 소집을 했거든요."

"긴급회의 소집이라뇨?"

"그럴 일이 생겼습니다. 변호사님도 참석해 주시겠다고 했고, 출판사 고문님들도 거지반 나오시기로 했고……"

"무슨 일인데…… 되게 궁금하네요."

"나오시면 금세 알게 될 텐데요. 그럼."

정말 출판사의 좁은 응접실이 꽉 차 있었다. 내가 마지막 참석자였다. 분위기는 무거웠다. 착 가라앉아 있었다. 자리 잡은 사람 모두가 피워 대는 담배연기도 여느 때와 달리 눅눅하기 짝이 없었다. 얘긴즉슨, 엄청난 속도로 날개 돋친 듯 팔려 나가던 『돈황제』가 흡사 전기 나간 정미소처럼 갑자기 클클 크르르윽 괴기한 소리를 내며 끊기게 되었다는 것이다.

"서점들에는 책이 없어 아우성인데, 이상하게 주문서를 내지 않는 겁니다."

긴급회의 사회를 맡은 출판사 주간이었다.

"그게 무슨 소리야? 서점에 책이 없는데…… 왜?"

"바로 그겁니다. 서점에 책이 없는데…… 다 팔려 나가고 책이 한 권도 없는데…… 책을 사려는 사람들이 왜 책이 없느냐고 아우성인데도 서점이 더 이상 책을 주문하려고 하지 않는다 그 말입니다."

"글쎄, 그 이유가 뭐냐니까?"

"명광그룹의 농간 때문이지요. 그들이 어떻게 손을 썼는지, 서점 사장들이 이구동성으로 『돈황제』는 취급하지 않겠다고 나선 겁니다."

"신간 책을 취급하지 않겠다구? 허, 거참. 정말 볼썽사납구먼. 어떻게…… 그런 유치한 발상을 할 수 있는 거지?"

각계 유명 교수들로 구성된 출판사 고문들이 저마다 한마디씩 내뱉기 시작했다.

"『돈황제』가 불온서적으로 판매금지당한 것도 아니고, 법적으로 전혀 하자가 없는 책 아냐?"

"그렇습니다."

"그렇다면 서점 사장들이 그렇게 행동할 수 있는 권한을 갖고 있는 게 아니야. 이건 분명 자유경제시장 원칙에 위배되는 행위야! 이건……."

"명광의 농간 때문이라고 하지 않습니까. 그들이 음흉하게 유혹을 하니까…… 책을 팔아서 남길 이익보다 더 많은 뭉칫돈을 내놓으니까, 어이쿠 이렇게 감사할 수가…… 감지덕지 집어먹고 그만 야합해 버린 거지요."

"정말 유치하고 치사하고 너저분한 작자들이구만. 진짜 잔머리 하나는 잘도 굴리는구먼."

"왕득구 그 사람 큰 인물인 것처럼 행세해 쌓더구만, 정말 옹졸하기 짝이 없는 소인배로군."

"왕득구가 큰 사람? 어림도 없지. 제 입으로 가난을 이기고 기어코 재벌로 올라섰다고. 그래서 서민의 아픔을 누구보다 잘 안다고 너스레를 떨어 대지만, 실제는 가마 타는 쾌감만 알고 가마 메는 고통은 알지 못하는, 아니 알면서도 음흉하게 채찍을 휘두르는 흉포한 괴물이 바로 왕득구 아닌감."

"그 작자 괴물인 거 어제오늘 알았던 거 아니고……. 근데, 이해가 잘 안 되는 게 말이야. 도대체 그 많은 서점들을 어떻게 죄 회유할 수 있었을까?"

"왕득구 그 사람 수완 하난 알아주잖아? 사막에서도 모래

팔아먹는 장사꾼이니까."

"그런 수완에다 대한민국 악덕재벌이라는 권력까지 쥐고 앉았으니……."

"하기는…… 돈이면 안 되는 거 없는 세상이 더 심각한 문제인지도 몰라."

"그거, 법적으로 제재를 가할 수는 없나?"

"글쎄, 이렇게 지랄 같은 경우는 처음 경험하는 사례라서……. 아마도 비슷한 판례도 없을 거야."

"그렇다고 마냥 이렇게 당하고만 있을 수는 없잖아?"

결국 기대해 마지않았던 그날의 긴급회의는 큰 성과 없이 끝이 났다. 굳이 성과라면 대한민국 최고재벌이라는 작자가 벌이는 이 어이없고 너저분한 횡포를 세상에 널리 알리자는 의견이 고작이었다.

그러나 그것 역시 언감생심 말뿐이었다. 이른바 탁상공론이었다. 희망사항일 따름이었다. 대한민국 언론의 혜택을 받을 수 있는 사람은 어떤 형태로든 억압받는 부류가 아니었다. 작품에 목숨 건 일선작가도 마찬가지고, 대학교수 출신의 학자들 역시 예외가 아니었다.

그렇다면 누가 매스컴의 우산 속에서 보호받고 사는가. 그렇다. 신문 방송을 좌지우지할 수 있는 사람은 엉뚱하게 왕득구 같은 재벌급 인사였다. 왕득구만이 그것을 누릴 수 있는 유일한 인물이었다.

서점을 그렇게 관리했듯 하루아침에 일간지 신문지면을 왕득구가 깡그리 접수해 버린 상태였다. 도무지 뚫고 들어갈 틈새가 없었다. 첩첩산중이었다. 평소 잘 알고 지내던 기자들도 전화를 받자마자,

"미안해요. 그 문제라면 내 소관이 아니라서……. 그리고 지금 마감 때문에 정신이 없네요."

하나같이 회피하기 일쑤였다. 술도 함께 마시며 평소 의기투합했던 문화부 출판 담당 기자들도 어느새 다른 얼굴을 하고,

"제발,『돈황제』는 꺼내지 맙시다. 그건 내 밥통을 내 발로 차는 행위니까. 신문기자이기 전에 나도 가족 거느리는 가장의 한 사람이니까."

엄살부터 떨어 마지않았다.

그런 판국이니『돈황제』가 책방에서 감쪽같이 사라졌다는 사실에 대해서 어느 누구도 깊이 알려고 하지 않았고, 왜 사라졌는가 기본적인 호기심조차 보이려고 하지 않는 것이었다. 정말 기가 차지 않을 수 없는 상황이었다. 낭패도 그런 낭패가 없었다. 그 와중에서도 어찌어찌 배가 딱 들어맞은 아군 상대가 있었으니, 그 이름이 H신문이었다.

H신문에는 오염되어 냄새나는 배불뚝이 오너가 없었다. 오히려 그런 기존 조직에서 쫓겨난 해직기자들이 푼돈을 모아

세운 신선한 매체가 H신문이었다.

다음은 그해 11월 12일 자로 발행된 H신문 사회면 기사를
그대로 옮겨 놓은 내용이다.

한 재벌기업 총수의 주변을 다룬 이색 기업소설『돈황제』가 7일
이후 서울 대형서점 매장에서 자취를 감추었다. 지난 3일 출간돼
5일 만에 초판 1만 8천 부가 매진될 정도로 불티나게 팔렸던『돈
황제』가 진열대에서 걷힌 이유에 대해 대형서점 문학코너 담당자
는 "독자들이 계속 책을 찾는데, 웬일인지 7일부터 책이 안 들어
오고 있다. 무슨 사정이 있는 모양"이라고 밝혔다.
『돈황제』에 등장하는 재벌기업의 홍보실이 지난 6일 6개 대책반
을 구성, 서울 시내 서점에서 책을 모두 수거한다는 제보가 있었
다고 밝히고, 일간지 등의 광고와 기사 통제에 이어 서점 진열까
지 막는 것은 있을 수 없는 일이라고 말했다.
한편 인문사회과학 출판사 영업부장들의 모임인 인사회(회장 명연
파)는 이 문제는 도서 유통상의 상식을 벗어난 행위로 규정하고
대형서점에 항의단을 파견, 시정을 촉구하기로 했다.

문화면도 아니고 사회면 기사로 보도가 되었는데도 어느 곳
에서도 반응이 없었다. 그런 일도 있었나?가 아니라 나하고는
아무 연관이 없는데, 까짓 일에 신경 쓸 게 뭐람? 고개를 절절

흔들었다. 무슨 이유로 단일품종인 특정 소설책 한 권만 취급을 거부하는지, 그것도 처음에는 허겁지겁 잘도 판매하다가, 어느 날 갑자기 그 책은 안 돼!라고 스톱 사인을 보내는 것인지…….. 도무지 알 길이 없는데도 서점 당사자는 말할 것도 없고, 그들을 총괄 관리하는 문화부 당국도 H신문을 제외한 언론매체들도 시장자유경제 운운하며 건전한 상도의를 내세우는 도서유통업계도 숫제 어느 집 개가 짖느냐 식으로 도리도리 까꿍 의뭉스럽게 오리발을 내미는 것이었다.

그렇다고 일단 칼을 빼들었던 H신문이 그냥 슬그머니 누가 볼세라 칼집에 다시 꽂을 수는 없었다. 기왕 빼들었으니 뭔가는 베어야 하지 않겠는가 싶었는지, 또 다른 내용으로 재차 공격을 감행했다. 이번에는 사회면 사건 기사가 아닌, 신문의 얼굴인 사설이었다.

1989년 11월 18일 자였다. 제목은 '『돈황제』와 어느 재벌의 광고 봉쇄'였다.

한 재벌기업 총수의 주변을 다룬 기업소설 『돈황제』의 광고와 판매에 어느 재벌이 공공연하게 보이지 않는 압력을 넣고 있다는 보도는 거대한 재벌이 너무 쩨쩨하고 좀스럽다는 느낌을 준다.
그와 함께 "서구 언론의 구조에는 돈이 왕이고, 광고는 여왕이다"라는 말이 한국 언론에도 적용된다는 사실을 확인시켜 준다.

『돈황제』라는 소설 제목도 권력과 재벌과 언론의 삼각관계를 뒷받침하고 있다. 우선 주요 일간지와 스포츠신문이 『돈황제』의 광고 신기를 거부하고 있는 것은 광고의 윤리 차원을 넘어 언론의 독립성까지 스스로 포기하는 일임이 분명하다.

광고는 기사와 다름없이 정보의 유용한 원천이다. 그런데도 재벌이 기사의 내용에 대해서 필요에 따라 검은 손을 뻗치는가 하면, 광고의 정보제공 기능까지 통제한다는 것은 언론의 자유를 침해하는 중대한 도전이다.

독자의 알 권리는 외부의 어떤 요인, 무엇보다 물리적인 힘에 의해 제한되거나 통제되어서는 안 된다. 『돈황제』에 대한 평가도 일차적으로 독자가 할 일이지 신문사나 재벌의 일방적인 판단에 맡겨서는 안 된다.

인간의 기본권이며 모두 자유의 시금석인 정보의 자유가 소수의 지배세력이 다수에게 강요하는 '견해' 때문에 침해될 때, 언론은 지배세력의 지위를 강화하는 도구에 지나지 않게 된다.

H신문의 반응 없는 외침은 계속되었다. 비단 사설만이 아니었다. 지면을 충분히 할애한 책 광고도 마찬가지였다. 오로지 H신문 지면에서만 볼 수 있는 『돈황제』의 광고문안도 제법 선정적이었다. 주먹만 한 활자체로 '누가 이 광고를 막고 있는가?'라는 메인 카피 밑에 '중요 일간지에서는 『돈황제』의 광고를 접

수조차 받지 않고 있습니다. 누구의 보이지 않는 손이 그렇게 만들고 있을까요?' 문구가 자리 잡았고, 그것도 부족하다는 듯이 '3천8백 원짜리 이 소설책 한 권이 제작되기 위해서 20억이 넘는 돈이 들었습니다. 믿기 어렵지만 사실입니다. 연재 중단, 광고 중단, 서점 판매 중단을 통해서 엄청난 돈이 오고갔다는 사실을 아는 사람은 다 압니다. 세계는 넓고 할 일은 많다? 그렇습니다. 이 소설은 재벌의 가면 속에 숨겨진 또 다른 세계의 넓고 할 일 많은 것을 보여줍니다.'

또 있었다. '돈[錢]황제냐? 돈[豚]황제냐? 돈[狂]황제냐? 돈·황제(祭)냐' 제법 큰 문자로 표현된 이 특수카피 역시 세인의 관심을 사기에 부족함이 없었다.

그러나 그 역시 한계가 있을 수밖에 없었다. 이제 막 창간한 유년기에 해당되는 H신문의 사세가 그러했다. 중요 일간지의 그것에 비하면 고작 10분의 1이나 될까. 구독자 수효도 변변치 못했다. 그러니 광고의 반응이 폭발적일 리 만무했다.

매양 제자리걸음이었다. 오죽하면 출판사 영업부 간부 중하나가 H신문이라고 해서 공짜도 아닌데, 계속 광고만 내면 뭐하냐고 비관적인 항의를 하고 나섰을까. 하긴 틀린 말이 아니었다. 비록 독자는 적다 해도 광고를 읽은 장본인이 책방으로 달려가 봐야.

"그 책 취급하지 않습니다."

미안한 기색 없이 공공연하게 내뱉는 현실 아닌가.

"왜 그 책을 취급하지 않는 거요?"

"글쎄요, 우린 거기까지는 모르구요. 암튼 『돈황제』는 없습니다. 아마 어느 서점에 가도 그 책을 만나기는 어려울 겁니다."

"제기랄! 무슨 이런 경우가 다 있어!"

"죄송합니다만, 다른 책도 재미있는 거 많은데……. 한 권 골라드릴까요?"

그렇게 어영부영 넘어가는 형편인데 무엇 때문에 비싼 광고료를 계속 지불하느냐? 이거야말로 밑 빠진 독에 물 붓기 아니냐? 침 튀기며 주장해 마지않는 것이었다.

나중에 알게 된 사실이지만, 그 무렵 반짝 특수를 누렸던 사람들은 서점주인들뿐 아니었다. 일부 지방신문들도 마찬가지였다. 지방신문 광고 담당이 『돈황제』 광고를 전면에 실어도 되느냐고 전화로 질의라도 할라치면,

"전화보다 직접 한번 방문해 줄 수 없겠습니까?"

그처럼 뻣뻣하게 군림하던 명광그룹 담당자가 질겁해서 머리를 땅바닥에 처박고 하늘 올려다보듯 하며 절절 기어 마지않는 것이었다. 결국 『돈황제』 광고를 싣겠다고 으름장을 놓았던 지면이 『돈황제』 광고료의 3배가 넘는 금액으로 산뜻하기 짝이 없는, 세련된 디자인의 명광그룹 기업광고로 메꾸어지곤 하는 것이었다.

그러니 그에 소요되는 비용만 얼마인가. 정말 대책 없이 쏟아붓는다고 해야 옳았다. 그것도 어디 한두 군데로 끝나는 일인가. 여기서 불쑥, 저기서 불쑥, 왜 저쪽은 두 번이나 깔아 주면서 우리한테는 반 단짜리밖에 없다고 설레발을 치느냐? 정말 그렇게 나올 거냐? 신문 같지 않은 전문 주간지들까지 끼어들어 주접을 떨어 마지않는 것이었다.

말하기 쉬워 그렇지, 명광그룹 홍보실이며 담당 중역이며 그런 비용을 매달 지출하지 않으면 안 되는 경리 담당이며, 정말 울화통이 저절로 터질 지경이었다. 이건 죄인도 아니고 동네북도 아니고 눈에 띄는 놈마다 손 내밀고, 한 움큼 안 쥐여 주면 『돈황제』를 만천하에 알리는 기사를 써버리겠다고 협박 비슷하게 으르렁댔으니, 그 아니꼬운 심사를 어찌 일일이 말로 표현할 수 있단 말인가.

지엄하신 왕 회장 일이니까 울며 겨자 먹기로 침 삼키며 돌아설 뿐이지, 성질대로 한다면 바퀴벌레처럼 찾아와 그 가증스러운 배 채우겠다고 쩍쩍 벌리는 아가리에 현찰이 아니라 똥물을 퍼부어주고 싶은 심사였지만, 험험 기침해 가며 꾹꾹 눌러 참는 것이었다.

26

　백 명의 포졸을 풀어도 도둑 한 놈 못 막는다고 누가 그랬는가. 정말 그랬다. 분화구인 양 치솟는 허탈한 굴욕감을 억지로 눌러 참아 가며 침착하게 대처하면, 당연히 그만한 결과를 보장받아야 함에도 불구하고 웬걸, 예기치 않은 곳에서 매머드급으로 펑펑 터지는 것이 또 왕득구의 영달과 몰염치를 고발하는 기사였다.

　예컨대 H신문이 그러했다. H신문에는 족쇄가 없었다. 없는 것이 아니라 그것을 채우기가 만만찮은 대상이었다. 어쩌면 채워 보려고 시도조차 못하고 있는지도 몰랐다. 처음부터 중도 좌파를 주장하고 나선 순도 백 프로의 언론이었기 때문이었다. 그 구성만 봐도 그러했다. 모두가 보수언론에서 투쟁하다가 목이 잘린 해직기자들 아닌가. 이름하여 언론투사들이다. 그러니 어찌 그들을 매수하여 구린내 나는 족쇄를 씌울 수 있단 말인가.

내가 지금까지도 가장 존경하는 멘토 소설가, 최일남 선생이 당시 H신문 논설고문으로 재직하면서 쓴 칼럼이 바로 그런 경우였다. 「H신문논단」이라는 고정 칼럼이었다. 제목이 '글로 써서 말하기의 생활화'였다. 1989년 12월 1일 자가 아닌가 싶다.

같은 글을 쓰더라도 쓰는 사람이 누구인가에 따라 독자의 관심과 호기심이 좌지우지되는 것은 정한 이치다. 필자의 이름과 제목만 보고도 단박에 내용까지 꿰뚫는 일이 흔히 있을 수 있다. 그 소리가 그 소리라고 예단하며 고개를 돌리거나, 인이 박인 듯 단숨에 읽어치운들 대수랴.

하여간 뉴스 작성의 기본인 '6하 원칙'에서 '누가'가 첫 번째로 꼽히는 것처럼, '필자'는 읽고 싶은 동기유발의 시작이자 끝이다. 그리고 그 사람이 차지한 사회적 비중이 막강할망정 글쓰기와는 먼 거리에 있었다는 의외성이 동반했을 때 흥미가 더욱 뻗치리라는 것은 두말할 나위 없다. 다룬 이야기가 좋으면 좋을수록 '다홍치마' 아니겠는가.

김우중 씨가 쓴 『세계는 넓고 할 일은 많다』를 꼭 이런 범주에서만 헤아리는 것은 아니다. 박노해 시인의 첨예한 반박 논리도 기억하고 싶다.

저자가 내일을 준비하는 젊은이에게 '소년이여 대망을 품으라'는 걸 촉구하고 '생애의 첫 글모음'이 그들을 위해 씌어졌다는 점에 '특별한 보람을 느낀다'(서문)는 말에 유의하면서 대우그룹 총수라는 후광과 '하면 된다'는 정신의 효용이 그때와 지금은 어떤 모양으로 다르고 가능할까를 생각해 본다. 하지만 그것은 이 글의 취지와 무관하다. 김 회장이 글을 썼다는 의미를 더 크게 떠올린다.

자본주의 국가의 재벌 총수들이 쓴 인생론적 저술은 많다. 이미 해방 직후부터 나돈 카네기의 책은 야망의 싹을 틔우고자 하는 한국 젊은이들의 자본주의에 대한 세뇌와 입문에 도움을 주었다. 그의 자서전과 『사업의 왕국』『부의 복음서』 등은 그에게서 단순한 사업가 이상의 수양인 냄새를 맡게 했다. 경우는 다르나 우리나라에서도 연전에 베스트셀러가 된 『리 아이아코카 자서전』 역시 기왕의 한 점 부끄러움이 없는 '한국적 자서전'보다는 상당히 객관적이다. 자서전 대필 작가인 윌리엄 노바크가 4만 5천 달러를 받고 써준 이 책은 출간된 지 한 해 만(1986년)에 미국서 260만 부가 팔렸으니, '써서 돈 먹기'에 다름 아니다.

지난봄 작고한 일본의 마쓰시다 고노스케에 이르면 '경영의 천재'라는 별호 못지않은 '도통한 인생'으로 그 사회의 추앙을 받았다. 돈벌이와 학력은 별반 관계가 없는데도 그가 초등학교 4학년 학력밖에 없다는 걸 유독 강조하는 학력사회의 내력은 잠시 접어두자. 95세의 장수를 누린 이 노인네는 경영원칙을 철저하게 인간에 둔 것으로 유명하다. 완전히 도덕교과서에 가까운 『PHP』(평화·화합·번영의 약자)라는 개인잡지를 낸 까닭도 거기 있다.

산더미 같은 돈을 벌고 죽어서까지 이름을 날린 이들을 부러워하기는 쉽다. 그러나 살아생전 몸으로 분배의 정의를 세웠기 때문에 오래도록 이름을 남긴다는 점을 망각해서는 안 된다. '글은 사람'이라고 했으니까, 만일 거짓말을 썼다면 '삼도천'을 건너기 전에 들통이 나게 마련이다.

또한 한쪽에서는 재벌 총수를 주인공으로 한 박종산 씨의 소설 『돈황제』가 화제를 모으고 있다. 10만여 부가 팔렸다는데, 어떻게 된 셈인지 이 책은 거개의 신문들이 광고를 내주지 않아 부수적으로 해괴한 작태를 드러낸다. '어떻게 된 셈'이기보다는 『돈황제』로 묘사된 기업과 언론의 유착이나 연대에서 온 현상이 아닌가 싶은데, 이것은 광고윤리에도 일차적으로 어긋난다. 신문사 나름의 윤리규정이 별로 없는 마당에선 57년 4월 7일 한국신문편집인협회가 채택한 '신문윤리강령'을 원용할 수밖에 없거니와, 강령 제4항은 신문인의 독립성을 특히 강조하고 있다.

이 강령은 61년 7월 수정을 거쳐 한국통신협회와 신문협회, 그리고 기자협회가 추가 채택한 것으로 신문의 자유와 책임이나 타인의 명예존중과 함께 편집인만이 아닌 모든 신문 관계자들의 준수를 다짐하고 있다. 그렇다면 〈H신문〉을 제외한 전국지들이 한결같이 이 책의 광고를 거절한 이유는 어디 있는가. 자율적으로 했다고 말할 수 있을까.

글은 글로 끝나고, 누구나 쓸 수 있다. 표현의 자유에 합당한 만큼의 수준에서 책임을 지고 글로 말하는 풍토가 바람직하다. 같은 뜻에서 전두환 씨나 정호용 씨도 단편적인 말을 산발적으로 날릴 게 아니라, 자기 생각이 농축된 글로도 주장을 폈으면 한다. 백담사를 찾아간 불교신도들에게 전두환 씨는 말했다던가. "시간 여유가 많아 좋은 사람과 나쁜 사람을 구별하는 법에 대해 책을 쓰고 싶다."고.

아주 괜찮은 착상이다. 늦기 전에 쓰기 바란다. 글은 남는 것이므로 허튼소리를 나열할 수 없고, 결국 자기한테 돌아오는 부메랑의 원리를 지녔으니.

아직 갈기를 제대로 갖추지 못한 비린내 나는 사자가 내지르는 포효 같았지만, 그래도 포효는 포효였다. 신생 신문의 그런 포효는 계속되었으나, 아무도 동요하는 기색이 없었다. 어쩌면 달밤에 개 짖듯 혼자 발광하다가 제풀에 지쳐 주저앉겠지 못 본 척, 못 들은 척 하는 추세였는지도 모른다.

먼저 장본인인 명광이 그러했고, 주변 언론이 그랬으며, 그 추이를 예의주시하는 관련 관청이 그러한 것이었다. 하나 거대한 둑도 거대한 힘에 의해 무너지기보다 작은 개미구멍 같은 하찮은 결함에서 비롯된다고 하지 않던가. 그것이 어디 축에도 끼지 못할 소설책 『돈황제』와 관련된 문제뿐이겠는가.

대한민국 기간산업의 거의를 커버하는 명광그룹의 생산, 판매, 건설 현장은 액면 그대로 광범위하다. 작업에 관련된 인원 투입도 예측을 불허할 정도다. 사람이 많으면 사고도 많고 실수도 많다. 눈만 조금 크게 떠도 그것이 보일 수밖에 없다. 비록 비린내 나는 미완의 사자 새끼라 해도 작심하고 현장을 배회하다 보면 반드시 먹이는 생기기 마련이다.

H신문은 그 점을 노리고 있었고, 『돈황제』로 무시당한 자존심을 그 일로 대체시킬 만반의 준비를 갖추고 매일매일 출동을 서두르곤 했던 터다. 그 무렵 유독 명광그룹에 관한 고발 기사가 많이 취급된 것도, 명광에 관한 한 타 신문사와의 동조를 깨고 단독 특종보도가 비일비재했던 것도 거슬러 올라가면 『돈황제』의 비린내 나는 포효를 무시한 명광의 거드름과 무관하지 않은 것이었다.

H신문의 투사정신은 정말 각별했다. 비유하자면 우리 고유의 토종 땅벌의 생리를 그대로 판박이 했다고나 할까. 비록 체구는 작고 보잘것없었지만, 절대로 포기하는 법 없이 공격일변도의 그 끈기와 열정……

대한민국 최고 재벌 왕득구가 제아무리 날고 긴다 해도, 그 방면으로 도가 튼 거물 중의 거물이라 해도 뭐, 이런 게 다 있어! 쯧쯧…… 가소롭다는 듯이 탈탈 털면 털수록 더 기승을 부리며 물고 늘어지는 땅벌의 존재가 귀찮고 당황스러울 뿐인 것이었다.

그도 그럴 것이, 한참 위세를 떨칠 때만 해도 어느 안전이라고 감히 옆에 와서 깔짝깔짝 신경을 건드릴 수 있었단 말인가. 잡상인 수준의 귀찮은 언론인이나 퇴직한 경찰 나부랭이가 행패를 부렸다 하면 군이 나설 것도 없이 전화 한 통화로 시원하게 작살을 내버리곤 하지 않았던가.

다름 아닌 하늘의 별도 떨어뜨리던 무소불위의 청와대가 바로 그 배경이었다. 말이 났으니 얘기지만, 한참 전성기에는 법위에 군림하던 안전기획부며, 검찰이며, 경찰이며 그 모든 국가조직을 왕득구가 개인 머슴 부리듯 했다고 해도 과언이 아니었다.

국가 기강이란 측면에서 보면 말도 안 되는 상황이었다. 만행 그 자체였다. 당연히 지탄 받아 마땅했다. 그럼에도 불구하고 왕득구는 전혀 반성의 기미를 보이지 않았는데, 그 역시 나름대로의 이유가 있었다.

바로 정치자금이었다. 시도 때도 없이 걸려 오는 청와대의 호출을 받을 때마다 구렁이알 같은 거액의 목돈을 챙겨 들고 들어가지 않으면 안 되는…… 이른바 그 야릇한 혈맹관계…….

흔히들 정경유착이라고 말하기 좋아하지만, 장본인인 왕득구는 서슴지 않고 신원보증금이라고 분류해 마지않는다. 시장통에서 장사하는 사람들이 주먹쟁이에게 상납함으로써 신원을 보장받는 형태……

한데 이젠 그 신원보장용 전화 한 통화의 위력이 힘을 쓰지 못한다. 질펀하게 불어 젖힌 민주화의 바람 탓이다. 아무리 날고 기는 왕득구라 해도 그 바람을 거스를 수는 없다. 지난 호시절을 떠올리며 분통을 터뜨려도 소용이 없다. 이젠 납작 엎드리는 방법밖에 없다.

보잘것없는 땅벌이라고 예사로 여기고 자꾸 쏘이다 보면 거대한 둑이 그렇게 되는 것처럼 큰 상처로 도져 건강에 결정적인 해를 끼칠 수도 있기 때문이다. 가랑비에 옷 젖는 식의 H신문의 작고 큰 고발기사들을 어떻게 하든 저지시켜야 한다. 그것을 관록으로도 권력으로도 완력으로도 막을 수 없다면 전혀 다른 방법이라도 동원해야 한다. 지금까지 단 한 번도 선택해 보지 못한 매우 낯선 방안이다.

오늘날까지 아예 상대조차 하지 않았던, 고려의 대상은커녕 벌레 보듯 경시하고 무시했던, 대한민국을 혼란의 파국으로 몰아넣는 그 진부한 학생 시국데모며 노동쟁의를 뒤에서 조종하는 참으로 한심한 반정부 인사들과의 새로운 교류가 그것이다.

왕득구는 얼굴이 화끈거리긴 하지만 살기 위해서는 어쩌는 수 없다고, 침을 꿀꺽꿀꺽 삼켜 가며 평소와는 너무도 다른 이

질적인 대책회의를 주도한다.

"이제 우리도 변해야 될 거 같애. 날씨가 영하로 곤두박질치는데도 반소매를 입고 지낼 수는 없잖아? 과감히 옷을 갈아입어야지. 안 그래?"

"하지만 회장님, 정부 쪽 시각으로는 전형적인 이적단체로 H신문을 분류하고 있습니다. 그러다가 안기부에 찍히기라도 하면⋯⋯."

"안기부가 옛날처럼 제 기능을 다해 주면 왜 우리가 이 고민을 하겠나? 그 사람들 입만 살아가지고⋯⋯ 이제 이빨 빠진 호랑이야. 그거 믿고 있다가 무슨 봉변을 당하려구⋯⋯. 대통령부터가 그 모양이니⋯⋯ 오죽하면 물대통령이냐구? 지금도 텀벙텀벙 물장구만 치고 앉아 있으니⋯⋯ 쓸데없는 걱정 할 거 없구, 자연스러운 방안을 찾아보란 말이야."

그때까지도 침묵을 지키고 있던 종합기획실장이,

"회장님, 제가 한 말씀 드리겠습니다."

불쑥 나선 것이었다.

"그래, 어서 해봐."

그날 종합기획실장의 발언은 왕득구의 욕구를 대충 만족시키는 데 그 어떤 결함도 찾을 수가 없었다. 바로 그거야, 하는 식으로 왕득구가 회의용 탁상을 탕탕 치기도 했기 때문이었다. 기실 난해해 보이던 H신문 해결 코드 암호는 종합기획실장이 갖고 있는 듯했다. 다름 아닌 명광그룹 종합기획실에 있다가 H신문 창간과 함께 옮겨 간 3명의 중견간부들이 그 주인공이었다.

왕득구 회장의 친서를 휴대한 특사 자격으로 종합기획실장은 세 명의 대학후배들과 술집에서 마주 앉았다. 말 그대로 H신문의 핵심 중견간부들이었다.

"내가 왜 자네들을 찾아왔는지, 설마 모르는 사람은 없겠지?"

"글쎄요…… 『돈황제』 때문에 오신 거 아닙니까?"

"아니야. 꼭 『돈황제』 소설책뿐 아니고…… 다른 것들도 마찬가지야. 오늘 자에도 우리 명광을 칼끝으로 찌르는 적의에 찬 기사들을 취급했더구만."

"적의에 찬 기사라뇨?"

"해외 부문 수출입 관련 세금 혜택을 명광이 제일 많이 받았다는 기사 말이야. 그게 무슨 근거로 작성됐는지 몰라도, 우리가 법원에 제소하면 신문사가 명예훼손으로 쇠고랑 차게 돼 있다구. 왜 그걸 모르고……"

"혹시 제소를 유도하고 쓴 기사 아닐까요?"

"제소를 유도한다구?"

"그만큼 자신이 있다 그런 얘기죠. 명광그룹이 어떻게 대한민국 최대 재벌로 성장할 수 있었는가, 그 과정 자체가 죄 고발

기삿거리니까요."

"정말 이렇게 꽉 막힌 도치기들처럼 나올 건가? 자네들은 왕득구 회장님에게 은혜를 입은 사람들이야. 아무리 이념이 달라도 사람 도리는 할 줄 알아야지, 안 그런가?"

"저희들에게 원하는 게 뭡니까?"

"우리 왕 회장님을 H신문 발행인과 공식적으로 만날 수 있는 자리를 만들어주는 일이야."

"아니, 아무런 여과과정도 거치지 않고, 불쑥 자리부터 만든다구요?"

"물론 여과과정은 거쳐야지. 그것 때문에 이렇게 후배들을 찾아온 거 아냐? 먼저 내가 제안을 하나 하겠네. 신문사 운영이 어렵다는 소문이 자자하던데, 우리가 그 부분을……."

"선배님, 우리끼리 인간적으로 가까운 선후배 사이라 해도 옛날 방식으로 구렁이 담 넘어가듯 뇌물로 쓱싹 해결하려고 하는 거, 우리 쪽에서 수용할 것 같지 않은데요?"

"누가 음성적인 뇌물로 거래한다고 했어? 개인적인 뇌물이 아니고, 어디까지나 공적인 거래를 아주 터놓고 하자 이거야. 세금도 납부하는 정상적인 거래……."

"정상적인 거래요?"

"그래, 우리가 입수한 정보로는 지금 사옥으로 쓰고 있는 건물 임대료 때문에 골머리를 앓고 있다던데…… 그걸 해결해 주면 어떨까?"

"아니, 그걸 어떻게 해결한단 말입니까?"

"우리가 사옥을 지어주겠다 이거야. 안 그래도 우리 명광이 주택사업부를 만들어 외상으로 집을 지어주는 사업을 하고 있잖아? 그런 개념으로 일단 H신문 사옥을 건축하고 건축비는 그쪽 사정에 준해서 10년 상환도 좋고 20년 상환도 좋고……. 당연히 무이자로 말이야."

"아니, 그럼 우리는 단 한 푼도 들이지 않고도 사옥을 해결할 수 있다 그 말입니까?"

"그렇다니까……. 얘기 들으니까, 사옥 지을 터는 누가 희사해서 신문사 명의로 소유하고 있더구먼."

"선배님이 우리보다 더 세세히 아시네요."

"그게 우리 직업이잖아?"

"한데 선배님, 그거 선배님 혼자 아이디어 아닙니까?"

"아니야. 회장님 결재를 받은 사안이야. 내가 생각해 낸 거가 아니라 그 어른이 직접 제안하신 건이라구. 그 어른께서 하신 말씀을 그대로 전하면, 왕득구 회장이 직접 H신문을 빠른 시간 안에 방문하시겠다는 거야. 대표이사 발행인을 만나 정식 사과부터 하고…… 그리고 사옥 건축계약서에 서명 날인도 하고……."

그다음다음 날이던가. 의도적으로 수수하게 차려입은 왕득구가 H신문사를 직접 방문하여 발행인, 주필, 편집국장과 마주 앉았고, 서투른 말솜씨로 재벌 총수의 솔직한 사과의 변을 들었고, 뜨거운 악수를 나누었으며, 이 순간으로 서로를 헐뜯는 전쟁을 종식하고 평화협정을 맺자는 뜻에서 기획된 신문사 사옥 건축계약서 앞에 앉아 몽블랑 만년필로 대표자 사인을 날인했다.

그 역사적인 광경을 후세에 남기기 위해 두 명의 사진사가 동원되었는데, 그중의 하나가 H신문 사진기자고, 나머지 한 명이 명광그룹 홍보실 사진팀 소속 직원이었다. 기념 촬영을 마치고 H신문 발행인은 왕득구의 요청을 받아들여 좁아터진 편집국으로 명광그룹 총수를 안내했다. 왕득구는 마감시간에 쫓겨 기사 작성에 여념이 없는 기자들과 일일이 악수를 나눴다. 아들 같고 손자 같은 비린내 나는 기자들에게 필요 이상으로 고개를 푹푹 숙여 가며 왕득구는 평소와는 전혀 다른, 조금은 애처로운 노인네 목소리를 구사하여,

"부탁합니다. 잘 부탁합니다."

조아리는 것이었다.

그렇게 해서 『돈황제』 때문에 벌어진 H신문과 명광그룹의 대리전쟁은 마침내 종지부를 찍었다. 그동안 촌스럽기 그지없던 H신문 지면이 갑자기 세련돼지기 시작했다. 마흔두 개나 되는 명광그룹 계열사들이 순번을 만들어 몰아준 광고디자인 때

251

문이었다.

화려한 컬러광고가 지면을 화사하게 장식하는 것을 기점으로 조잡하고 도발적인『돈황제』책 광고는 자취를 감추고 말았다. 광고뿐 아니었다.『돈황제』와 관련된 기사도 일체 취급되지 않았다. 문화면 기사로. 사회면 기사로, 인터뷰로, 그것도 모자라 신문사 얼굴인 사설로, 유명 필진의 칼럼으로 날마다 떡을 치던『돈황제』가 깜짝쇼처럼 벌어진 왕득구의 신문사 방문으로 흡사 안개 걷히듯 일순 흔적은커녕 그 냄새조차 찾을 길이 없게 된 것이었다.

27

어쨌거나 『돈황제』 열기는 그런 과정을 거쳐 지푸라기 불처럼 금세 사그라졌다. 아무리 기세 좋은 불도 일단 진정되기 시작하면 그처럼 덧없고 허망할 수가 없다. 언제 불이 붙은 적이 있느냐는 듯 흔적조차 찾기 힘든 것이 베스트셀러가 될 뻔한 책의 서글픈 숙명이었다.

더 이상 책을 팔 수도 없었지만, 이내 찾는 사람조차 석양 무렵의 잔양처럼 삽시에 사라져버린 것이었다.

1인 전쟁의 발칙한 전투는 그렇게 해서 막을 내렸다. H신문이 내 편을 두둔하며 한껏 나서 줄 때만 해도 나는 정의로운 투사였다. 내가 그렇게 행세한 것이 아니라 자연스러운 주변 분위기가 그러했다. 모두가 나를 우러러보는 것 같았다.

실제로 주간지, 월간지, 여성지 등속에서의 인터뷰 요청이 장사진을 이뤘다. 오죽하면 충청북도 소재인 모 대학의 신문방송

학과에서 교수로 임용하겠다는 공식 제안서가 날아왔겠는가.

물론 정중히 거절하기도 했지만, 그즈음만 해도 나는 50만 부, 100만 부를 돌파한 『돈황제』 덕분에 떼돈의 주인이 될 것이고, 먹고사는 데 지장이 없을 만큼의 재정적 안정을 기할 수 있다면 굳이 운신의 폭을 좁히는 직장을 가질 필요가 뭐 있는가, 그런 시간에 더 많은 영혼의 자유를 누려 가며 집필에 전력투구하는 게 열 번 백 번 유리하지 않은가, 라고 나는 배부른 양반의 헛기침 흉내까지 험험 내뱉고 있던 터였다.

한데 그 모든 것이 물거품이 된 것이었다. 나는 개밥의 도토리였다. 하루아침에 아무도 나를 찾는 사람도, 내 편을 들어주는 사람도 없었다. 편을 들어주기는커녕 정반대 의견, 다시 말해 정의로운 투사에서 부도덕한 패륜아로 급전직하로 내리꽂히게 만들어버리는 것이었다.

결국 가슴 아픈 쪽은 패자일 수밖에 없다. 일방적으로 밀리기만 하는 전세를 지켜보던 일부 부정적인 사람들의 시각이 나를 더 처절하게 만들었다. 대부분 직장 윤리도 모르는 배은 망덕한 흉악한 머슴으로 취급했다. 좀 더 심한 경우는 수틀린다고 주인을 함부로 물어뜯는 미친개로 폄하하기도 했다.

나는 외로웠다. 고개를 돌려 주변을 살폈다. 내 입장을 이해해 주고 대변해 줄 대상을 찾기 위해서였다. 한데 그런 대상은 없었다. 흔히 동업자 모임인 문인단체가 그런 일을 대변하지 않겠느냐 반문할지 모르지만, 웬걸 전혀 그럴 기미가 보이지 않았다.

그렇게 냉랭할 수 없었다. 나의 상처를 어루만져 주고, 그 입장을 위로해 줘도 모자랄 판에 엉뚱하게 나의 접근을 노골적으로 기피하는 것이었다. 그들은 이미 색안경을 끼고 있었고, 내가 아니라고 호소하고 누구이 알아듣게 설명해도 받아들일 자세가 아니었다. 막무가내였다. 모두가 시커먼 선글라스를 끼고 나무에서 떨어져 상처 입은 한 마리 원숭이 대하듯 나를 내려다봤다.

이구동성으로 문인으로서의 지켜야 할 기본 품격을 저버렸다고 손가락질을 해댔다. 파렴치범이라는 것이다. 그래서 용서할 수 없다는 것이었다. 몇몇 강경분자들은 문인협회 회원 자격을 박탈시키자는 주장도 있었다는 것이다. 문인단체의 품위를 손상시켰다는 죄목이었다.

아니, 처음부터 자격 박탈 운운했던 것은 아니었다. 그 역시 명광그룹 영향력이었다. 안 그래도 교류가 빈번했던 왕득구가 문인단체를 노크하여 방귀깨나 뀌는 문인들을 최다 초청하여 조선소며, 자동차공장이며 구석구석 구경시키고, 잘 먹이고, 잘 재우고, 선물까지 듬뿍 안겼으니 이미 주인을 물어뜯은 미친개로 취급한 지 오래인 내 입장을 어찌 이해하고 창작의 자유 운운하며 손을 높이 들어주겠는가.

나는 갈 데 올 데 없었다. 집단에서도 방출된 외로운 한 마리 승냥이였다.

나의 골방 생활은 그때부터 비롯되었다. 함부로 외출도 삼갔고, 사람도 만나지 않았다. 가능하면 나를 버린 서울을 나도 버리고 싶었다. 여기저기 서울 변두리를 기웃거리고 다니다가 어찌어찌 마련한 거처가 소 외양간 관리사로 쓰던 허드레건물이었다. 나는 그곳을 얼기설기 수리하여 집필실로 정하고 들어앉았지만, 실제로 글은 쓰지 못했다.

글 대신 쑥대밭을 정리하여 고추도 심고 상추도 심고 부추도 심고 호박구덩이도 팠다.

꽃도 심었다. 기왕이면 야생화를 찾아 골짜기를 뒤지며 승냥이의 지루한 시간을 보냈다. 그때부터 깎지 않았던 수염이 턱없이 자라 여우꼬리처럼 길에 늘어뜨릴 지경이 되었다. 수염과 함께 그렇게 덧없이 흘러간 세월이 2년쯤 되었을까.

28

그 옛날 내가 술집에서 내뱉었던 '왕득구 대통령 만들기' 발언이 빌미가 되었다고 추호도 생각지 않지만, 어쨌거나 말이 씨 된다고 그런 일이 실제로 일어나 버린 것이었다. 참으로 세상이 통째로 벌렁 나자빠질 일이었다.

왕득구 회장이 대통령의 꿈을 꿈으로 만족하지 않고 현실 세계로 구현하는 중이었다. 게다가 그 무렵 나라 분위기 역시 한 치도 알 수 없는 안개 속이었다. 3당 통합이란 충격적인 정계 개편 때문에 더 그랬다. '구국의 결단'이니 '신사고'니 '혁명적 발상'이니 하는 촌평은 여당 쪽 몫이고, 여대야소로 왜소해진 야당 쪽은 '밀실야합'이니 '제2의 쿠데타'라느니 '일본 자민당의 한국지부'라느니 화풀이를 겸한 비아냥에 핏대를 세웠다.

그 와중에 왕 회장이 분연히 일어선 것이었다. 처음에는 어떻게 한 자리 낄 수 없을까 여기저기 기웃거렸지만, 그리고 요로요로에 줄을 대고 관망했지만 여당 쪽 후보로 추대될 가능성이 단 1프로도 없다는 판단을 내린 뒤로는 태도를 바꿨다. 예컨대 당신의 기금으로 만든 관훈토론회에 나가 '눈을 씻고 봐도 대한민국을 맡길 지도자가 없다'고 기염을 토한 사건이 그러하다.

제 놈이 뭔데 그런 건방진 소리를 하느냐, 여야 구분하지 않고 융단폭격을 퍼붓는 바람에 그만 기를 꺾고 한동안 잠수를 타고 있다가 어느 날 '그렇다면 내 힘으로 일어서리라' 포효하듯 과감히 독자노선을 선택한 것이었다.

실제로 왕 회장은 남이 지어 놓은 집이 아닌, 내 손으로 건축한 탄탄한 저택에서 정정당당히 거사를 치르겠다는 각오에 불을 붙이고 있었다. 어쩌면 진작부터 그 준비에 박차를 가하고 있었는지도 몰랐다. 이름하여 애국당 창당이었다. 창당을 앞두고 왕 회장은 명광그룹 내 핵심공신들을 불러들여 은밀한 회의를 열었다. 최측근 가족회의였다. 왕득구 회장 대통령 추대 준비회의였으므로 당연히 그 좌장은 엠비유가 맡아야 옳았다.

왕득구에게 있어서 엠비유는 제갈량 같은 존재였다. 명광건설과 40년을 함께하면서 얼마나 많은 난관을 극복해 왔던가. 압구정동 아파트 사건 때도 그러했고, 신군부가 들어와 자동차 찬탈을 시도했을 때 역시 엠비유가 기민하게 대처해 주지 않았다면 명광그룹이 산으로 올라가지 않았다고 누가 장담할 수 있는가.

특히 이번 대통령 출마가 그러하다. 왕 회장 휘하에 엠비유라는 제갈량이 든든히 지키고 있었으므로 그런 꿈을 꿀 수 있었고, 그 꿈을 현실로 실현시킬 수 있으리라 자부하지 않았던가. 하여 왕득구 대통령선거대책위원장 자리는 이미 엠비유로 내정해 놓은 지 오래였다.

한데 그런 엠비유가 지방출장을 이유로 회의에 불참한 것이었다. 안 그래도 그 무렵 명광그룹 내 기류는 3당 통합 정국처럼 예측 불가였다. '땡깡정치' 운운하며 거대 여당 대통령 예비후보와의 힘겨루기에 혼신의 힘을 쏟고 있던 여당 실세들이 엠비유와 비밀회동에 들어갔다는 확인되지 않은 소문이 자자했는데, 그것은 왕 회장의 출마를 위한 사전포석이 아니라 오히려 그 반대라는 데 문제가 있었다.

왕 회장의 분신이나 진배없던 명광그룹 2인자 엠비유가 어떻게 왕 회장과 한마디 의논도 없이, 그것도 유혹의 덫에 걸려 어쩔 수 없이 빠진 것도 아니고, 맨 정신에 그 자신이 선택한 배신의 길을 저처럼 천연덕스럽게 걸을 수 있단 말인가.

아니 땐 굴뚝에 연기 날까 속담대로 설마설마 했는데, 엠비유가 왕 회장으로서는 가장 필요로 하는 때 기어코 불참 사고를 낸 것이었다.

"아니, 어디 있는데? 하필 오늘 회의를 보이콧하겠다는 거야!"

왕 회장이 뒤늦게 보고를 받고 방방 뛰었다.

"강원도 경계에 있는 청송이라는데요."

"청송이면 이웃이구만. 지금 당장 헬리콥터를 보내. 그거 타고 빨리 올라오라고. 알겠어!"

그때 종합기획실장이 조심스럽게 나섰다.

"회장님."

"뭐야?"

"엠비유는 오지 않습니다."

"오지 않는다니, 그게 무슨 소리야?"

"생각이 다른 것 같습니다."

"뭐라구?"

"안기부 쪽 정본데요. 엠비유가 회장님 출마를 저지하는 조직과 손을 잡고 회동 중이랍니다."

"나를 저지하는 조직하고 손을 잡아!"

왕 회장의 볼 신경이 저 혼자 실룩이기 시작했다. 왕 회장이 일갈했다.

"말도 안 되는 소리! 엠비유 그럴 사람 아냐! 잘못 들었겠지!"

"아닙니다. 어젯밤 와이에스 상도동 집을 엠비유가 찾아갔습니다. 엠비유 형님이 안내를 맡았구요. 형님이 여당 중진……"

"그게 확실해?"

왕 회장이 버럭 소리를 질렀다.

"죄송합니다만 틀림없습니다. 안기부 사람한테서 방금 걸려 온 전화내용이니까요."

"이런 변이 있나! 아무렴 그 작자가 어떻게……."

왕 회장은 거의 실신상태였다. 왕 회장이 고개를 번쩍 들었다.

"이것 봐!"

"네, 회장님."

"오늘 회의 취소해!"

그리고 비틀비틀 일어난 왕 회장이 회의실을 혼자 걸어 나갔다. 비밀회의에 소집되었던 명광그룹 핵심 멤버들이 미처 일어날 겨를도 없었다.

꿩 놓친 매처럼 허탈한 분위기에 휩싸인 임원 하나가,

"세상이 다 그래도 엠비유는 그래서 안 되잖아?"

화두를 꺼냈다.

"누가 아니래?"

"왕 회장의 사랑과 신뢰를 그처럼 한 몸에 받았던 사람이 누가 있어?"

"엠비유처럼 왕 회장한테 아부 잘 했던 사람이 또 있을까 싶구만."

"엠비유가 왕 회장에게 아부를?"

"지금이니까 그렇지. 전무, 부사장 시절만 해도 엠비유 머릿속에는 오직 왕 회장밖에 없다고 할 정도였어. 왕 회장이 누구와 면담하고, 누구와 술 마시고, 누구한테 전화를 받았느냐, 그런 걸 훤히 꿰고 있었다니까. 그러니까 왕 회장의 기상도가 하강곡선을 긋느냐, 상승곡선을 긋느냐 그걸 정확히 파악하고 있다가, 바로 이 순간이다 싶을 때, 결재 서류를 들고 들어가는 거야. 그러니 엠비유가 내미는 사업안이 단 한 번도 퇴짜 맞는 일이 없었던 거지."

"결국, 머리싸움에서 이긴 거구만."

"머리싸움이 아니라 사악한 거지."

"사악하다구?"

"진짜로 군주를 섬긴 신하가 아니라, 군주를 철저히 이용했을 뿐이니까."

"그건 그래. 마치 명광그룹이 엠비유 한 명 키우기 위해 존재했던 게 아닌가 싶을 정도니까."

"맞아. 엠비유 한 명 기르느라 얼마나 많은 주변 사람들이 희생되었는데……."

"사실 이럴 때 써먹으려고 그렇게 애지중지 키웠던 거 아니겠어? 한데 이제 자기도 컸다고 딴마음을 먹다니……. 그것도 이렇게 결정적인 순간에 엄청난 배신을 때릴 수 있느냐 그 말이야!"

"배신이 아니라 이건 반역이야. 죄 중에 가장 무거운 역모."

"어쨌든 이런 배은망덕한 경우가 또 있을까 싶네."

"왕 회장 입장에서 볼 때는 그렇지만, 엠비유 쪽에서는 다른 견해일 수도 있어. 일테면 엠비유가 힘을 보탰으니 오늘의 왕 득구가 있다고 되레 큰소리칠 수 있다 그 말이야."

"설마하니……."

"엠비유 눈을 봐. 얼마나 차가운지. 파충류의 그것보다 더 잔인한 눈빛이야. 어쩌면 엠비유도 왕 회장 같은 큰 꿈을 꾸고 있는지 몰라."

"엠비유도 대통령!"

"그거, 근거 있는 얘기야?"

"엠비유 비서들 말 못 들었어? 엠비유가 늘 얘기했다는 거 아냐. 서울시장 선거에 나가겠다고. 하지만 아무렴 엠비유 욕심에 서울시장이 꿈이겠어? 서울시장을 징검다리 삼겠다는 작전 아닐까 하는 예측이 가능한 거지."

"일리 있는 얘기네."

"이번 일도 그래. 측근들에 의하면, 요즘 엠비유 회사에 나와도 다른 업무에는 관심이 없고 오로지 코리아 리서치 여론 조사에만 신경을 곤두세웠다는 거 아냐. 왕 회장이 당선 가능성 1위로만 나왔어도 저렇게 뻔뻔하게 배신 같은 건 하지 않았을 거야. 오늘 아침 발표에도 우리 회장님은 12퍼센트로 3위에 랭크됐잖아."

29

왕득구 회장이 엠비유 없이 창당을 결정한 것은 그로부터 3주 후다. 이름하여 애국당이었다. 창당과 함께 왕득구 회장이 대통령 후보로 추대되어 백두산인 양 우뚝 섰다.

창당 발기인 중에는 그 옛날 나와 술자리에 앉았던 유명 탤런트를 비롯한 코미디언 등등의 연예인들과 일선에서 은퇴한 언론인, 변호사 등이 대부분 망라되어 있었다.

왕득구의 출마의 변은 성공한 기업 경영하듯 국가를 경영하여 부강한 나라를 만들겠다는 것이었다. 그리고 무엇보다 부정부패를 척결하겠다고 기염을 토했다.

딴은 그럴만했다. 그동안 하늘 같은 대통령을 네 사람씩이나 모시면서 얼마나 많은 정치자금을 뇌물로 가져다 바쳤는가. 일일이 다 계산할 수는 없지만, 어쨌든 천문학적인 돈이다. 그 돈을 다시 산업현장에 재투자했더라면 지금의 두 배쯤의 힘을 가진 탄탄한 기업으로 성장해 있을 터다.

　그런 사실을 빤히 알면서도 울며 겨자 먹기로 청와대의 호출이 있을 때마다 뭉텅이 뭉텅이 싸들고 들어가, 각하 받으시옵소서 상납을 일삼았으니 그 얼마나 국가적인 손실인가. 따지고 보면 가져다 안긴 것만큼의 혜택을 누렸던 것은 사실이다. 어쩌면 혜택이 아니라 특혜 수준인지도 모른다. 정부 대형 공사가 그러하고, 덩치 큰 군수사업 참여가 그러하고, 세금 감면이 그러하고, 해외공사 수주에 꼭 필요한 정부보증서 발급이 그러하다.

　물론 경쟁 입찰이라는 제도적인 절차를 무시하고 대통령 특명으로 공사를 넙죽 받아 꿀꺽 삼킬 수는 없다. 하지만 그것은 다 요식행위로 적당히 서류만 갖춰 비치하면 그만이었고, 정 시끄러울 경우는 동업자 담합이라는 관행을 통해 공식적인 경쟁 입찰을 거치면 그만이었다.

　솔직히 세상에 돈 먹기가 이렇게 쉬운가 싶었을 때도 없지 않았다. 특히 산업화 초기 때가 그랬다. 대통령이 손가락질하는 것만 슬금슬금 주워 먹어도 배가 터질 지경이었다. 세상이 알아주는 명광이라는 이름이 그런 과정을 거쳐 만들어졌다고 해도 과언이 아니다. 음성적으로 가져다 바친 뇌물만큼 철저히 돌려받았던 청와대 특혜.

　그렇다. 특혜라는 공식이 공공연하게 통용되지 않았다면 10

년 사이에 절대로 이처럼 급성장할 수가 없다. 그런 내력과 속사정을 누구보다 훤히 꿰고 있으면서도 왕득구는 돌려받은 특혜는 연필로 쓴 글씨를 그렇게 하듯 지우개로 쓱쓱 지워버리고 가져다 바친 뇌물 액수만 일일이 수첩에 기입해 놓고 심심할 때마다 이게 얼마야! 내가 도대체 얼마를 가져다 바친 거야? 이 돈이면 명광건설 같은 탄탄한 회사를 다섯 개도 더 만들어 내겠네. 이렇게 많은 액수가 어떻게 정치하는 놈들 술값으로 계집질 화대로 뒷거래용 금일봉으로 눈 녹듯 질질 녹아 없어져버릴 수가 있단 말인가.

그러니 나라 경제가 건전하게 일어설 수가 없는 거지. 오죽했으면 뇌물공화국이란 말이 다 나왔을까. 뇌물 없이는 아무것도 되지 않는 나라. 그런 나라에서 지지고 볶아 가며 실컷 땀 흘려 봐야 결과는 일본놈들 뒤꽁무니 빨기 바쁜 거지. 그래, 대한민국의 기업 민주화를 이뤄 놓기 위해서는 기업인인 내가 직접 나서지 않을 수 없어. 적어도 나는 뇌물을 먹지 않을 테니까. 뇌물 없이 깨끗하게, 그야말로 정직하게 기업이윤을 충분히 남기는 자랑스러운 대한민국…… 맞아, 그런 튼튼한 나라를 만들기 위해서는 내가 궐기하는 수밖에 없어. 내가 진두지휘해서 이 나쁜 관행을 모조리 뜯어 없애 버리겠어. 베짱이처럼 놀고 처먹는 저 정치하는 놈들의 군내 나는 배때기를 찢어발기고 말겠어. 대한민국을 저 버글거리는 여의도 좀도둑

떼들로부터 구해 내고 말겠어. 암, 구해 내고말고.

이른바 정치권력이 키워주고, 관료조직이 컨트롤하고, 재벌이 뒷돈을 대는 식의 수직적 네트워크를 더 이상 작동할 수 없는 형편에 이르렀다는 것이 왕득구의 판단이었다.

다시 말해 옛날 박통시절의 왕득구가 아니라는 것이 그 첫째 이유였다. 이른바 이쯤 했으면 나도 어른 노릇 할 만하고, 옛날 박통시절 생쥐 노릇 하던 것들이 어느새 대가리가 커져서, 대통령에 오르겠다고 주접을 떠는 마당에, 그런 조무래기들에게 계속 돈을 갖다 바쳐야 하는 불편한 상황이 만들어지기 전에, 차라리 그 돈으로 내가 대통령 왕관을 써버리는 게 상책 아닌가.

그러나 애석하게도 그것은 왕득구 혼자만의 생각이었다. 왕득구의 대통령 출마변이 설사 일리가 있다 해도, 출마하지 않으면 안 되는 이유가 정당하다 해도, 많은 사람의 공감을 얻기에는 어딘가 불만족스럽다고나 할까.

누구보다 거대 여당 예비후보로 거론되는 땡깡정치의 주인공 YS가 그러했다.

"재벌이 돈도 갖고, 권력도 쥐려 하느냐? 버르장머리를 단단히 고쳐 놓겠다!"

안 그래도 기생오라비 같은 얄미운 상대여서 이름만 떠올려도 재수에 옴 오르는 판에 버르장머리를 고치다니…… 오냐,

내가 그 버르장머리를 제대로 고쳐주마! 다짐하고 또 다짐하고 있던 터에…… 뭐라구? 그렇게 믿어 의심치 않았던 엠비유가 기름 묻은 미꾸라지처럼 요리조리 뒤틀다가 어느 날 아침, 덜컹 그것도 적진인 와이에스 진영으로 귀순을 해버렸다구? 왕득구 회장은 분개하다 못해 치를 떨었다. 전신이 마비증세가 걸린 것 같았다. 잠을 이루지 못했다.

"제 놈이 감히…… 어떻게 나를…… 능지처참할 놈 같으니……."

왕득구는 침실에서 벌떡 일어나 앉았다. 그는 이름 그대로 권력을 한 손에 쥔 일국의 국왕이었다. 분기 탱탱한 폭군이었다. 정말 용서가 되지 않았다. 어쩌면 역모를 주도한 측근을 처단하듯 가장 잔인한 보복을 가했다. 우선 그 밑에서 일했던 수하 직원들을 모조리 잘라냈고, 그가 누리던 명광그룹과 관련된 사회단체 대표 직함이며 체육회 회장 직책이며 여타 모든 권한을 직위 해제시켰으며, 심지어 40년 일한 대가로 예치해놓은 기금 명목의 거액도 전액 몰수하는 좌충수를 둘 지경이었다.

주변에서 명광그룹 총수답지 않은 유치하고 치사한 보복행위라고 더러 바른말을 했지만, 왕득구는 동요할 기미가 전혀 없었다. 그는 독불장군이었다. 자신이 세운 대통령 꿈을 가로막는 놈이 있다면 설령 피를 나눈 혈맹이라도 하루아침에 만고의 적이 되는 판국이었다.

어제까지만 해도 같은 길을 가는 후원자로, 동조자로, 이익금을 나눠 먹는 동업자로 그토록 화기애애하던 집권당 인사들하고도 부득불 등을 지지 않을 수 없었다. 벌써 핵심 당권자들이 다른 대통령 후보를 내세울 준비를 끝낸 상태였다. 적어도 그 움직임이 집권당의 대세였다. 군부독재의 사슬을 끊고 새롭게 태어나야 한다고 역설하는, 임기 다한 대통령이 그렇게 뜻을 세우고 밀어붙였기 때문이었다.

이제 역모를 벌인 쪽은 그의 곁을 떠나간 오른팔이 아니라 왕득구 그 자신이었다. 왕득구가 배신을 때린 파렴치한 이단자로 낙인찍히는 순간이었다.

그래도 왕득구는 눈 하나 까딱하지 않았다. 상대가 누구라도 싸울 각오가 되어 있다고, 배고픈 호랑이처럼 마구잡이로 울부짖었다. 대통령에 미쳐 누구의 읍소도, 충고도, 충언도 듣지 않는 도치기 같은 불도저……

한때는 왕득구의 사조직처럼 움직였던 안기부가 먼저 방향을 달리했고, 살살 아부하던 검찰이 나 몰라라 돌아앉았으며, 덩달아 경찰청까지 늙은이가 무슨 망령이냐고 은근슬쩍 삿대질을 해댈 지경에 이르게 된 것이었다.

어디 안기부, 검찰, 경찰뿐이겠는가. 왕득구를 한국이 낳은 세계적인 위대한 경영인으로 최대의 찬사와 존경을 표해 마지

않던 보수 지향의 신문이며 방송들까지 왕득구를 대통령병에 걸린 치매노인네로 취급하기 시작한 것이었다.

왕득구와 한 달이 멀다고 주기적으로 만나 부어라 마셔라 술 판을 벌이곤 했던, 흡사 잘 훈련된 개처럼 충성을 다하던 C일 보가 그 소임을 맡고 나섰다. 그 시절만 해도 인터넷이 보급되기 전이었고, 아무도 스마트폰을 갖고 있지 않았으므로 시중의 여론은 일간신문과 방송이 주도하고 있을 때였다. 그중에서도 C일보의 여세는 막강했다. 자타가 공인하는 선두주자였다.

시중의 일간지 한두 개를 제외하고는 모조리 합산해도 C일 보 하나를 당하기 버거울 정도였다. 그런 C일보가 집권 가능성이 높은 여당 쪽에 줄을 서지 않고 될까 말까가 아니라 아예 가능성이 희박한, 아무리 돈이 많아도 일개 재벌 총수에 불과한 명광그룹 편을 들 리 만무했다.

서로의 약점을 보완해 가며 너도 먹고 나도 먹고 식의 돈독했던 상부상조는 상부상조고, 더 큰 틀을 짜는 선거판은 또 달랐다. 이랬다저랬다 예고 없이 함부로 얼굴을 달리해 버리는 것이었다. 그 자체가 죽느냐 사느냐의 생존전략이기 때문이었다.

어젯밤까지 입안의 것도 나눠 먹던 흉허물 없던 사이가 하룻밤 자고 나서 느닷없는 만고의 적이 되는 경우가 바로 C일보와 명광그룹이었다. C일보가 먼저 재집권을 노리는 거대 여당

의 대국민 홍보지로 암암리에 지정받았고, 솔선수범하여 그쪽
에서 내세운 후보 얼굴을 알리기 시작하고 있었다. 그렇다고
해서 내놓고 모모 후보를 지지하는 어설픈 방법을 C일보는 선
택하지 않았다.

수권 정당을 만들기 위해 내세운 새 후보를 훼방하는 상대,
새 후보보다 한 치라도 앞장서는 상대, 비록 앞서지는 않았지
만 여세를 몰아 어쩌면 앞설지도 모르는 상대를 미리미리 차
단시키는 역할을 C일보가 도맡아 충실히 이행하는 것이었다.

기실 처음에는 개인적인 유명세로 제아무리 날고 기는 왕
등구라 해도 전국적인 조직력과 국력에 가까운 탄탄한 집권당
지지 벽을 어찌 허물 수 있겠느냐 빈정거려 마지않았지만, 웬
걸 애국당이란 새 정당을 만든 다음 개개인 국민살림의 질을
높일 경제대통령, 서민을 잘살게 할 서민 출신의 재벌대통령
따위 캐치프레이즈가 서서히 먹히는가 싶더니, 이윽고 심상찮
은 왕등구 바람이 여기저기서 불어오기 시작하는 것이었다.

이크 뜨거워라, 집권당을 비롯한 안기부, 검찰, 경찰, 어용신
문 방송들이 똘똘 뭉쳐 나름대로의 대책을 강구하기에 이르
렀다.

"불길이 커지기 전에 잡아야 합니다."

"불길은 무슨……. 제까짓 놈이 뛰어 봐야 벼룩이지…….
무식한 촌놈이 돈 좀 가졌다고 감히 대통령 자리까지 넘보다

니…… 말세라구, 말세."

"말세 운운하고 있을 때가 아닙니다. 미리 차단하지 않으면 무슨 봉변을 당할지 모릅니다."

"아니, 뭐가 무서워서 엄살을 그리 떠시오?"

"엄살이 아니라니까요. 개인적인 유명세에다 정권만 잡으면 정치도 기업 경영하듯 해서 부자나라 만들겠다고 저렇게 기염을 토하니 어리석은 군중들은 당연히 동요할 수밖에요."

"그런 헛공약 들고 나왔던 재벌 출신들이 어디 한둘이었소? 대한민국 국민들 그리 어리석지 않아. 알 거 다 안다구. 걱정하지 마쇼."

"이번에는 다릅니다. 왕득구는 보통이 넘습니다. 그냥 재벌이 아니라구요. 앞장세우는 선발대부터가 다르지 않습니까. 코 흘리개 아이들도 다 아는 유명 탤런트 유명 개그맨들을 동원해서 전국을 헤집고 다니는 바람몰이가 심상치 않다니까요."

"어휴, 그 저질 개그맨? 그 재수 없는 자식, 설치는 꼬락서니라니…… 아마 표를 얻기보다 표를 깎을 공산이 더 많을걸."

"그게 아닙니다. 어제 대전 모임에 구름 관중이 밀려들었다는 거 아닙니까. 우리 경찰 발표는 3천 명이라지만, 실제는 5만 명이 넘었다는 후문입니다."

"그게 사실이야?"

"그렇다니까요."

"그거는…… 조금 우려되는구만."

"맞습니다. 미리 차단시켜야 합니다. 왕득구 바람이 더 이상 확대되기 전에……."

"왕득구 바람이라…… 그걸 어떻게 차단한다는 거요? 선거 자금을 풀지 못하도록 돈줄을 막아? 그놈은 가진 게 돈밖에 없는데 무슨 수로?"

"그보다 시급한 것이 여론입니다. 왕득구를 유익하게 하는 여론에 독극물을 타는 겁니다. 아니, 왕득구 바람에 흙먼지를 뒤집어씌워야지요. 바람 좋다고 모여든 사람들이 흙먼지 퍼 마시고 기침하다가 칵칵 꼬부라지게끔."

30

바로 그 시점이었을 터다. 나는 2년 가까이 흉하게 기르고 다니던 수염을 부득불 깎지 않으면 안 되었다. 사람들이 하나 둘 내 은신처를 찾아들었기 때문이었다. 주로 내가 적을 두었던 서울 교회 신도들이 대부분이었지만, 개중에는 문인들도 몇몇 끼어 있어 담을 쌓고 살았던 문단 소식을 제법 세세하게 듣게 된 까닭이었다.

그 무렵 나는 한 번도 아침신문, 특히 H신문을 펴들지 않았다. 아니, 펴들 신문이 눈에 띄지 않았다. 텔레비전도 설치되어 있지 않았다. 유선전화는 있었지만, 하루 온종일 한두 번 울리기도 힘들었다. 전화번호를 알려주지 않은 탓이었다.

서울에서 은신처로 옮겨 올 무렵만 해도 나는 매스컴이 주시하는 인물 중의 한 사람이었다. 인터뷰를 요청하는 전화가 그때까지 심심찮게 걸려 오던 터였다. 나는 내가 발발시킨 전쟁에서 대패했으므로 일단은 맥이 풀려 있었고, 언감생심 기대했던 인세 수입 역시 결딴났으므로 여러모로 만신창이가 된 상태였다.

의기소침이 아니라 좌절이었고 자포자기였다. 그래서 사흘이 멀다고 술자리를 같이했던 친구들과도 소식을 두절해 버린 것이었다. 처음에는 궁금해하고 불편해하며 나를 두리번두리번 찾다가 이제 지레 주저앉아 버린 모양이었다. 그중에서도 가까운 한두 명은 그래 그것도 좋은 치유방법이야. 세상 시끄럽게 야단법석 떨다가 입은 상처 그렇게라도 치유시켜야지. 암, 혼자 두더지처럼 들어앉아 수도하다가 싫증나면 당당하게 다시 나오거라 식으로 나를 편안히 쉬게 해주는 것이었다.

그러나 나는 수도승처럼 나를 찾기 위한 명상도 하지 않았고, 해탈의 경지를 향해 정진하는 정신 수도도 하지 않았다. 나는 책도 읽지 않았다. 물론 글은 더욱이나 쓸 생각이 없었다. 부질없는 것들로부터 멀리 도망치고 싶을 따름이었다.

『돈황제』가 왕득구란 인간의 포악성을 폭로하고 고발하는 역할 외에 어떤 문학적 위업도 이루지 못했다는 자성 탓이었다. 내 글솜씨가 참으로 한심스럽다는 사실을 그때처럼 뼈저리게 실감한 적이 없었다.

나는 도망자였다. 내가 있던 곳에서 도피했으므로 그때의 나는 존재하지 않는다고 믿었으며, 실제로 그렇게 행동했다.

나는 나름대로 자유로웠다.

눈 뜨면 기르던 개들을 앞세우고 뒷산으로 기어올랐고, 땅을 파고, 고추 심고, 상추 심고, 열무 심고, 감자 심고, 고구마를 심었다. 그리고 밭이랑의 잡풀을 뽑았으며, 마을 주변에서 새로 사귄 농부들과 추렴하여 돼지도 잡고 개도 잡고 닭도 잡아먹었다.

어두워지면 긴 잠에 빠졌고, 동이 트면 개들을 풀어 다시 뒷산을 기어오르곤 하는 것이었다. 나는 철저하게 나를 위장했다. 나는 글을 쓰는 소설가도 아니고, 명광그룹에서 쫓겨난 간부사원도 아니고, 대한민국을 대표하는 재벌 총수 왕득구 회장과 물고 뜯는 발칙한 전투를 벌인 망나니 병사도 아니었다.

외관상 나는 건강에 문제가 생겨 요양차 복잡한 서울생활을 접고 조용한 시골에 내려와 은거하는 중년남자일 뿐이었다. 내 주변 사람들은 모두 그렇게 인식하고 있었다. 그래서 도사처럼 수염도 기르고, 채소도 기르고, 꽃도 기르고 닭도 놓아 길렀던 것이다. 장날이면 명태 대가리와 라면 부스러기를 잔뜩 사 와서 개먹이용으로 군불용 가마솥이 꽉 차도록 부글부글 끓이곤 하는 것이었다.

그러다가 어느 날 수염을 과감하게 밀어버리고 부끄러운 듯 수줍은 듯 슬쩍 세상에 얼굴을 디밀었다. 야, 이게 누구야! 드디어 나왔구나. 그동안 어디에 감쪽같이 숨어 있다가 이제 나

타났냐? 호들갑을 떨어줄 줄 알았는데 웬걸 그게 아니었다. 오랜만에 반가운 듯 나의 손을 잡으면서도 시선은 다른 곳에 있었다.

모두가 다 그랬다. 아무도 2년 전 피 터지던 그 전투를 기억해 주는 사람이 없었다. 나를 인터뷰하기 위해 그토록 열성을 부리던 여성지 기자들도, 주간지 기자들도, 라디오 기자들도 언제 그런 사건이 있었느냐는 듯이 본체만체하는 것이었다.

내 흔적을 수소문하던 기자들뿐 아니었다. 내 동료 문인들도 대체로 그러했다. 오랜만에 마주쳤는데도 시큰둥했다. 아무도 내 편에 서서 나를 이해하려 드는 사람이 없었다. 그동안 어디 있었느냐고 묻는 사람조차 나는 만나기 힘들었다.

그도 그럴 것이, 내가 현장에 없는 동안 왕득구 회장의 활동이 그만큼 왕성했다는 증거였다. 그동안 『돈황제』 때문에 땅바닥에 떨어졌던 당신의 이미지를 일으켜 세우기 위한 피나는 노력을 치열하게 경주한 탓이었다.

나와 가까이 교제하던 문인들 거지반 왕득구 회장의 초청을 받아 백두산 탐방여행을 다녀온 뒤였다. 그때만 해도 백두산 탐방은 선망의 대상이었다. 누구나 가고 싶어 하는 아이템이었다. 가고 싶어도 갈 수 없게끔 꽉 막혔던 백두산 탐방 길이 처음 터진 데다가, 돈 한 푼 들지 않는 공짜 여행에다, 왕득구 이름 석 자가 찍히긴 했지만 아주 고급스러운 선물까지 받아 챙길 수 있었으니 저요, 저요 손 흔들며 줄을 설 수밖에 없는 분위기였다.

물론 문인들뿐 아니었다. 각계각층 지도급 인사들을 초치(招致), 전세비행기에 태워 민족의 성산으로 실어 날랐는데, 그 횟수만 백여 차례고 참여 인원 역시 수천 명에 이르렀다는 것이 후문이다.

그러니까 왕득구 회장의 대통령 출마 결심은 즉흥적인 것이 아닌 셈이었다. 내가 은신처로 숨어 들어갔던 바로 그 겨울부터 백두산 탐방 프로젝트가 조직적으로 추진되었으니, 2년 전으로 거슬러 올라갈 필요가 있다. 다시 말해 H신문 사옥 신축을 서둘렀던 바로 그 시점에 대통령을 향한 만반의 준비를 갖추고 시동을 걸기 시작한 것이었다.

일부 비판적인 사람들은 그때 부풀대로 부풀어 있는 왕득구를 대통령병에 걸린, 치료 불가능한 정신분열증 환자로 폄훼하기도 했지만, 또 한편으로는 대한민국 역사를 바꿀 아주 참신한 노인네로 높이 추앙하기도 했다. 솔직히 맨손으로 일으킨 명광그룹의 기적을 대통령에 오른 위대한 왕득구가 대한민국도 그렇게 만들어 내리라 믿는 사람들이 적지 않았던 터다.

따지고 보면 나 또한 그 점에 있어서는 자유롭지 못한 사람이다. 왕득구가 이 나라 대통령에 올라야 된다는 헛소리를 함부로 발설한 장본인이 바로 나 자신이었기 때문이다. 부끄러운 고백이지만, 내가 왕득구에게 점수를 따서 짧은 시간이지만 그 수하에 퍼질러 앉을 수 있었던 것도 대통령 발언이 불씨였던 것 같다.

생각해 보라. 그 음흉한 아부성 발언이 아니었으면 나 같은 주제에 어찌 왕득구를 독대할 수 있었으며, 조애자 같은 여자가 통째 나에게 맡겨질 수 있었겠는가. 그렇다. 그날 그 발언으로 나는 왕득구 회장의 주목을 한 몸에 받았으며, 영광스럽게 술잔도 받았고, 당신 너무 경솔해서 못쓰겠구만, 하면서도 각별한 총애를 가뭄의 단비처럼 퍼부어 주었지 않은가.

31

나는 오랜만에 은신처를 벗어나 잠입하듯 서울로 돌아왔지만, 금세 그것을 후회했다. 무엇보다 나를 황당하게 하고 주눅들게 한 것이 또 있었기 때문이다. 나에게 왕득구의 비정상적인 부도덕성과, 마땅히 존중받아야 할 인권과 인륜을 한꺼번에 짓밟곤 하는 천박하기 짝이 없는 왕득구 특유의 폭력성을 고발하고, 그것이 책으로 씌어져 만천하에 알려져야 한다고 지레 흥분해 마지않던 수요회 멤버 전원이 전혀 딴 얼굴을 하고 누구보다 왕성하게, 그리고 적극적으로 활동하고 있다는 사실이었다.

물론 엠비유가, 40년 동안 지극정성으로 품어주던 왕득구를 배신하고 그 품을 떠나 왕득구의 경쟁상대인 거대 여당에 입당했던 사건과 무관하지 않았다.

수요회 회원들 자체가 비록 왕득구 명에 의해 쫓겨나긴 했지만, 그 이면을 들여다보면 엠비유에게 밉보였거나, 그 조직에 대항했다가 보복당한 케이스가 대부분이었으므로, 엠비유 퇴진이 곧 그들의 복권으로 자연스럽게 이어준 계기라고 해야 옳았다.

왕득구의 그것 역시 파면되었던 수요회 회원들을 복귀시키는 그 자체가 괘씸하기 짝이 없는 엠비유에 대한 앙갚음이기도 했다. 어쨌거나 그들이 거지반 명광그룹으로 속속 찾아 들어온 것은 물론이고, 왕득구 대통령 만들기 핵심 추진세력으로 맹활약 중이었다. 나 또한 오랜만에 은신처에서 나왔으므로 안부도 궁금하고 밥도 한번 먹고 싶어 전화를 걸었는데도 수요회 회원 중 어느 누구도 받지 않았으며, 어찌어찌 비서를 통해 연결되었다 해도 반색은커녕 앗 뜨거라, 질겁하는 기색이 역력했다.

나는 외로웠다. 그냥 혼자 거실에 앉아 텔레비전 뉴스나 보는 것이 일과였다.

텔레비전에서 나는 왕득구의 근황을 아주 세세하게 목격하고 확인했다. 그는 결사적이었다. 확실히 왕득구는 특이체질이었다. 본시 한번 옳다고 결정하고 밀고 나가면 그 누구도 막기 힘들다는 사실을 세상이 다 아는 바지만, 이번처럼 상상을 초월한 경우는 없었다.

낚시에 잡혔다가 풀려난 고기가 저처럼 왕성할까. 왕득구는 신출귀몰하듯 전국을 누비고 다녔다. 상대 후보들이 서울서 부산까지 다섯 시간 걸린다면, 왕득구는 한 시간 반에 해결해 버리는 것이었다. 전용 헬기를 활용한 결과였다. 그야말로 동에 번쩍, 서에 번쩍 했다.

일종의 선거 혁명이었다. 상식을 뛰어넘는 기동력이었다. 그러다 보니 명광그룹 소속 공사용 헬기가 몽땅 선거에 차출된 상태였다. 그중에는 몇 년 전 내가 영화배우 개신교 목사님을 태워 날려 보냈던 그 헬기도 티브이 화면 중심을 차지하고 그 늠름한 모습을 자랑하고 있었다.

차출된 헬기 모두가 유니폼인 듯 특수한 치장을 하고 있었다. '애국당 대통령 후보 왕득구'란 이름이 대문짝만 하게 쓰인 현수막이었다. 현수막으로 뚤뚤 감겨져 있었다. 마치 공중전에 투입된 병기 같았다. 일개 편대가 시커멓게 날아올랐다 하면 영락없는 왕득구 유세팀 헬기 부대였다.

사람들의 입이 쩍 벌어졌다. 아, 저렇게도 유세를 벌일 수 있구나. 저렇게 효율적으로 표를 모을 수 있구나. 저렇게 돈을 쓰는 방법도 있구나. 역시 재벌 후보라 뭐가 달라도 다르구만. 말 그대로 왕득구 바람은 점점 더 거세어져 가는 느낌이었다. 저렇게 나가다가 거대 여당 후보가 추월당할 수도 있지 않을까, 우려의 목소리가 터져 나올 지경이었다.

신문지면에 보도되는 기사 내용이 그러했다. 왕득구의 바람을 수준급 태풍으로 취급하는 신문도 더러 있었지만, 그 반대 경우도 많았다. 그 대표적인 매체가 C일보였다. 한때 왕득구와 혈맹관계로 입안의 것도 나눠 먹곤 했던 C일보가 이제는 철천 지원수가 되어 절대로 대통령이 되어서 안 되는 인물 중의 하나가 왕득구라는 막말을 토해 내고 있었다. 지면만 펼치면 버드나무 가지 치듯 왕득구를 찍어 내리는 기사로 범벅이 되어 있는 형국이었다. 잔인하게 물어뜯으며 제풀에 진저리까지 쳐대고 있었다.

그 C일보에서 나를 찾아온 것은 대통령 선거일을 열흘쯤 앞둔 어느 금요일이었다. 경제부장 명함이었다. 외출에서 돌아온 나에게 아내가 예의 명함을 들이밀었다.

"이 사람이 왜 날 찾아온 거지?"

"전화 걸어 달래요."

"전화를?"

"밤이 늦어도 좋으니, 꼭 오늘 중으로 통화하고 싶다고 하더라구요."

아내는 그 방문객이 들고 왔다는 큰 케이크 상자를 가리켰다. 꽃장식이 되어 있는, 광화문에 소재한 유명메이커 케이크였다. 오다가다 사들게 된 허드레제품이 아니라 당초부터 철저하게 계획되어 준비한 정성 어린 선물임에 틀림없었다.

무슨 꿍꿍이속일까. 내가 왕득구에게 선전포고를 하고 발칙하게 칼을 빼어 들었을 때 맨 먼저 그쪽 편에 서서 나에게 총을 겨눴던, 아니, 파렴치한 작가 운운하며 엄청난 함포사격을 퍼부었던 그 원흉이 왜 비싼 케이크를 사들고 나의 집까지 물어물어 찾아와 늦은 밤이라도 좋으니 꼭 통화를 원한다는 메시지를 남긴 것일까.

하나 내가 먼저 명함에 적힌 전화번호를 찍을 필요가 없었다. 그 장본인이 전화벨을 울리게 했기 때문이었다.

"박 선생, 참으로 반갑습니다."

"아, 예…… 근데 무슨 일로……."

"그거야…… 만나서 천천히 설명 드리기로 하고…… 그동안 고생 많았지요? 참, 건강은 어떻습니까? 그런 일 당하고 나면 스트레스로다가 몸이 많이 망가지던데?"

"괜찮습니다, 아직은……."

"그럼, 내일 아침 모닝커피, 나랑 같이 마시면 어떨까요? 우리 신문사 사옥 옆에 호텔 있잖습니까? 그 꼭대기 층에 지금 제가 전용으로 사용하고 있는 방이 따로 있는데, 아주 전망이 좋습니다. 서울 시내가 훤히 내려다보입니다. 청와대도 보이고, 남산도 보이고……. 그런 풍경 바라보며 고소한 커피 향을 함께 즐기고 싶지 않습니까?"

"좋은 제안입니다만, 내일 아침은 안 되겠는데요. 선약이 있어서요."

"그럼, 점심은 어떻습니까?"

"죄송해서 어떻게 하죠? 내일 새벽에 지방에 갔다가 저녁 늦게 돌아올 텐데요."

물론 그것은 사실이 아니었다. 나는 거짓말을 하고 있었다. 뭔가 예감에 면도날 같은 예리한 각이 섰기 때문이었다. 나는 오랜만에 인가에 내려온 야생동물처럼 지나치게 움츠리고 있었다. 단 한 발짝도 함부로 떼지 않았다. 나의 그런 조심스러움을 읽기라도 한 듯,

"그럼, 모레 아침으로 미루죠. 모레……"

라고 더 느긋하게 말을 이었다.

"모레…… 아, 모레는 일요일이군요. 그래도 괜찮겠죠?"

내가 깜짝 놀란 음성으로 말을 받았다.

"그렇군요. 모레가 주일이네요. 어쩌죠? 주일날은 옴짝 못하는데……. 교회에 나가야 하니까요. 근데…… 무슨 일로 저를 만나 커피를 마셔야 하는지, 전화로 얘기하시면 안 되겠습니까?"

"전화로는…… 아주 곤란하구요……. 혹 괜찮으시다면 제가 지금 그쪽으로 찾아뵐 수도 있습니다. 지금이 열 시 십 분 전이니까, 차가 안 밀리면 열 시 반까지는 도착할 수 있습니다."

"저는…… 그냥 전화로 말씀 듣고 싶은데……. 안 되겠습니까? 집안에 피치 못할 사정이 있어서, 빠져나갈 수가 없습니

다."

"그래요? 거참…… 이건 꼭 만나 뵙고 드려야 할 얘긴데……."

상대는 혼자 혀끝을 쯧쯧 차는 시늉을 했다. 그리고 어쩔 수 없다는 듯이 바짝 다가앉는 목소리로 계속했다.

"단도직입으로 말씀드리죠. 우리 신문에 박 선생 소설을 연재할 의향이 있는데…… 혹시 관심이 있으신지?"

"연재소설이라구요?"

나는 귀를 의심했다. 아니, 눈이 번쩍 뜨였다고 해야 옳았다. 갑자기 정신이 바짝 들 정도로 흥분 상태에 돌입했지만, 나는 그것을 숨기기 위해 태연한 척 한 템포 호흡을 가다듬고 되도록 천천히 입을 열었다.

"지금 연재하고 있는 소설이 끝날 때인가요?"

"그거야 얼마든지 만들기 나름이니까요."

"그러니까 새 연재소설을 신설하시겠다, 그런 말씀인가요?"

"때마침 역사소설이 진부하다는 항의가 빗발쳐서 중도하차시키고, 대신 요즘 대세로 떠오른 기업소설 쪽으로다가……."

"그래서 저 같은 사람한테…… 지면을……."

나도 모르게 숨이 가빴다. 내가 두서없는 말을 덧붙였다.

"그렇다면야 영광이지요. 저한테 그보다 더 큰 영광이 어디 있습니까?"

그것은 사실이었다. 지금이 어느 땐가. 신문 연재가 하늘의 별 따기인 세상 아닌가. 그것도 대한민국에서 가장 독자가 많다고 객관적으로 검증된 톱클래스 신문지면을 얻을 수 있다는 것은 일생에 한 번 잡을까 말까 한 행운이 아니고 뭐란 말인가.

어쩌면 올림픽의 메달만큼이나 취득하기 힘든 최상의 영광인지도 모른다. 흔히들 얘기하지 않던가. 자타가 공인하는 필력도 필력이지만, 뒤에서 적극 후원하는 배경과 그리고 마지막 행운 같은 3박자가 맞지 않고서는 절대로 가슴에 안을 수 없는 파랑새가 바로 C일보 연재소설 지면이라고.

내 경우는 더 그러했다. 『돈황제』 필화사건 후유증으로 2년 가까이 아무런 것도 생산하지 못하고 세월아 네월아 차일피일 했으므로 더더욱 그런 기회가 절실할 수밖에 없었다.

아, 살다 보면 이런 행운이 저절로 굴러오는 수도 있구나. 물론 그렇다고 해서 사전 연락 없이 명함을 놓고 간 데다가 늦은 밤도 불사하고 불시에 찾아오겠다는 경제부장의 과분한 행동이 뭔가 의뭉스럽긴 했지만, 한편으로 아무리 의혹이 따른다 하더라도 그 와중에 불쑥 튀어나온 연재소설 운운은 나에게 있어서 가뭄의 단비 같은 너무도 감동스러운 사건이 아닐 수 없는 것이었다.

말 그대로 나는 흥분 상태였다. 그래, 이번 기회로 우뚝 서 보자. 『돈황제』 때문에 생긴 깊은 생채기를 새로운 작품으로 말끔하게 메워버리자. 벌써 내 가슴은 두근거리고 있었다. 수화기를 쥔 손 안이 땀으로 흠뻑 젖은 상태였다. 내가 말했다.

"아, 이제 알겠네요. 기업소설이라 문화부가 아니고 경제부에서 관여하시는군요?"

"물론 그런 이유도 없지 않고…… 또 한 가지……."

경제부장이 말끝을 흐렸다.

"또 한 가지가 뭡니까?"

내가 물었다.

"그게…… 뭐라고 해야 하나? 아, 그래요. 조건이라고 해야 맞겠네요. 조건……."

"조건이라구요?"

"그래요. 연재소설 지면을 주는 대신 작가도 우리 신문에 뭔가 기여해야 하는 조건."

"그게…… 뭡니까?"

"인터뷰입니다."

"인터뷰?"

"말 그대로 인터뷰죠."

순간 내 머릿속은 아수라장이 되었다. 흡사 폭약에 의해 콘크리트 빌딩이 수직으로 내려앉는 것 같은 그런 충격이었다. 아, 그렇구나. 그런 함정이 도사리고 있었구나. 내가 조금 떨리는 소리로 입을 열었다.

"그러니까, 왕득구 대통령 후보와 관련된 인터뷰겠죠?"

"맞아요. 바로 그겁니다."

"왕득구 후보의 반사회적, 반인륜적 면모를 들춰내는……. 아, 선거전략으로다가……."

"금방 알아차리시는군요. 말이 났으니 얘기지만, 그건 너무 당연한 거 아닙니까? 그런 사람이 대통령이 되어서는 나라가 위태해지니까. 왕득구가 얼마나 비정상적인 인물인지, 누구보다 『돈황제』의 저자께서 가장 잘 알고 있잖습니까? 때때로 정신분열 증세까지 보이는 일종의 환자라는 사실을 아는 사람은 안타깝게도 그리 많지 않습니다. 바로 그 점을 증언해 주시면 되는 겁니다."

경제부장은 의기양양했다. 이제야 비로소 주도권을 잡게 되었다는 듯이 더 또록또록하게 말을 이어 갔다.

"그동안 가슴에 담아 놓고 말하지 못한 거 이번 기회에 속 시원하게 털어놔 보시죠. 그거 오래 담아 두면 정말 병 되거든요. 제가 알기로는 『돈황제』 책으로도 다 못한 비화가 더 있는 줄 아는데…… 죄다 공개해 버리시죠. 하고 싶은 얘기가 많으면 지면을 배로 할애해서라도 수용할 용의가 있습니다. 어떻습니까?"

나는 대답하지 않았다. 아니, 할 수가 없었다. 갑자기 잘못 뜯어 씹은 독초 때문에 입술이 굳어진 것 같은 마비증세가 전해졌기 때문이었다.

"박 선생님—."

그가 독촉했다.

"제 얘기 듣고 있습니까?"

"듣고 있습니다."

"그럼, 어떻게 할까요? 일요일은 어렵다고 하니까 할 수 없고…… 월요일 아침은 괜찮겠죠? 왜냐하면 시간이 절대적으로 없습니다. 사실은 월요일이 데드라인입니다. 투표 날짜가 얼마 남지 않아서, 늦어도 수요일 자에는 실어야 하는데…… 기사 쓰는 시간도 있고, 그 내용을 검토할 수 있는 시간도 줘야하고……."

나는 늦어도 일요일 오전까지는 확실한 해답을 주기로 하고 그 긴긴 통화에 방점을 찍을 수 있었지만, 웬일인지 경제부장이 원하는 시원한 답이 그때까지도 나올 것 같지 않다는 예감이 들었다. 함부로 풀어진 실타래처럼 엉킨 머릿속 탓이었다.

뭐라고 할까. 도저히 복원하기 힘들 지경이 된 실타래를 이제 막 철들기 시작한 고양이놈이 물고 흔들며, 발톱으로 찢어발기는 형국이라고나 할까. 하여 나는 잠을 이루지 못했다. 밥맛도 없었다. 그렇다고 경제부장이 제안한 그 사안을 들고 가까운 친구에게도, 『돈황제』를 출판해 준 편집실 담당자에게도 찾아가 자문을 구하고 싶지 않았다.

그동안 나를 해코지하던 C일보에서 그런 제안을 해 왔다고 말하는 그 자체가 인터뷰를 수용한다는 뜻과 상통한 탓이었다. 친구도 출판사도 보나마나 당연히 그렇게 하기를 종용할 터다. 책을 홍보할 수 있는 절호의 찬스, 아니 기진맥진 사그라지고 있는 『돈황제』를 다시 되살려 벌떡 일으켜 세울 수 있는 유리한 고지를 차지할 수 있게 되었다고 짝짝 박수를 쳐줄 게 뻔했다.

생각해 보라. 그동안 왕득구와 한통속이 되어 얼마나 야비하게 나를 탄압했는가. 불법 파면 조치의 억울함을 토로하는 호소문을 뒷구멍으로 빼돌려 다시 왕득구 손에 쥐어 준 것도, 『돈황제』 책 광고를 게재할 수 없다고 뻔뻔스럽게 동네축구공 차듯 멀리멀리 내질렀던 장본인도 바로 C일보 아니었던가.

그런 C일보와 다시 손을 잡다니……. 그리고 왕득구를 정조준하고 방아쇠를 당기다니……. 아무래도 엉킨 실타래보다 더 오리무중인. 흡사 초점이 잡히지 않아 열 겹 스무 겹으로 겹쳐 보이는 사물처럼 뒤범벅이 된 렌즈 격이었다. 머릿속이 지끈거렸다.

이튿날 아내만 혼자 보내고 나는 교회에도 나가지 않았다. 혼자 집 안에 박혀 끙끙 앓았다. 경제부장은 그 사이에도 세 번씩이나 더 전화를 걸어 왔고, 나의 시원한 오케이 사인이 없는데도 인터뷰 때 입을 옷이며, 혹 내 증언을 증빙할 만한 사진이나 서류가 있다면 아예 월요일 아침에 가지고 나와 달라는 당부를 여러 차례 반복했다.

그는 내가 인터뷰에 응하기로 마음을 정했다고 믿고 있었다. 그가 그렇게 믿고 있거나 말거나 나는 아직 확실한 단안을 내리지 못한 아주 어정쩡한 상태였다.

주일 밤 예배도 혼자 참석하고 돌아온 아내는 내 눈치만 봤다. 나는 의도적으로 아내와 눈을 마주치지 않았다. 아내도 쉽사리 접근할 기미가 아니었다. 수십 년을 함께 보낸 노하우였고, 굳이 덧붙이자면 나에 대한 일종의 배려이기도 했다. 내가 짐짓 못 본 척 딴전을 부리듯, 아내도 그쪽에는 전혀 관심이 없다는 듯 옥상에서 걷어 온 세탁물을 정리하고 있었다. 그중에 내 와이셔츠도 섞여 있었다.

가타부타 한마디 의논한 적이 없는데도 아내는 내 와이셔츠부터 다림질하기 시작했다. 회사에서 쫓겨난 뒤로 넥타이 차림에서 훌훌 벗어나 버렸으므로 아내는 한동안 와이셔츠와는 담을 쌓은 것처럼 행동했었는데…… 갑자기 그 일에 몰두하는 모습이 그렇게 진지할 수가 없었다. 모르긴 해도 C일보 경제부장과의 그 긴 전화통화 때 계속 옆을 지켰으므로 주어진 상황을 훤히 꿰뚫고 있으리라.

그러니까 내일 아침 내 외출에 대한 채비인 셈이다. 넥타이도 두 개 세 개 꺼내어 양복에 맞는 색깔로, 내가 선택하기 좋게 나란히 걸어 두고 있었다. 나는 아무 생각도 없는 사람처럼 거실에 비스듬히 누워 텔레비전을 시청하고 있었다.

주말드라마가 끝나고 심야토론 방송 안내 멘트가 시작되고 있었다. 내가 벌떡 일어나 앉았다.

"여보."

"왜 그래요?"

"우리 시골 좀 가면 안 될까?"

"시골 어딜요?"

"시골이라면 남해지 어디야?"

"남해를 왜 갑자기?"

"지난 추석에도 못 갔잖아? 아버지 산소에 풀이 얼마나 무성할까?"

"그거 해결했어요. 돈 주고……."

"그래? ……그래도 가고 싶네."

"가고 싶으면 가자구요……. 안 그래도 왜 한번 안 내려오느냐고 언니한테 전화도 몇 번 왔었으니까."

"그렇지? 우리가 너무 무심한 거야. 안 간 지가 삼 년쯤 됐나?"

"오 년째예요. 오 년."

"거 봐. 우리가 지나친 거야."

"우리가 아니라 당신이 너무한 거지, 뭐. 당신이 바쁘다는 핑계로 주원이 결혼식에도 나 혼자 보냈으니까."

"그래서 함께 내려가자는 거 아냐?"

"좋아요. 내일 인터뷰한다니까, 그거 끝나고 가면 되겠네."

"인터뷰?"

내가 처음 듣는 얘기라도 되는 듯이 화들짝 놀라는 척 반문했다.

"약속하지 않았어요?"

"약속이라니?"

"내일 아침 만나기로 한 것 같던데?"

"여보!"

내가 신중한 목소리로 계속했다.

"실은 말이야……."

그래도 말을 쉽게 꺼내지 못하자 아내가 더 바짝 다가앉으며,

"실은 왜요?"

라고 반문해 주었다. 그러나 나는 대답하지 않았다. 대답 대신 자리에서 일어나 외출복을 주섬주섬 껴입기 시작했다. 작은 여행가방도 챙겼다.

"아니, 당신 지금 뭐하는 거예요? 어딜 가려고 가방까지……."

"여보, ……실은 나, 지금 떠나고 싶어."

"뭐라구요? 아니, 이 밤중에 무슨 청승도 아니고, 어딜 떠난 다는 거예요?"

"아까 말했잖아. 남해에 간다구. 나는 무슨 일이 있어도 지금 가야 되니까. 당신도 꼬치꼬치 따져 묻지 말고 빨리 챙겨서 나오라구. 어서!"

나는 부랴부랴 부엌의 가스불과 보일러와 이 방 저 방 문단 속을 끝내고 후닥닥 밖으로 뛰쳐나왔다. 그리고 자동차 시동 을 걸고 대문 앞에 출발하기 쉽게 세웠으며, 누구에게 쫓기기 라도 하는 듯이 클랙슨을 빵빵 눌러 댔다.

"다 잠자리에 든 시간인데 미안하지도 않아요? 온 이웃이 다 일어나겠어요!"

아내가 어느 틈에 가방을 두 개씩이나 꾸려 와서 뒷좌석에 던져 놓고 옆자리에 풀썩 앉으며 투덜거렸다.

나는 꿀 먹은 벙어리였다. 그냥 입을 봉하고 운전에만 신경 을 썼다. 자정에 가까운 시간이라 도로는 뻥 뚫려 있었다. 올림 픽도로를 벗어나 중부고속도로로 올라서는 데 많은 시간이 걸 리지 않았다. 그때까지 아내도 나도 아무 말도 하지 않았다.

첫 번째 만나는 이천휴게소로 진입한 것은 연료 때문이었 다. 장거리 운행을 위해서는 부득불 기름통을 가득 채워야 했 다. 기름을 넣는 동안에도 아무 말 없던 아내가 휴게소를 막 벗어나자마자 문득 생각났다는 식으로 입을 열었다.

"당신 이런 이상한 행동, 그 어른이 알아줄 거 같애요?"

"그게 무슨 소리야?"

"내일 아침 인터뷰 약속, 그거 하기 싫어서 도망치는 거 아네요?"

아내는 족집게였다. 그녀가 계속했다.

"서울에 있으면서 거절하는 것은…… 혹시라도 유혹을 이기지 못할까 봐…… 그래서 멀리멀리 도망쳐서…… 도저히 약속을 지키지 못할 곳으로 몸을 피신하는 거 아네요? 내 말 틀려요?"

"맞아."

마치 부끄러운 꼼수를 지적하는 엄마 옆에 자리한 아들처럼 내가 주눅 들린 소리로 덧붙였다.

"당신, 그거 어떻게 알았어? 어떻게 알았냐구?"

"내가 당신이랑 같이 산 게 몇 년이에요? 척하면 삼천리지. 근데 어쩌죠? C일보 연재소설이 꿈이었던 당신이 드디어 그 꿈을 손안에 잡아 쥐었는데…… 어떻게 한순간에 포기할 수 있냐구요?"

그러나 아내는 내 대답을 기다리지 않았다. 아내가 계속했다.

"왕 회장이 당신 그 마음을 알아줄까요? 연재소설 꿈도 차버리고 멀리멀리 도망쳐 주는 당신을 그 어른이 고맙다고, 잘

297

한 행동이라고, 최소한의 의리를 지킬 줄 아는 남자라고 인정하고 악수라도 청해 줄까요?"

내가 자정을 지난 시커먼 어둠 속을 응시하며,

"인정 안 해줘도 괜찮아."

하고 중얼거리듯 말을 이었다.

"인정해 줄 리도 만무하지만……. 아니, 영원히 이 사실을 알 리도 없겠지만……. 따지고 보면 꼭 그 어른이 알아주라고 하는 것도 아니고……."

"하지만 그렇게 죽일 듯이 치고받고 무자비한 싸움판을 벌였는데, 알 건 알아야 하는 거 아녜요? 연재소설까지 포기한 마당에……."

"하긴…… 연재소설 기회는 정말 아까워. 하지만 내 꿈을 어떻게 그 노인네의 대통령 꿈에 비할 수 있겠어. 안 그래?"

"그래도 우리한테는 우리 꿈이 더 소중하잖아요?"

나는 아내를 돌아보지 않고 말했다.

"그렇지. 당신 말 다 맞아. 그런데 그게 전부는 아냐."

나는 다시 한 번 차창 밖의 시커먼 어둠을 노려보았다.

"어떻게 보면 왕 회장이나 C일보나 다 한통속이야. 그놈이 그놈이지. 당신, 싸우면서 닮는다는 말 들어봤지?"

아내는 아무 말 없이 나를 쳐다봤다.

"사실 난 내가 그들을 닮을까 봐 두려워."

나도 모르게 목소리가 떨려 나왔다. 약간의 침묵이 흘렀다. 이윽고 아내가 입을 열었다.

"오랜만에 당신답지 않은 당신을 보네요."

"무슨 뜻이야?"

"말 그대로 좁쌀만 했는데, 오늘 밤은 제법 콩알만큼 커 보인다구요."

아내의 말에 나는 으흐흐 웃으며 액셀러레이터를 더욱 힘있게 밟았다.

<끝>

문단에 꼭 남기고 싶은 사건이나 특별한 교우관계 등을 집필해 달라는 원고 청탁을 받은 것은 2014년 초여름이었다. 내가 아니면 기억해 낼 수 없는 특별한 내용, 안 그래도 화덕에서 내려놓는 냄비처럼 금세 식어버리는 일상들을 기록해 놓지 않으면 영원히 사라져버리기 마련이므로, 세상에 꼭 남겨야 할 이야기를 글로 써 달라는 것이었다.

나는 생각했다. 이 세상에 남겨 놓아야 할 얘기가 무엇일까. 그것도 개인사적인 일에 치우치지 않는, 문단 동료들도 공유하고, 사회 전반에도 뭔가 기여할 수 있는 이야기……

아, 그렇구나. 나는 쾌재를 불렀다. 바로 『돈황제』였다. 내가 26년 전에 쓴 장편소설 때문에 문단 안팎으로 물의를 빚었던 필화사건 내막을 보편적 시각으로 차분하게 다뤄보리라.

나는 단숨에 30여 장을 써서 마감 날짜보다 일찍 송고했는데, 웬걸 담당자 왈.

"워낙 민감한 내용이라 취급할 수 없으니, 다른 내용으로 다시 써주세요."

하는 것 아닌가. 아니, 그게 왜 민감한 내용이냐고 내가 묻기도 전에 그녀가 서둘러 결론을 내렸다.

"아무리 옛날 일이라고 해도 대기업을 일방적으로 비판하는 글은 실을 수가 없네요. 일선 담당자의 뜻도 뜻이지만, 데스크의 판단도 그러해서, 아마도 번복은 없을 듯싶네요."

나는 고민했다. 지레 체념하고 포기하는 것이 옳은가, 뭔가 따져서라도 기어코 관철시키는 것이 옳은가. 혼자 골몰해 머리를 굴리다가 나는 벌떡 일어나 앉았다.

그래, 그 옛날에 그랬던 것처럼 그 내용 자체를 소설로 써보면 어떨까. 갑자기 오기가 발동한 것이었다. 그렇다. 몸소 체험하고 고뇌했던 그 시대를 새롭게 반추하고, 증언하는 것도 작가의 의무일 듯싶었다. 그처럼 어그정 어그정 주저앉아 버린다면 분명코 직무유기일진대, 스스로 어찌 부끄러워 얼굴 들고 다닐 수 있단 말인가.

불현듯 그렇게 시작한 것이 『팽(烹)』이다. 토사구팽(死狗烹) 을 사전에서 찾아보면 토끼를 다 잡으면 사냥개를 삶는다는 뜻으로 '요긴한 때는 소중히 여기다가도 쓸모가 없게 되면 천 대하고 쉽게 버림'을 비유하여 이르는 말이라고 씌어 있다.

　『돈황제』의 근본 주제도 어쩌면 토사구팽에 가까운지도 모 른다. 특히 우리나라 대기업의 실태가 그러하다. 너나 할 것 없 이 오너의 도구들이다. 필요하면 다급하게 부르고, 쓸모없어지 면 가차 없이, 그리고 인정머리 없이, 쓰레기 버리듯 내던져 버 린다. 당초부터 인정머리가 없으므로 양심의 가책도 받지 않 는다. 그야말로 인권유린이다.

　이 소설은 10년 근무한 H그룹 체험을 바탕으로 씌어졌지만, 그렇다고 다큐 형식은 아니다. 말 그대로 순수 창작 소설이다. 만약 체험이 수반되지 않는 자료나 상상만으로 집필되었다면 김빠진 청량음료처럼 톡 쏘는 맛, 예컨대 리얼리티가 결여된 싱거운 시대 통찰로 끝났을지도 모른다.

나는 이 작품을 통해 한 개인의 가치를 되살려내기 위해 역사적 구속으로부터 어떻게 벗어나야 하고, 시대정신과의 연결고리는 또 어떻게 엮어야 하는가를 심각하게 고민하는 데 많은 시간을 할애했다.

　그 결과는 이 작품을 읽고 정직하게 판단할 독자의 몫으로 남겨 두기로 했다.

2015년 1월

백시종